图书在版编目（CIP）数据

奇妙之境 / 郑枫著. — 深圳：海天出版社，2022.6
　ISBN 978-7-5507-3438-8

Ⅰ．①奇… Ⅱ．①郑… Ⅲ．①长篇小说－中国－当代 Ⅳ．① I247.5

中国版本图书馆 CIP 数据核字（2022）第 057694 号

奇妙之境
QIMIAO ZHI JING

出 品 人	聂雄前
责任编辑	李轩然　刘　婷
责任校对	董治钥
责任技编	梁立新
插画创作	常晶晶
封面设计	郭智翔
书名题字	郑素协

出版发行	海天出版社
地　　址	深圳市彩田南路海天综合大厦（518033）
网　　址	www.htph.com.cn
订购电话	0755-83460239（邮购、团购）
设计制作	深圳市童研社文化科技有限公司
印　　刷	深圳市华信图文印务有限公司
开　　本	889mm×1194mm　1/32
印　　张	9
字　　数	195 千
版　　次	2022 年 6 月第 1 版
印　　次	2022 年 6 月第 1 次
定　　价	39.80 元

海天版图书版权所有，侵权必究。
海天版图书凡有印装质量问题，请随时向承印厂调换。

世界因一个孩子而获救

文 / 陈诗哥

郑枫如风,写下的童话也如风。

数年前,郑枫出版了童话集《梦旅行·念头集》,如诗,如梦,更如风。每篇童话都短短的,如念头一般闪现,又消失。这是因为她的念头如风。不仅她的念头如风,她的儿子墨墨也是如此。

实际上,《梦旅行·念头集》是郑枫和她儿子墨墨合作的成果。他们经常互相讲故事。有时,是墨墨告诉郑枫一个故事小引子,譬如,墨墨说,公园的秘密是它会生小公园。自此,每当我逛到某处小公园后,我就会想起她的那篇《大公园生小公园》,就仿佛听到小公园如孩童般的笑声,然后我就会非常喜欢这样的小公园,这里坐坐,那里摸摸。我想:的确,让大公园生小公园,才是正经事。世界便是如此生生不息。

我很喜欢郑枫这些絮絮叨叨的童话。她有时认真,有时随意,告诉世人她和她儿子所洞察的关于世间万物那些细小的、鲜为人知的甚至被忽视了的秘密。世界就是被这些小秘密滋养着。所以,我一直怂恿郑枫继续写童话。

若干年后,当她把一本洋洋洒洒的《奇妙之境》发给我的时候,我还是吃了一惊,我没有想到,这位如风的郑枫竟写出了一个如此精彩的长篇故事!更想不到,这位如风的郑枫竟然要拯救世界了!

事情是这样的：最初，创世神创造了地球，然后又创造了世界之源，其中存在着各种动物、植物和菌类等等，然后人类和神兽才诞生。这里说的神兽是指白泽、青龙、食梦貘、句芒等等，它们来自《山海经》。《山海经》是一本神秘莫测的中国古籍，记录了现存中国最早的远古神话传说，在某种程度上说，这是中国文化对远古时代的记忆，当中便有不少神兽，具体有《新山海经·异兽录》为证。

世上真的有神兽吗？当然有。那为什么现在看不到它们？郑枫给出了如下解释：起初，人类和神兽相处得很好，后来，人类越来越强大，一山容不得二虎，就一直伤害神兽，百兽之王白泽忍无可忍，无奈之下，做出了神隐的决定，但却造成了神界的慢性死亡以及人间的空心症出现。空心症带来的第一个症状，便是人们不再做梦，然后便是各种木讷、空洞、冷漠、病态、狂躁、死寂……总而言之，人类的末日就要到了。但这不是世界的末日，按照句芒的说法，人类没有了，会有另一种生物取而代之，正如恐龙灭绝了，人类取而代之。

郑枫进一步解释：世上一切事物都是由原子构成的，我们身体里的每一个原子都来自已经死亡的事物，包括一切星辰，因为万物的死去，我们才得以出现在这里。那些已经死去的万物，重新组成新的万物，原子永不灭亡，只是不断交换、重组，从而产生了万物变幻。这便是郑枫的世界观。

有如此世界观的郑枫当然不会就这样让人类消逝。她让白泽通过梦境与本书的主人公湖洋联系，让已然30岁的湖洋的意识通过某种神奇的方式，进入到10岁的小湖洋（有读写困难症）的身体中。这样就有了一种奇妙的设定：30岁的大湖洋和10岁的小湖洋融于一体，共同拯救人类。对此，我深有共鸣。我在拙著《童话之书》里区分了三种人：0—99岁的大人、0—99岁的老人和0—99岁的孩子，童话的使命便是让0—99岁的大人和老人重新成为0—99岁的孩子,这便是童话的救赎。而在《一个迷路时才遇见的国家和一群清醒时做梦的梦想家》里,我把孩子称为清醒时做梦的梦想家。

至于湖洋如何拯救世界,那不是这篇序言的主旨了,读者诸君看书即可。我想说的是,这样一个磅礴的故事并非空穴来风,而是有它的现实原型:湖洋的原型是郑枫的儿子墨墨。

郑枫的儿子墨墨小时候在云南大理就读于菜地幼儿园,自小在山啊水啊植物啊虫子啊的萦绕下生活着,那时候我就读过墨墨写的诗,如:"妈妈/你的眼睛像地球/转啊转啊/转到天黑。"又:"妈妈,你是老虎,我是老虎的秘密。"这是墨墨随口说的话,被有心的母亲记录下来,就成了诗。然后,墨墨回到深圳读小学,学习却出现了问题,最后被诊断为读写困难症。墨墨无法适应深圳的小学残酷的竞争,郑枫便又带着墨墨重回大理。墨墨除了在乡村小学继续上学外,还以大自然为师。果真,墨墨成为一个有趣的博物者,苍山上的蘑菇,洱海里的水草,草丛里的红瘰疣螈,满地的石头,墨墨如数家珍。郑枫拍过一个小视频:墨墨在家附近的草丛里遇到一条小蛇,便抓在手上把玩,他的母亲觉得有趣,便一边拍下这有趣(恐怖)的一幕,一边关切(粗心)地提醒:"小心不要被蛇咬到哦。"墨墨说:"我已经被它咬了一口。"……诸君请放心,墨墨现在还活得龙精虎猛的。

我实在觉得,这样的孩子是人类的希望。

郑枫肯定也是这样认为的。所以,在《奇妙之境》里,郑枫为世界的救赎提供一个简单而神奇的药方:

"句芒张开它的大手掌,上面是一片绿色的大树叶,树叶上布满了一根根黄头小针,句芒说道:'它们也许能救。'

'咦,这是?'湖洋惊讶地看着那些不起眼的小东西,像是一种菌,似曾相识。

'它们，在世界之源中，名字是蔓神，你们人类管它们叫黏菌。它们是真核生物中一种独立的类群，兼有动物和菌类的特质……'

　　正是这种微不足道的黏菌复活了万兽之王白泽，从而拯救了人类。

　　至于人类是否患有空心症，见仁见智。我却想起一个有名的段子："世界上最遥远的距离，是我在你身边，你却在玩手机。"我认为，这便是空心症的症状之一。实际上，我也写过一个以空心症为题材的作品《神偷》，写一个孩子自诩神偷，施展空空妙手，以偷取人们的空心症为业。因此，我与郑枫很有共鸣。

　　我曾经想过：如何能让这位如风的郑枫停住，写一个长篇故事呢？读了这本《奇妙之境》后，我有了答案：让她有所牵挂。墨墨便是她的牵挂。这种牵挂便是爱。郑枫曾经说过："我并不是爱孩子，我只是爱我的孩子。"在这本《奇妙之境》里，郑枫想要拯救人类，原因大概也在此。世界因一个孩子而获救。

　　看完书，我想了好一会儿：说不定，人类确实需要她的拯救。

目录

第一部分 / 1
拯救梦境

第二部分 / 99
巨龙谜团

第三部分 / 195
枯树回春

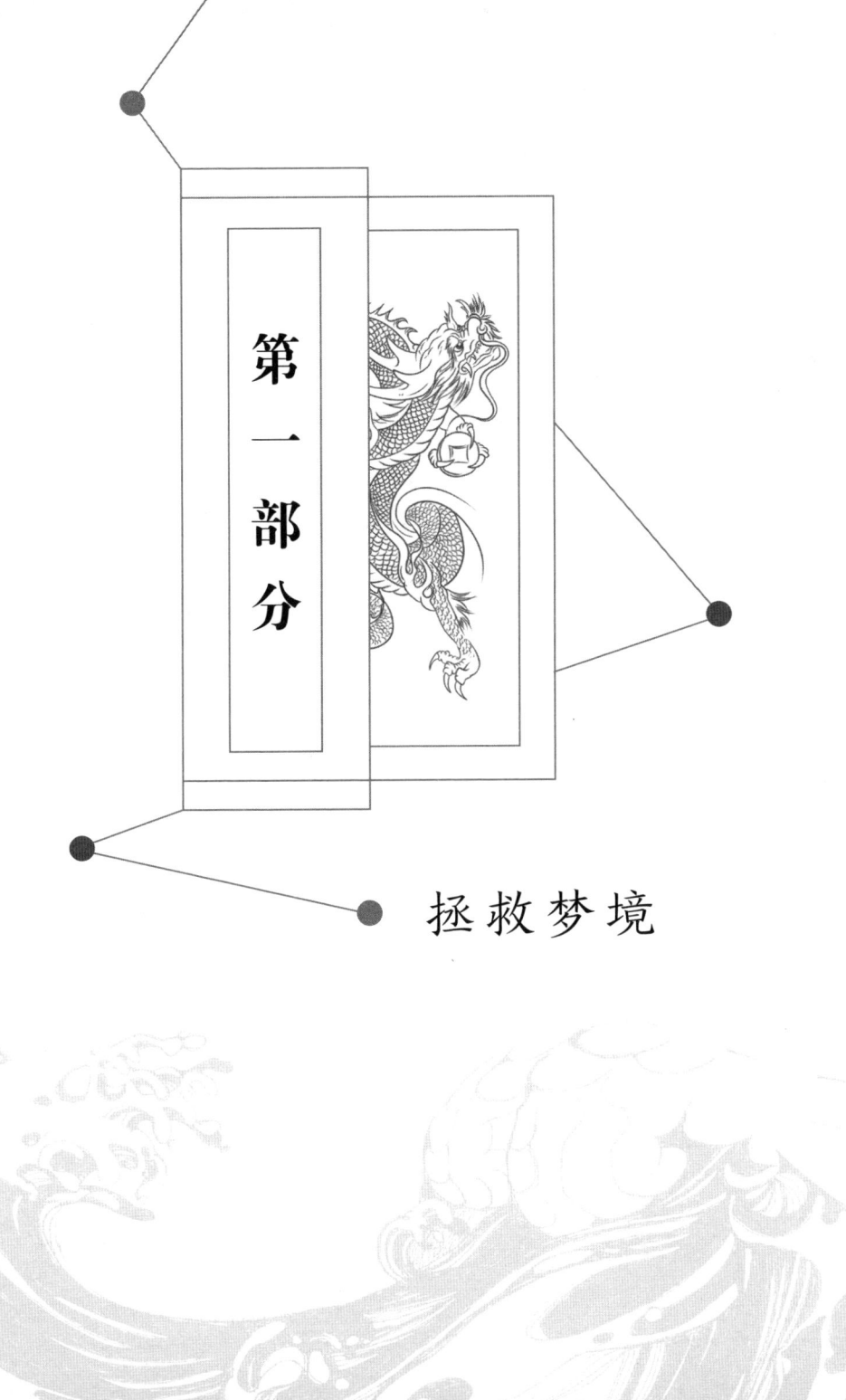

第一部分

拯救梦境

一

"美股下跌再度拖累全球股市,昨夜欧洲三大股指纷纷收跌,伦敦股市《金融时报》100种股票平均价格指数5日收于8947.2点,比前一交易日下跌52.97点,跌幅为0.59%。亚太股市今日早盘全线低开,恒生指数和A股也集体走低……"

这一天,2038年11月4日,白湖洋30岁的生日。他在家中狭小的录音棚里,刚刚发布完今天的股市行情播报。这是他作为一个小小的金融电台主播日复一日的职责——每天对数字变化进行阐述,单调乏味但似乎真实可感。

录音棚是在他家客厅一角打造的,一个封闭的小空间,没有窗,只有一个小门通往客厅。每次待久了,他总会有缺氧的眩晕感,伴随着恶心的呕吐感。他分不清这是由于缺氧,还是因为对工作的厌恶。但消瘦苍白的脸,缺乏活力的身躯,总归和这个脱不了干系。

当他疲惫地走出录音棚来到客厅时,时间刚好是晚上7点。他抬起双眼望向客厅的落地窗外,眼神空洞、木讷、冷漠。夜色已经壮大,灰的世界慢慢变黑。他走向三米之外的阳台,一不留神脚踢到客厅中间的茶几,小脚趾陡然一阵剧痛,他仿佛听到自己早已疲惫不堪的肌肉在尖叫。"可恶!"他骂道,但显然不足以泄愤。他使劲地拉开落地窗,"砰"的一声,整个窗框都被拉得震动起来,一条透光的裂缝从玻璃窗底部向上延伸,像一条蛇趴在落地窗上。

他站在小阳台上,深吸一口气。夜色裹着初秋的风向他袭来,凉爽的风并没让他压下心中那阵无名火——每天在他的心中,各种无名火此起彼伏。"啪。"一只越来越少见的蚊子在他眼前被猛地拍死。小区楼下的狐尾椰和龙血树在风中沙沙作响,这响声也让他极度不悦和烦躁。但他脑子里突然闯进这两种树的名字,他依稀记得,小时候的他曾经探究过它们名字的来源,但具体是什么,无论如何都想不起来了——小时候的他,可是一个植物迷。

"小洋,吃饭。"他的妈妈毕向西,在厨房里喊道。58岁的她,3年前退休时,是一家证券公司的财务。在这座全球经济排名前十的城市里,过半的居民从事跟金融相关的工作。

湖洋走到餐桌前。标准的周四菜式,一碗豌豆萝卜鸡蛋炒饭、一盘番茄青瓜生菜沙拉、一份奶油南瓜汤。他皱了一下眉头,想起小时候,妈妈还乐意在空闲时尝试做各种不同的菜式。但不知从何时起,家中每天都有固定的菜谱,贴在厨房的冰箱门上。

他快速地扒着饭。突然"咔"的一声,湖洋一脸痛苦,"呸"地吐了一口:"怎么那么大的沙子!"他喊道。向西瞟了他一眼,没搭理他。两人默默地吃着饭,谁也不吭声。吃下最后一口饭,向西像是突然想到似的,说:"喏,30岁生日快乐。"

"嗯。"湖洋敷衍着。

"希望股市能够尽快有好转啊。"向西继续说。

"没什么好瞎操心的，9天之后，欧洲大盘将会回升，这一切都有迹可循。"

"那亚太股市呢，我关心的是这个。"

"亚太股市情况稍微糟糕一点，但是数据显示，21天后，会有好转。"湖洋说。

饭后，向西拿出一份礼物："喏，这是送给你的生日礼物。"那是一个经典版的时记。

"嗯。"湖洋接过来。

这东西他确实需要，他那个老的时记前几天坏掉了。

时记是一个时间记录仪品牌，而时间记录仪呢，是一种小型的AI机器人，人们利用它来精确安排每天的日程，精确到秒，这是一个数字化到极致的产物——那些没有确切用途但富于情调和想象的"无用"之物已经无人愿意制造。借助时间记录仪，人们得以精确地操控时间，一分一秒都不浪费，这让人们安心。

但，这款经典版的时记已经十年没有任何变化和升级，它是湖洋这十年来使用的第三个，完全一模一样。实际上，几乎市面上所有电器都不再升级，所有新上市的产品都是多年不变的"经典款"，人们安于使用"经典"，不再乐于升级迭代，"创新"一词已经被遗忘。

湖洋拿着它，突然想起20年前的生日，也就是2018年。那会的人跟现在的人不一样。妈妈邀请到他的几个要好的同学，居然在公园里开了一个小小的草地生日趴，有美味的芒果芝士蛋糕，有各种古怪美味的零食——如今的人已不再吃甜食和糖果这些华而不实的"废物"。今天，也并没有朋友一起来给湖洋过生日，因为今天是周四，而人们只在周末进行一些目标明确、作用实在的聚会，已经不再去"虚度"美好时光。

10岁的他，刚好小学四年级，活泼开朗，常态呆萌，出奇地机灵，热爱一切自然之物——这跟今天冷漠暴躁、浑浑噩噩的他判若两人。那时，他的生日愿望是"做一个生物猎人，去找寻各种神奇动物和植物"。那个愿望显得那么、那么诗情画意（"诗情画意"一词，他费老劲才想到），但看起来毫无用处、毫无意义，幸好我并没有这样去做……湖洋脑子里卡壳了一下，"但是，那样的事真的是无用的吗？我为什么没有去做呢？我为什么会成为今天这个样子呢……"

"biu！biu！biu！"他手中的时间记录仪突然响起来。湖洋回过神来，皱了皱眉，隐隐觉得奇怪，今天的脑子是怎么了，竟然会去想那么多无用之事？但他还是控制不住自己，又回到了10岁生日那个晚上。

那一年，他还收到了很多礼物，让他印象最深的是妈妈送给他的3D打印笔。当天晚上，在家里——和现在同一套房子里，几乎就在同一个位置上，他用那支在当时看起来非常神奇的笔，画了一只怪兽——羊头狮身，看起来异常的逼真传神，仿佛下一个瞬间就会动起来。

"哇，小洋，你好棒啊，这是一只什么怪兽呀？它叫什么呢？"向西问。

"它叫白泽，是一只神兽，是万兽之王哦。"湖洋脱口而出。

"噢，棒！那你从哪里知道它的呀？"

"在爸爸送我的这本书里有呢，爸爸还说，白泽是我的祖先，是我的太太太太太……祖父！"

"哇，身为你的妈妈，我居然不知道我的儿子是一只神兽的后代呢。"

湖洋从他自己的书架上,拿出几年前爸爸白浪送给他的《新山海经·异兽录》。那时他的爸爸意外离世已有两年了。他打开书,翻到其中一页给向西看,那是一本仿古书籍,竖排本,字需要从右到左,从上至下阅读,上面写着:"东望山有泽兽者,一名曰白泽,能言语,王者有德,明照幽远则至。"配图与湖洋画出来的这只,异常神似。

向西饶有兴致地和湖洋一起翻看那本书。那晚,他们几乎把整本书都看完了,那个有中国神兽的世界让他们母子俩都感叹不已。那会儿的毕向西,并不是什么公司财务,而是一位童书编辑兼创作者,再早一年前,她送给湖洋的生日礼物是由他们两个人一起完成的一套童话书。童话书,没想到在20年后的今天,已经变成稀罕物。

想到这里,有一阵久违了的,大概可以称之为柔情的情绪在他心里淡淡地涌现。"小洋,到时间了。"突然,向西冰冷的声音传来,湖洋被硬生生拽回到现实,他厌恶地看了一下钟——厌恶是他的日常情绪。时间已是晚上10点55分,刷牙,上厕所,躺到床上刚好就是标准睡觉时间11点。

但那白泽的样子还在湖洋的脑子里挥之不去。他在床上躺了会儿,通常,他都会很快入睡,可今晚的零碎回忆搅得他心神不宁。他睡不着。于是,他起身开灯,在房间的书架上,寻找那本《新山海经·异兽录》。他在书架最底层的角落里找到了——这本书最后一次翻阅就是20年前,10岁生日当晚。

他急切地翻到描述白泽的那一页,上面记录了一段故事:

帝巡狩,东至海,登桓山,于海滨得白泽神兽。能言,达于万物之情。因问天下鬼神之事,自古精气为物、游魂为变者凡万一千五百二十种。白泽言之,帝令以图写之,以示天下。

下面还有白话翻译:

黄帝巡守,至东海之滨,遇见了一只名唤白泽的神兽,它不仅能说人话,且通晓天下万物之理。黄帝向它询问有关天下鬼神妖怪的事情,凡是采天地灵气、集日月精华而产生的怪异物种,它都一一跟黄帝解释清楚,共 11520 种。黄帝听完后,命人将白泽所说的一切都记录下来,并画出相应的图案,做成《白泽精怪图》,让天下百姓都有所了解。

这是书中写到的关于白泽的内容,没有再多信息了。湖洋觉得有点意犹未尽,他不由自主地念叨着:"白泽,白泽,白泽……"接着实在困极了,便倒头睡着了。

潜伏人间已久的空心症如瘟疫般,顷刻间在全世界发作、蔓延,并逐步恶化。人们已经不再吃口味各异的糖果、不再有出其不意的微笑、不再说甜言蜜语谈情说爱,不再写寓意深远的诗歌和美好梦幻的童话、不再去往任何未知之所、不再迷恋于构筑虚无的未来……所有的不再皆为不懂或不会……一切都依靠确凿数据和成功经验计算产生,一切没有百分百事实依据的想法和梦想都不会出现……人类的思维被牢牢地禁锢,心灵被深深地幽闭,身体被夺走了活力,所有的日子都在冰冷的机械化中消耗消亡……最可怕的是,人类对此竟毫无觉知。

——摘自《人类的迷失》,2048 年著,作者毕向西

二

确切地算起来，白湖洋以及他身边的人，都已经整整20年没有做过梦了。世界就是从20年前，湖洋10岁生日那天开始发生变化的。而20年后的这个夜晚，湖洋居然开始做梦了，一个庞大而冗长的梦境轰然而至。

梦中的自己正在看那本《新山海经·异兽录》，所处的地方是家附近的红树林生态公园。在这座以绿化闻名的公园城市里，大大小小的公园曾经是大家最乐于前往的地方。但如今，人们甚少有闲情逸致逛公园，以至于，没有哪个公园不是萧条冷落的，疏于打理到杂草疯长。

湖洋坐在生态公园里一张破败的长椅上，周围一片荒芜零乱，正如往日：枯黄的小草、秃灰的树木、干涸的池塘……一切毫无生机可言，唯有阳光尚且新鲜刺眼，突兀地照耀着这片死寂，像在看笑话。

湖洋如饥似渴地阅读着，原本有读写困难的他，在梦里，却毫无障碍。书上写着：

有关白泽最早的文字记载,一直众说纷纭。有说来自谁也不曾见过的古本《山海经》(历史至少三千多年),其中说到"东望山有兽,名曰白泽,能言语,王者有德,明照幽远则至";有说最确切的记载应该是在东晋道士葛洪所著的《抱朴子·内篇》中,共出现了两次:"穷神奸则记白泽之辞。""其次则论百鬼录,知天下鬼之名字,及白泽图九鼎记,则众鬼自却。"但并没有细说究竟白泽为何物,白泽图又为何图。

书页自己翻动着,而且那些字竟然还会动,一开始是杂乱无章的,当湖洋看到哪一页,字就迅速自己排列整齐。

直到宋代《云笈七签》卷一百引《轩辕本纪》中,才终于有了较完整但简短的故事记载,书中写道:"帝巡狩,东至海,登桓山,于海滨得白泽神兽。能言,达于万物之情。因问天下鬼神之事,自古精气为物、游魂为变者凡万一千五百二十种。白泽言之,帝令以图写之,以示天下。"有趣的是,白泽描绘出了千万种精灵的长相,而它自己的长相却一直扑朔迷离,在古代文献中,甚少被提及,即便提到,也都莫衷一是,如《白泽精灵图》中说:羊有一角当顶上,龙也,杀之震死;而在《三才图会》中,白泽却是狮子身姿,头有两角,山羊胡子。

书中闪过几张图片,最后一张竟然是湖洋小时候画的白泽的3D作品。

但这并不妨碍在各朝各代的各种传说中,白泽成为避祸祈福的象征,而白泽图也出现在帝王百姓家中,作为辟邪之物盛行良久，正所谓"家有白泽图，妖怪自消除"，还衍生出白泽旗、白泽枕等辟邪物品。当然，这些事物上的白泽形象，并非始终如一，更像是一千个人眼中就有一千个白泽。

作为如此著名的万兽之王，怎会连模样都如此含糊不清呢？而它又为何能掌握一切精灵的信息呢？唐代作家冯贽在其《云仙散录》中这样讲述：创世神完成了对精灵神兽，即元兽的创造工程后，便无暇再去关注它们。当它再次想起它们时，由元兽新衍生出的物种已经让它感到眼花缭乱了。它随即创造了白泽，赋予它某些特殊神力，并让它去调查世界上一切神兽精灵的情况，记录在案，并汇报给它。但白泽出卖了它，将精灵的资料透露给了人类，是一个背叛者。书中冯贽叹息说，假如没有这场背叛，人类也许永远无法洞悉那些精灵神兽的真实面貌，更无法准确地说出它们的名字。这样一来，人类将永远陷入恐惧的黑夜中。因为名字是一切神奇力量的来源，只有准确地喊出对方的名字，才能镇服邪祟……

这是湖洋第一次这么仔细地去了解白泽，边看边产生了很多疑问：为何创世神会禁止白泽泄密呢？创世神难道不应该关爱为它完善这个世界的人类吗？白泽又为何甘当背叛者呢？

正当他还沉浸在书中时，突然有人喊他："湖洋。"湖洋惊愕地抬起头来，面前站着一个"人"，有着一个羊的脑袋，身子则是人的身子，眼神睿智而坚定，正如书里白泽的配图。他用清澈亮堂的嗓音说道："我是白泽。"

初秋的凉风中，白泽穿着一件白色长袖长袍，一个大大的蓝色的"元"字浮在胸前的衣服上；头顶上面有一团缓缓流动的五彩的光团，光团中影影绰绰显现一处有山有水的小景致。

湖洋太震惊了。几乎从 10 岁开始，他接受到的所有教育，他身处的整个社会，已经不再出现这些"异想之物"。人们只相信那些真实可感、可以触碰的事物。极度震惊，令他失语。

"是的，我就是书里面的白泽，你曾经画出来的白泽，谢谢你今天想起了我，想起了你的童年和梦想。"白泽继续说着。

"什么？你说的什么梦想？你是谁'扮演'的？谢我干吗？"湖洋缓过神来，不仅不信，还有一股被人看穿心思的火噌的一下冒出来，熊熊燃烧。

"我是白泽，我不是谁扮演的。"白泽回答。

"少废话！快说实话，别这么烦人，我没空跟你瞎闹。"湖洋又恼火又焦躁，他扔下书，站起来，面对白泽，一副要打架的样子。

"哎，"白泽摇摇头，"这个世界不应该是这样的，你不应该是这样的。"语气里充满了无奈和惋惜。

"你真是莫名其妙啊，这个世界就是这样的！"湖洋火更大了。

"不，这个世界不该是这样的！"白泽突然严厉地说道，然后手一挥，他们周围的世界突然神奇般变了个样。

准确地说，不是变了样，他们还是在原本的位置上，还是在这个萧条的公园中，但是，周围的花草树木都"活"了过来：它们还是原本惨淡的样子，但是这会儿湖洋竟然可以看到它们藏在叶子或者花瓣中的身体，看到它们的五官，看到它们无神的眼睛，饱含了无助。就在离他们十步之遥的地方，有一簇暗淡无光的草坪草，突然深深地发出一声叹息，然后，整簇草在瞬间灰飞烟灭，化作一阵墨绿色的风，消失得无影无踪。白泽摇了摇头，眉头紧锁，一言不发。越来越少见的蜜蜂，有一只停在白泽的肩膀上，那双蜂眼，同样是无神和无助。

湖洋突然觉得有人在碰他的脚，猛地转身一看，原来他坐的椅子也"活"了，椅子脚变成了手，正伸出来摸湖洋，湖洋吓得一下子跳开，椅子的脸部就是他刚刚坐的位置，眼皮半耷拉着，好像累得睁不开。湖洋赶紧捡起书，生怕被抢走了。不远处的一座木桥，竟然也在摇动着身体，连花坛，也都浮现出了五官。远处，还有一些外形怪异的"人"在蹒跚行走，有几个，竟然跟着一个难得出现的、打太极的大爷在站桩出拳，高探马、海底针、十字手……只不过它们的动作像生锈的机器，跟跟跄跄。它们身后一株高大的大王椰，也扭着树干身子做类似动作。湖洋完全傻掉了，他目光所及的万事万物都"活"了，生命拟人化，有头有脸有身体。但从它们感情之中，却透着一股深深的末日气息，萧飒、黯淡、颓丧，似死亡入骨。

"这才是我们最真实的世界，原本我们称之为奇妙之境，神兽和人类都共存在这空间中，只是绝大部分人看不到而已，但它不应该是现在这样的！"白泽提高了嗓音，饱含痛楚。说完他低下了头，沉默不言。湖洋依然是懵的，他依然没法判断这一切是怎么回事。

"你应该回到你的童年去，那时的你，不会怀疑这一切的存在。"白泽像是读懂了他的心思，声音里透着惋惜，"但是，这不怪你，怪我……"他又停住了。湖洋需要时间来消化一下，他一遍遍在心里跟自己说，这是梦，这只是梦，这不是真的。片刻，白泽说："你跟我来。"

他们站的位置，往北边走三四百米，就是生态公园的出口。白泽带着他，朝那边走去。一群看似老鼠一样的动物匆匆忙忙从他们跟前跑过，集体嘟囔着什么，湖洋听不懂，但能感受到紧张、慌乱的气氛。走出 100 多米,在他们的右手边,原本是公园里一个废弃的小展厅,这会儿"变成"了一只四五米高、六七米长的"动物石像",横躺在他们面前。湖洋盯着它看,又是一种似曾相识的感觉。

"没错,是食梦貘,在你手中的书上有记载。"白泽在一边说道。那本书应声从湖洋手中离开,在他眼前打开,停顿的那一页,正是"食梦貘"。20 年前的那个晚上,他也曾经和妈妈一起了解它,书上写着:

在《山海经笺疏·西山经》中记载:"猛豹即貘豹也,貘豹、猛豹声近而转。"食梦貘是古代中国的一种传说生物,据说以吃掉人的梦为生。它身体像熊,鼻子像象,眼睛像犀,尾巴像牛,腿像老虎,据说是从前神创造动物的时候,把剩下的半段物用来创造了貘。传唐代书籍《唐六典》中有关于叫作"莫奇"的神将梦吃掉的记述,后人发现这是讹传。

眼前这只躺倒着的石貘,外形正如书中所描写的"身体像熊,鼻子像象,眼睛像犀,尾巴像牛,腿像老虎",质感像是暗灰大理石,全身的细节逼真如活物,尤其是大脑袋上扭曲痛苦的表情,好似下一秒眼泪就要从紧闭的大眼睛里流出来。

"唉,它并非石像,它就是活物,只是被石封了。"白泽边说边摇头。

"石封,什么是石封?"湖洋问。

"我们神兽有两个程度的死亡,第一个就是石封,相当于暂时死亡,如果能被人类唤醒,便可能复苏。但如果石封的时间太久,就会永久死亡。"湖洋睁大眼睛看着白泽,白泽继续说道:"而食梦貘被石封,给你们人类带来了巨大的灾难,你没发现你们都不做梦了吗?因为它不仅仅是吃梦,实际上,它控制了人类梦境的产生和消散,所以,它20年前被石封,正是你们人类失梦的开始。"

"是啊,我真的好久好久没做过梦了。"

"而梦境,对你们人类来说,意义巨大。"

"什么意义呢?"

"嗯,等日后食梦貘被唤醒,你就知道了。"

"可是怎么唤醒它呢?"

"你会知道的,我先带你看看别的,我们时间不多。"白泽说完,然后快速地走向公园门口。满心困惑的湖洋小跑着跟上。

公园外,正是湖洋家门前的菩提路,这曾经是一条绿树成荫的绿化道,再加上这么一个充满佛意的名字,小时候,成了妈妈最爱带他散步的地方。这会儿是中午时分,路上车水马龙,但无论是车还是人,行动都缓慢乏力。阳光那么明亮,但是怎么世界却是灰的?湖洋第一次好似一个旁观者,看着他熟悉的街道、楼房以及周遭,但是又觉得那么的陌生。

"你觉得世界为什么是灰的?"白泽又看穿了他的心思。

"呃……因为到处都没有颜色,灰的楼房灰的街道,汽车也没有明亮的颜色,要么黑色要么灰色,人们穿的衣服也都是黑灰的,街边的树,虽然是绿色的,但都蒙着一层厚厚的灰。"他下意识地看一眼自己身上的衣服,一身黑。

"那你还记得世界变成黑灰之前是怎样的吗?"白泽问。

"记得一些,至少,至少是有颜色的,而且是明亮的,可是……可是从什么时候开始没有颜色了呢?"湖洋开始思考。

"嗯,你问得很好,人类世界变化最大的转折点,是从一百多年前……"白泽突然卡住,双眼充满了痛楚,"噢不,从近几十年来说,就是从食梦貘被石封开始的。"

"你的意思是,从人类失梦开始?"

"失梦只是其中的原因之一,确切地说,环境的变坏,是从人们患上空心症开始的。"

"空心症?"湖洋脑袋发疼,太多新鲜的信息了,一个接一个未知的概念,他根本没法好好消化,这已经极大地挑战了他的认知边界。

"你观察一下这些路人,你从他们眼里看到了什么?"白泽继续说。

湖洋看着来来往往的人,奇怪的是,他们好像都看不到他和白泽。他直接站到人行道的正中间,直面路人从他身上穿过。湖洋直视他们的脸,人人都面带病态,行动迟缓无力。有两个路人互相轻碰了一下,旋即双双破口大骂,那种暴躁的情绪在空气中升腾,彼此都疲软的身子像是用尽毕生力气绷得紧紧的,好似下一秒整个身体就会炸裂开来……这种街头吵架甚至打架的事,太司空见惯了——如今,整个社会的犯罪率奇高,各种死亡事件频发,监狱里人满为患。

湖洋的表情也一直在变,从疑惑到惊讶到痛楚。过了许久,他嘴里慢慢蹦出一串词:"木讷……空洞……冷漠……病态……狂躁……死寂……"他说不下去了,因为,他所说的这些,不正是他平时照镜子时看到的自己吗?

"你说的很对,这就是人类患上空心症的症状啊,包括你自己,也已经病入膏肓。"湖洋听着,发出痛苦的呢喃,眼前闪过10岁生日那个活泼热情的自己。白泽继续说:"而且,最惨痛的后果也将很快到来。"湖洋脸上的痛楚变成了恐慌的疑惑。

"所以，我需要你，需要你回到20年前的奇妙之境中，找回自己，拯救人类。这是你的使命。我们的时间已经不多了。"

湖洋听到这里，一股无名火又蹿了上来："为什么是我？这关我什么事？我不去！"

"10岁的你，是一个正常人，你的心，会引导你去完成这一切的。唯有抛弃错误不堪的过去，方能得到正确美好的重生。"白泽自顾自地说，"所以，白湖洋，你是时候醒过来了。"

白泽这句话，既像是在梦里，又像是在现实中，总之，湖洋脚一蹬，醒了过来。

人类绵延的数千年里，出现过各种各样的病症，它们被不同体裁的作品所记载。那些记录在历史文献当中的，人们便认为是确切发生的，那些被写入小说的，人们则认为是臆想的、虚构的。可事实真是如此吗？马尔克斯在《百年孤独》中提到的失眠症，鲍里斯·维昂在《岁月的泡沫》中写到的致命"睡莲病"，萨拉马戈笔下的《失明症漫记》，加缪所写的《鼠疫》等，难道并未真实存在吗？不，请相信我，它们和我在这本书中所记录的空心症一样，是确凿的存在。也请一定牢记一句话，任何事情都可以发生，不管它有多离奇。所有事情，都正在发生……

——摘自《人类的迷失》，2048年著，作者毕向西

三

　　湖洋睁开眼睛，他果然回到了小时候的房间，天花板上还有他小时候和妈妈一起贴的大大小小的星星图案。怎么回事？他想掐一下自己，希望这一切还是梦，但却发现自己动弹不得，似乎是被什么东西捆绑着。恐慌中，他想大喊，却突然发现有另外一种意识正在苏醒，好熟悉，却是完全不同的意识，两种意识存在着某种连接，湖洋能清楚地感受到另外一种意识正在控制着身体，小手正用力地揉着眼睛。

　　"小洋，快起床啦，赶紧刷牙洗脸吃早饭哦。"毕向西年轻愉快的声音从门外传进来。这时，小身体应声翻了个身，正好对着床头柜，上面摆着的，正是湖洋10岁生日当晚，用3D画笔画的白泽。接着，他的嘴巴也动起来，迷迷糊糊地说："好，起来了。"正是他自己稚嫩的声音。这时，湖洋开始有点反应过来：30岁大湖洋的意识，来到了10岁小湖洋的身体里了！

　　"小洋小洋！"他急迫地叫着另一个自己，声音如泥石入海，连回声都没有。

　　而这时的小湖洋正在慢吞吞地穿着衣服，朦朦胧胧地想起自己做了一个好长好复杂的梦,梦里的他已经长大了,跟那个叫白泽的"人",也就是他昨晚用3D画笔画出来的神兽聊天。他们说了很多很多的事,但很多他都已经不记得了,只是模糊想起有一个什么重要的使命,至于具体是什么,完全没有印象。

"是白泽!白泽给我,哦不,是我们的任务!"大湖洋能清晰地感受到小湖洋的思维活动,他更加大声地说着,但小湖洋似乎感受不到他的存在。

"白泽竟然以如此离奇恐怖的方式让我回到过去!"此刻的他,像一个手脚被捆绑、嘴巴被塞住的囚犯,更恐怖的是,他连手脚和嘴巴都没有,没法做任何实质性的挣扎。他在极度绝望中怒吼:"放我出去!放我出去!放我出去!"

就在这时,小湖洋突然定了一下,抬头看了一下四周,喃喃地说:"好像有人在说话。"大湖洋狂喜地说:"是我!是我!我是长大后的你,我在你脑子里。"可惜,这回他的狂喜并没有得到任何回响。那两人连接上的一瞬,如小火花般转瞬即逝,过而无痕。孩子的思绪切换得太快了,小湖洋转念想的已经是"好讨厌的周一啊,讨厌!讨厌"!

大湖洋一方面还在继续无望无声地呐喊:"我要出去!我要出去!该死的白泽!……"另一方面,他又试图安慰自己:"一定有办法,一定有!"

这一天,2018年11月5日,一个南方初秋、阳光明媚的周一早上,时间是7点10分,向西正在厨房里做着早饭。她是一名在家工作的童书编辑兼创作者,有事才去一趟出版社,虽然收入一般,但只有这种工作方式,才能自由地安排自己的时间,以便给小湖洋更好的照顾,她的日程表基本上是根据儿子湖洋的时间来安排的。

这两年来,她一直竭力将丧夫之痛深压在心里。她自觉已经做得很好,在湖洋面前尽量不去提及他的爸爸,如果是小湖洋提起,则淡而化之。她并不确定小湖洋是否真的相信"爸爸去了某颗遥远的星星之上,等着你长大了去找他"之类的话,所幸的是,白浪去世前,因工作原因,原本就和他们聚少离多,所以,对湖洋来说,变化并不是非常显著,天生乐观又年幼的他,尚不懂得痛苦是什么。

"你快点啊!"向西又在屋外喊着。"来了来了。"小湖洋好不容易穿好衣服——连大湖洋都看着窝火,自己小时候竟然可以如此磨蹭。终于出屋了,眼前白光一晃。客厅墙上那个木质时钟用它的小手指了指,已经 7 点 20 分了。"哇!"大小湖洋一起惊叹。"妈妈,妈妈,你看,一个'时钟精'。"小湖洋兴奋地嚷嚷道。"什么时钟精手表精的,你快点行不行。"向西敷衍道,这让小湖洋很沮丧。

大湖洋这才注意到,这个房间竟然和白泽那个世界一样,所有物件都是"活的"!"使劲支撑着身体"的茶几,"在角落里伸着懒腰"的扫帚,还有"塑料袋里嚷着快把我吃掉"的面包。但这些都不是大湖洋最吃惊的——因为他发现小湖洋正在跟沙发枕抱成一团,相互嬉戏!小湖洋竟然熟知这个世界,周遭发生的一切在他眼里好像是再正常不过的事,但大湖洋的记忆中完全没有这样的片段,这真的是 20 年前的自己吗?

当小湖洋来到阳台的洗手盆前,镜子里出现了一张帅气的小男孩的脸。大湖洋确信这是 20 年前的自己!那双乌黑的大眼睛明亮清澈、天真纯净,饱含着对这个世界的好奇和热爱。大湖洋顿觉毛骨悚然,到底发生了什么?一切都是因为空心症吗?随后又有一种难以言表的激动,他竟然亲眼看到了 20 年前的自己,看到了这个有吃三明治一定要分层吃、拉粑粑一定要脱外套、上课一定要咬笔头等一堆怪习惯的臭小子。

饭桌上,靠墙的一角,放着一些装着调料的瓶瓶罐罐,它们都有身体有五官,有的看着他,有的自顾自地打着哈欠。他拿叉子叉起一根火腿,准确地说,是"叉子精"自己伸出双手,抱住了火腿,而"盘子精"的一只大眼睛正对着他眨。"小洋,你发什么呆呢?快点啊!"向西每天这个时候,总是最唠叨的。

大湖洋被动地感受这久违的早餐氛围,竟还有些怀念。

"妈妈,我跟你说,我们的书里说到的'蝴蝶精''芒果精''石头精',还有我们家里好多'精',都是真的!"小湖洋提到的书,正是他和毕向西一起完成的童话书《梦旅行》,里面提到的很多精灵事物,都是他从小在不同地方看到的,然后告诉毕向西,并由她写出来。

"好好好,都是真的,你先把饭吃了。"向西的敷衍让他很不满意,"你为什么就是不相信人呢?"但向西已经懒得搭理他了。

大湖洋联想着昨晚的梦境到现在的耳闻眼见,再看着小湖洋失望的表情,他想起毕向西曾经告诉过成年后的自己"只有亲眼所见、亲身经历的事物,才是真实存在的",但同时毕向西也经常会提到另一句话,来自一本叫《小王子》的书,书上说"重要的东西是眼睛看不见的。眼睛是盲目的,要用心去寻找"。成年人真是矛盾,大湖洋苦笑。

磨磨蹭蹭地吃完饭,已经是 7 点 45 分。母子俩出门,毕向西帮小湖洋拿着沉重的书包站在家门口等着,小湖洋正把两只脚往鞋子里塞。鞋架上方是一块一米见方的白板,是毕向西专门为了对付小湖洋在日常琐事上的糟糕记忆力而准备的。基本上，诸如学校里要求的今天带这个、明天带那个之类的事，他都是记不住的，以前常常需要毕向西半途给他送去学校，后来她终于忍无可忍，就用这块白板，每晚把第二天需要带的东西写上，每天出门前确认一遍。但是今天的白板上出现一些奇怪的文字：

"我要出去！我要出去！"

"妈妈，妈妈，你看白板说它要出去。"

随着小湖洋的提醒，大湖洋也看到了，他几乎是一瞬间明白了什么！

"什么鬼，你今天怎么了？"向西似乎什么也看不到。

"真的有字！"小湖洋叫道。

"是的！是我要出去！放我出去！"大湖洋更激动了。

毕向西看了一眼白板，显出一丝担心，蹲下扶住小湖洋："小洋，你是不是哪里不舒服，还是今天不想去学校？"

小湖洋终于被妈妈的不信任激怒了，甩开了向西的手，跑出门去，还不忘回头冲着毕向西吼上一句："你就是不信我！"

大湖洋无力地跟随着小湖洋的身体出了门，几近绝望，乞求着"回去！再回去看一下"，但小湖洋是那么决绝，连头都不回。

毕向西被儿子突然的发火镇住了，她又仔细看了白板一眼，真的看不到任何文字。她脸上浮现出担忧的表情，赶紧锁上门，追下楼。

通常，都是向西骑着单车送小湖洋去学校，他所就读的明慧学校，从家里步行需要20多分钟，骑单车的话是10分钟。楼下，几株狐尾椰和龙血树正在伸着懒腰。原来，狐尾椰真的是一只狐狸呢，树干最下方粗壮处长着一个狐狸脑袋，树干是它的身子，上方的十几片绿色大叶子正是它的尾巴，真是名副其实的'狐尾精'。矮一点的龙血树，其实树干是一条条蠕动的小蛇。小湖洋想起妈妈跟他讲过龙血树的故事，古时巨龙与大象交战时，巨龙血洒大地，后来从土壤中生出来的便是龙血树。当龙血树受到损伤时，它会流出深红色的像血浆一样的黏液——在传说中被认为是龙血的黏液，龙血树便因此得名。他曾经用小刀割过龙血树的树干，想验证它的树汁是否确实为红色的，果不其然。现在看来，原来割的正是一条蛇的身体啊，树汁就是它的血液，怪不得是红色的。

向西骑上单车，载着小湖洋出发，拐弯时，要上一个小小的坡，"哎哎，小洋，你这两天怎么又胖了，上不去了，哎。"她身体使劲往前倾，脚下的脚踏板里窜出来两个"踏板精"，帮忙滚动脚踏板，马上就上坡了。"咦，你力气还挺大的嘛。"她还以为是小湖洋帮的忙。

一路上，大小湖洋看到的花草树木都有一种新的活气和灵气，一切事物都是五彩灵动的，虽然不甚明亮，罩着一层淡淡的灰霾，但依然非常美妙，这是一个大小湖洋都不曾见过的新世界。小湖洋越看越兴奋。看来，大湖洋意识的到来，为小湖洋打开了一个新世界。

而大湖洋，在经历了20年的空心症后，面对这个五彩的世界，则感到越来越震撼。尤其是这个世界跟梦中那个充满死亡气息的灰暗世界相比，落差极大。这种落差，正在悄无声息地燃起他的斗志。"我需要你，需要你回到20年前的奇妙之境中，去找回丢失的自己，去帮助人类，这是你的使命。"白泽在梦中说的话又闯入他的意识里。他感受着小湖洋的兴奋，突然明白了白泽所说的"你应该回到你的童年去，那时的你，不会怀疑这一切的存在"。大湖洋逐渐对10岁的自己有了一种全新的感觉：这个孩子，也许真的能做到30岁的他无法完成的事情。只是，白泽所说的一切，实在太费思量了，他即便有斗志，都不知道该如何去执行。大湖洋的无名火又燃起来，"难死了！人类的命运关我什么事啊？我只要我自己好好的！"他愤怒地吼道。

突然他灵光一闪，应该让白泽把他弄出来啊，怎么这会儿才想到。于是他开始无声地大吼大叫："白泽！白泽！你给我出来，快放我回去……"依然无果，无望。这一刻，大的他、小的他、30岁的世界、10岁的世界、梦里的世界、梦外的世界、白泽、使命……繁杂纷乱的一切，在他的意识里快速无序地交叠出现着，和杂乱无章的噪音搅拌在一起，如同一股可怕的、暗黑的飓风暴疯狂席卷并摧残、碾压着他，他感觉他已经疯掉了，下一秒就会崩溃……

就在这种极度绝望中，大湖洋意识里突然闪现"冰山法"几个字，这是他们日常使用的情控法。在他30岁的年代里，人们的情绪活像一个个不定时炸弹，随时会被触发并爆炸，狂躁症、焦虑症盛行，甚至还有升级版的野兽症。社会上因此有两个地方人满为患，心理咨询所和监狱。越来越多的人觉得自己的情绪出了问题，需要疗愈，于是涌向如雨后春笋般悄然冒出来的心理咨询所。进去后，再出来，又分成两拨人，一拨人努力练习控制自己的情绪，即便根本无法完全消灭恶情绪，至少在一定程度上能掌控它；另一拨人（再加上那些压根不愿意进心理咨询所的人），依然无法自控，最后往往因情绪失控闹事而进了监狱。心理咨询所和各类情绪管理课提供了五花八门的情控法，最简单的比如"冰山法"，这是全社会都在推广的情控基本法（连孩子都在使用），就是在自己的恶情绪澎湃时，使用最后一丝理智，想象脑子是一座冰山，冷却心火。当然，说起来简单，做起来很难。

大湖洋平日使用时成功概率并不高，但现在只剩意识的他，没有了暴躁的肢体动作助长恶情绪的升级，竟然成功了。他念着："冷却、淡定、冷却、淡定……"渐渐能感觉到他一早上的恐慌、绝望、暴怒等极端恶情绪正在降下来。他在意识里，把这些情绪挪到一边，腾出位置来，整理思绪，做点理性思考：是的，如今，事已至此，木已成舟，他再怎么愤怒和绝望都无济于事，虽然接下来的一切都是未知，但他能做的，只能是接受，并静观其变，从而随机应变。这么一想，果然让他略微好受一些。他开始自我安慰：经历了昨晚的梦境和眼前的新世界，他已经开始能感受到白泽所说的"唯有抛弃错误不堪的过去，方能得到正确美好的重生"这句话的含义，他努力让自己接受，白泽强加给他的莫名新命运，也许并不是坏事。

这一场激烈的思想斗争告一段落时，小湖洋刚好到学校。大湖洋发现，当他沉浸于自己的思考中时，对外界，包括对小湖洋的思维变化，他都一概不知。

一进教室，大小湖洋就发现，很多事物也都"活"了过来，比如那一写字就打喷嚏的钢笔，比如会自己擦白板的板擦，比如会自己乱动捣乱的拖把。小湖洋急切地想跟他的同桌于卓晨，也是他最好的朋友分享这些新发现，可是卓晨觉得他说的事情简直可笑极了，甚至在那里捶着桌子哈哈大笑，眼泪都出来了，边笑边说："白湖洋你是不是傻啊？哈哈哈哈哈！"

大湖洋当然记得于卓晨这个热忱憨厚的小胖子，他是个小学霸，有着超高的智商和过目不忘的记忆力，但他可是一个连圣诞老人的存在都不相信的孩子呢。大湖洋感受着小湖洋的失望，眼前的'笔精'明明在打喷嚏啊，同学们为什么就是看不到呢？到底为什么只有他俩能看到？到底哪个世界才是最真实的？在30岁的世界里，于卓晨身在美国，与大湖洋最后一次联系时，他已经在纽约华尔街某世界顶级金融公司上班，很好地实践了父母对他的精英式教育，他是世俗意义上的成功者。空心症对他也有影响吗？

于卓晨的笑声，把他们前排的两个同学也吸引过来了。小湖洋正前方是姚琳，一个长相甜美、古灵精怪的小女孩，时有富家小公主的娇蛮和任性，小湖洋一直很喜欢她。于卓晨的正前方是范子轩，瘦高个，老成中带着点蔫坏，小湖洋对他的描述是"敌人中的朋友"，关系时好时坏。大湖洋有点兴奋地看着这两个人，小姚琳引发了他一些久违的、温暖的记忆小碎片，比如辅导他做作业，比如邀请他参加小区的万圣节派对等。湖洋对她的迷恋一直持续了好多年，直到被空心症吞噬了情感——想到这里，大湖洋突然一惊，发现自己已经开始接受空心症的存在，并开始用它来审视自己的过往了。而范子轩一直是个奇怪的存在，小学毕业后就几乎没联系了，就像小湖洋自己说的，他是"敌人中的朋友"，他身上有很多让小湖洋"不明觉厉"的地方，比如胆子很大、动手能力强，但两人在一起玩时，又经常会闹别扭，而且子轩有时还会嘲笑他是学渣，不像卓晨和姚琳，从来不会在这方面笑话他。

卓晨转述了一下小湖洋描述的精怪世界，姚琳一本正经地说："世界上无奇不有，我相信白湖洋说的。"

"啊，那你看见了吗？"小湖洋急急地问。

"哎，看不见呢。"姚琳说。

"你都看不见你还相信,你这不是胡说吗?"范子轩接过话。

小湖洋看子轩这么呛姚琳,赶紧解围说:"我就是骗你们的,哪有什么精怪世界嘛……"

上课铃及时地响了。

第一节课,数学课,数学老师兼班主任龙伟走了进来,40多岁的他,外表温文尔雅,实则冷酷严苛,他那严厉的目光透过厚厚的镜片横扫了大家,教室里一片被压抑的寂静。大湖洋心有余悸地倒吸一口气,也就是从他10岁开始,数学课日渐变成了最重要的科目——又是空心症惹的祸,语文英语次之,而龙老师,用尽了各种手段"逼"着大家在数学学习中狂奔,学渣如他,被"整"得最惨,简直惨不忍睹,不堪回首。所以,他好奇,在这段"新"的人生里,历史还会重演吗?不,不是好奇,他暗暗告诉自己:"一定不能让历史重演!"

"来,同学们,准备好,今天是单元测试。"龙老师一进教室就边走边说。

"啊,完蛋。"

"啊,太惨了。"

"啊,可怕的星期一。"

……

班里瞬间哀声遍地,小湖洋跟着起哄:"啊,要命啊,我的老天啊,我快死了。"这成绩经常垫底的小学渣,屡战屡败,却有着迷之乐观和自信,一直都有一股死猪不怕开水烫的勇气,这跟在此之前,爸妈对他学习要求不高有很大的关系。尤其是白浪在世时,一直宣扬要快乐成长,蔑视作业、蔑视成绩。但这两年来,毕向西其实已经扛不住各方的压力,开始慢慢对他施压了。大湖洋一听要考试，便想道：机会啊，今天无论如何，得想办法帮助小湖洋打好这次小小的仗啊，让龙伟瞧瞧，虽然他其实并不知道该怎么帮。

试卷发下来，小湖洋阵阵头痛，难以下笔，同桌于卓晨已经在奋笔疾书。"4（）8÷43的商是两位数，括号里最小能填（）；要使商是一位数，括号里最大能填（）。""简单啊，不就是3和2吗？"大湖洋心想，这么简单，肯定会吧，自己哪能那么笨呢？结果，小湖洋很潇洒不假思索地在两个答案处分别填上"3、4、5、6、7、8、9"和"1、2"。

"你个猪脑袋啊啊啊啊！"大湖洋意识里骂道，"怎么会这么笨！这不是瞎蒙吗？活该被整。"

再来一道题"（）÷41=40……□，□最大能填（），这个被除数最大是（）。"

小湖洋大笔一挥，第一个括号里填了40，大湖洋刚想夸自己，第二个括号里小湖洋就填了170，明明应该是1680啊。大湖洋简直想打小湖洋了，他突然有点明白小时候妈妈辅导他做作业时的痛苦了。

"不行了，再这样下去，又该垫底了，得赶紧行动啊！"大湖洋的斗志被激发了，他集中精神念着"1680、1680、1680……"但小湖洋的意识如一潭死水，毫无反应。突然，小湖洋笔袋里的一支钢笔立了起来，自己走到"170"的位置上，画了一笔。小湖洋一看，急了："你干嘛！"

"白湖洋，说什么呢？"龙伟应声道，同学们也都看向他。

"啊，没有，没什么。"小湖洋低着头，瞪着那支笔精。

大湖洋也惊到了，这次他万分确定，那支笔，刚刚一定是感受到他的意识了！就像早上的白板一样！他振奋起来："正确答案是1680啊！"那支笔果然在被画掉的170旁边，自行写下了1680。小湖洋瞄了一下安静的四周，心里暗暗惊叹，还有惊喜。大湖洋则是十倍、百倍的惊喜，赶紧继续用意念发声："上面那道题是3和2。"但刚刚那支笔却啪的一声倒在桌上，一动不动了。随即，铅笔袋里仅剩的另一支笔立了起来，走了过来，把上一道题更正了。大小湖洋都在喊着："太棒了！"只不过，大湖洋是为了他的意识能被精灵所感知而兴奋，是这个梦后新世界的功劳，而小湖洋是为有"人"帮他做题而高兴，他认定是笔精的功劳，丝毫不觉得这背后是有人在操控。

"你干吗呢，白湖洋？还不快点做！"正想着，龙伟已经走到他的桌边，敲着桌面问。"哦哦哦。"小湖洋虽然讨厌死了龙伟，但他从来不是一个强反抗型的孩子，表面上一直很顺从，他急匆匆地胡乱往下做。"三位数除以两位数，商一定是两位数（√）；被除数和除数同时乘或除以相同的数，商不变（√）"。大湖洋一看，在意识里摇了八百回头："小屁孩，你简直太丢人了，惨不忍睹啊。"完全忘了，为了让小时候的他不丢人，后来被迫付出了多少努力。大湖洋又开始用意念发声："第一道题是打叉，第二道题也是打叉。"但，刚刚那两支笔都躺下不动了，倒是小湖洋手中的那支笔，趁小湖洋在苦苦读题的时候，牵着他的手，走到上面两道题处，把错误改正了过来。只可惜，神奇的事情到此为止，接下去，任凭大湖洋怎么狂叫怒吼，笔精们都没动静了，而小湖洋因为这个插曲，做起题来更加心不在焉，还一直妄想着精灵们能继续帮他，直到考试结束时还有三分之一的卷子没做完，大湖洋恨不得"灵魂出窍"把"自己"一顿胖揍！

四

大湖洋已经被困一周。不过，毕竟是来自20年后的成年人意识，在冲出"牢笼"无望的时候，大湖洋开始变得理性起来。他一方面努力地寻找通过精怪传递信息的诀窍——虽然从那次考试后，就没再出现"奇迹"；另一方面透过小湖洋观察着这个"熟悉而陌生"的世界，越来越多早已被遗忘，或者说被空心症吞噬的记忆重新涌现，这让他有一种非常奇妙的感觉：自己正在一点点地逆向生长，要去和日渐长大的小湖洋"相遇"。无奈的是，10岁的自己智商情商太令人着急，如果不是毕向西的无微不至，感觉自己压根活不到30岁，但现在还要跟这样的自己去完成完全不着边际的使命，简直是天方夜谭。每每想到这，大湖洋的意识总是失控，绝望如四面绝壁，拔地而起。

这天，又是一个周一，正是小湖洋读写困难测评报告出来的日子。早上送完他，毕向西就前往一家读写困难专业机构拿报告，这会儿，她已经拿到报告，和做测评的人员也聊完了。毕向西正在前往地铁站的路上，准备回家。测评人员的话像连绵的波浪在她的脑子里反复翻滚："白湖洋智商很高，是

128，正常人只是100左右，但是，他有重度读写困难，就是在读和写两个方面会有比较大的困难，不过图像思维能力比较强……"

湖洋从小就对识字阅读没有任何兴趣，一个简单的汉字，在他眼前出现一百回，他都不一定记得住。一踏进小学，就开始了妥妥的"学渣"之路，起初，毕向西和白浪都认为这只是因为湖洋没有像别的孩子一样，做好足够的学前教育造成的，再加上他们奉行快乐教育，所以并不是太在意，把湖洋学习上出现的读写障碍等同于"没兴趣""开窍晚"。但直到现在，小学四年级的他，识字量仍大大低于同龄人，至今都无法完整读完一篇课文，更别提写作文了。原本以为孩子终有一天会"开窍"的毕向西，听到测评人员的话时，傻眼了。

在以升学为终极目的的公立学校里，"学渣"不好过，"学渣"家长也不好过，向西已经被各科老师"追捕"三年多了。作业不好给她发信息，成绩差给她发信息。白浪在世时，还有个人说点"别管他们，我们湖洋最聪明了"这种自我安慰的话，白浪去世之后，每当老师找上门，她就慌。一踏上四年级，情况就更加糟糕了，都说四年级是个分水岭，优生和差生的差距会越来越大、越来越明显，果不其然，小湖洋简直陷入了全面滑铁卢的境地，连他最喜爱的科学课，都爱不起来。毕竟除了美术、体育、音乐，哪门课不用阅读、理解和书写呢？就在前段时间，有一个朋友善意地提醒她湖洋是不是存在读写困难的可能性，她才想到要带他去检查。正满脑子胡思乱想时，手机响了，一看，向西更烦了，是班主任龙伟，一个电话把她叫到了学校。

"湖洋妈妈啊，你看，这是上周考试的试卷。"龙老师冷冷地把一张试卷递给她。嗯，46分，创新低了。"湖洋这个情况,得赶紧想办法啊,还不止数学,你问问各科老师。"龙老师边说边扫了一眼身后的语文林老师和英语高老师,那是两个年轻的女老师,向西默默地点了点头。"我知道你们家的情况比较特殊,但我们都可以尽力帮忙的呀,只要家长能高度配合。"龙伟至少从二年级开始,就强烈要求给湖洋上课外辅导课了,但向西从来没这么做过,甚至觉得多余,对老师们的"追捕",她的应对方法就是"阳奉阴违"。

"龙老师,湖洋的情况确实比较特殊,这是我刚刚拿到的测评报告,他有重度读写困难。"向西把这话一说,突觉松了口气,好像终于给"学渣"儿子找到了一个心安理得当"学渣"的理由。但立刻,她又陷入新的慌乱中:有了这个理由又怎样呢?她的孩子将一辈子无法好好看书,无法顺畅书写,这比当一个"学渣"来说,难道不是更恐怖的事吗?她真的有勇气放任他这么随意长大吗?她的心里某种之前坚信的东西正在崩塌。

龙伟接过报告,低头看了良久,语气中的冷淡开始有点软化:"哎,这确实有点麻烦,那你打算怎么办呢?"

"我……我不知道。"向西真的不知道。

那两位女老师也围过来,温柔的林老师说:"这个,可以治疗的吧?"

"这不是病,没有药可以治呀,"心直口快的高老师说,"这种情况啊,最好去国外的学校就读,我们这种公立学校很难解决啊。"

"我也想啊,但……"向西无力地说。

"湖洋是个好孩子,不管怎样,我们都必须想办法帮他,总会有办法的,坚决不能放弃他。"龙伟总结道。向西虽然很不喜欢别人把湖洋当成"病孩"的这种感觉,但她确实太无助了,以至于，龙伟的话和态度，让她有了一点安全感。

于是，他们开了一个长长的"会"，仔细研究了读写困难，然后"制订"了一套"全方位解决方案"。三位老师一起，信誓旦旦要创造奇迹，要让一个患有重度读写困难的孩子，重拾学习的信心。这种要去"改造"一个孩子的想法，让龙伟这位优秀教师浑身是劲。昏了头的向西，也觉得这简直就是最好的办法了，甚至对龙伟还有了一点感激。临走前，龙伟轻轻地拍了拍她的肩膀："你也太不容易了，但是别担心，我一定会尽力帮忙的。"向西心里一紧，鼻子一酸，差点哭了。白浪去世后两年来，她一直把自己深藏起来，远离一切朋友和社交，她总对旁人说"需要静静地疗伤"，于是，那颗心被越藏越隐蔽，谁都轻易触碰不到。

在当时那种处境中，我几乎别无选择，我没有能力去改变我们生存的环境和教育制度，我没有能力给读写困难的湖洋另一种更好的教育，我只能在已有的生活中，去寻找改善的一点点可能，去依靠所能得到的帮助。在一定时间里，我失去了对湖洋成长的信心，又在一定程度上，失去了自己的明心，差点引发极其可怕的后果，这一点，我至今都自责并愧疚不已。这也不能完全怪龙伟，他只不过是过度自信且盲目。很多时候，人们总是自以为是在做着"绝对正确"的事情，尤其是在教育一事上，殊不知，这种自以为是就是一种可怕的错误。因为，凡事根本没有绝对的正确或者错误，只有根据不同个体本身，去辅以一些相对正确的做法，方有好的结果。

——摘自《人类的迷失》，2048年著，作者毕向西

从教师办公室走出来时，差不多也到午饭时间了，毕向西想到小湖洋经常抱怨学校午托的饭菜不好吃，于是就把他接出来，到学校附近一家茶餐厅，点了他爱吃的咖喱鸡扒饭，顺便"很随意"地说出了她和老师们的决定：

第一，马上去上读写困难专业机构的周末培训课，改善认字能力，提高阅读理解能力；第二，由龙伟亲自出马，每周三次，放学后义务来辅导数学——毕向西不忘转达龙伟提到的伽利略名言"大自然，这部伟大的书，是用数学语言写成的"。喜欢大自然的孩子，都得会数学；第三，增加网络英语课，不会读写，口语总得会吧？第四，出于经济和时间的考虑，暂时先把户外自然课停掉，"先得把认知的基础学会啊，连字都不会认，上什么自然课啊？能把课内的科学课学好就很不错了"。毕向西依然转达了龙伟的话，她觉得这样更有说服力。

小湖洋边吃边听着，一直默不作声，等毕向西一说完，他甩出两个字："我不！"毕向西被他的坚决惊到了，但马上反应过来："我不能再放任你这么任性地长大，我必须对你的未来负责！""我不！我不！我不！我要爸爸！"小湖洋突然大叫起来，眼泪也跟着掉下来。毕向西慌了神，餐厅里为数不多的客人都朝他们望去。一听到孩子提"爸爸"，她差点也哭了，又难过又生气又无助。这时的大湖洋，也是百感交集，他能理解妈妈这时的各种不易，也痛恨小湖洋所面临的教育环境。

这一天，对他整个人生来说，是另一个转折点，几乎就是从这一天起，他"快乐教育"的生涯结束了，开始被推上"应试教育"的跑道，最终长成30岁的"自己"。大湖洋意识中浮现着成长中的种种压抑与焦虑，也许就是从这一天开始，"空心症"缠上了他，而白泽让他重新回来，只能说明，这不是他应有的人生，至少，他能改变一些东西。"不，不是至少，而是必须去改变！"他对自己发狠地说。

和妈妈不欢而散，小湖洋回到学校，痛苦地煎熬着，课堂上各种字符、字母、汉字，在他眼前飘来飘去，但没一个能进入他的脑子里，神游就是大小湖洋上课的共同常态。但大湖洋更多是心疼，只因想到了接下来的各种补习班，30岁的他，依然心有余悸。

好不容易熬到最后一节课，美术课，小湖洋心情才有所缓解，他擅长并喜欢画画，照他自己的话说："每幅画都成为班里的焦点呢。"正如读写困难测评报告里所说的，他的图像思维能力确实很好，想象力也丰富，他总是能画出一些奇思妙想的事物。事实上，有些画的就是只有他能看见的"事物精"或者"奇异仙"——这是他给它们起的名字，那些生活里存在的事物，就叫事物精，而那些现实生活中并没有的神奇事物，则叫奇异仙。而在他画的这个精那个仙中，有的是他真实看到的，有的虽然并未见过，但日后，居然都在神界一一找到对应之物了。大湖洋有点明白为什么白泽会找上他了，因为确实与众不同啊！但还是不明白，为什么只有他是与众不同呢？他意识里突然冒出了白泽所说的"明人"一词。

这节美术课，依然是学习画国画，老师说了一些基本方法之后，就让孩子们自由创作了，小湖洋竟然画了一只梦中的食梦貘，虽然笔触稚嫩，但却非常神似。当他画完时，卓晨和两位前排同学纷纷赞叹，他们认为这只怪兽看起来好厉害，小湖洋还跟他们说了，这是会吃梦的神兽哦。几位小伙伴纷纷表示，曾经被食梦貘吃过梦。小湖洋就纳闷了，为什么他们可以相信看不到的传说，却不肯相信他亲眼看到的世界呢？

下午三点多,临近下课时,大小湖洋突然看到"白板擦精"神色慌张地从讲台上偷偷溜下来,然后快速冲出教室;紧接着,他身后(他坐在最后一排)的几个"拖把精"也从角落里急匆匆地出逃;还有他的笔袋,原本躺在里面睡大觉的十多支笔,全部醒过来,从他的桌上跳下来,也都往门口跑去。怎么回事?发生了什么?小湖洋瞬间也变得很慌乱。突然,下课铃应声响起,小湖洋抓起书包,冲出教室想追赶出逃的事物,同桌于卓晨在后面高声喊:"等等我啊。"平时,他俩都是一起走路回家的,因为他们两家挨得近。

小湖洋奔跑着下楼,冲出校门口时,发现在熙熙攘攘的接孩子的家长群中间,在他们的脚缝隙间,各种各样奇怪的事物精都在朝同一个方向跑去,路边的树动不了,但都满脸焦虑和慌张。小湖洋跟着这些事物精一起跑,他隐隐觉得,这事肯定跟他有关,大湖洋则清楚地知道,一定有关。小湖洋又害怕又好奇,他多么希望有人和他一样,看到这一切,然后一起前往,但是没有,很明显,周围没有一个人看到他所看到的世界,只是不断有人奇怪地看着狂奔的他,他不知道的是,在他脑子里的大湖洋恐惧感比他更甚。因为,大湖洋知道,一定不会是什么好事。而于卓晨下楼时,早已不见小湖洋的踪影,他心里嘀咕着,这白湖洋今天怎么这么奇奇怪怪的呢。

跑了一会,小湖洋感觉到,这是要去往梦里的生态公园啊。这个生态公园与他家和学校刚好是个小三角,他经常会去那里玩耍,所以路很熟。等终于到达公园,进入大门后,他完全傻眼了。公园内外景致各异,门外本来是下午三四点钟温和的阳光,门内却是乌云密布,阴沉沉的。眼前这个他原本熟悉的公园里,挤满了各种叫得出名字的、叫不出名字的事物精,还有更多的，是完全陌生的奇异仙。有大有小，大的堪称巨大，至少得有六七米——就像书里面出现过的神兽，小的最多巴掌大，样子都古怪极了。除了外貌不一，所有的神兽、精灵、仙怪全部都神色惊慌，甚至是痛苦，大家呜呜呀呀发出一些奇怪的声响，小湖洋虽然听不懂，但却能感受到一股恐慌且悲痛的气息。

大家最终都聚集在一个地方，小湖洋随着"人群"停下来，终于看到了大家的焦点，那不就是梦中的食梦貘吗？！它所处的位置就是梦中看到的位置，它所持的姿态也正是梦中它石封后的姿态，唯一不同的是，眼前的它，还没完全变成石头雕像，身上是五颜六色的毛发，虽然此刻暗淡无光，但还是可以想见之前的惊艳。它的头顶也有一团像梦中的白泽一样的五彩光团，但此时正越来越黯淡，濒临熄灭。而它身体贴近地面的部分，已经开始在石化了！它一副痛苦不堪的表情，嘴里嚷嚷地说着什么。有几头巨大的、同样头顶光团的神兽围着它，有一条龙，一只像是骆驼，那一定是《新山海经·异兽录》里记载的神兽，只是湖洋一时叫不出名字来。它们相互之间在低声交流着什么，但分明没人阻止得了石化的快速蔓延。

食梦貘石化的速度越来越快，从下往上延展，很快，食梦貘半截身子就已经变成石头了。多么可怕的场景啊，一只活物，身子一寸一寸化作坚硬的石头。毛发上一秒还在风中飘动，下一秒就失去色彩，变成土灰色的石刺子，甚至，落在它身上的树叶，也跟着瞬间石化。显然，食梦貘在石化之前已经完全失去了生机，对这一切毫无反抗之力。周围悲痛的声响开始加入了凄厉的哭泣声。

大小湖洋在这些声响中，也不由得越来越悲痛。天啊，他们正亲眼看着一头传奇的神兽死去。大湖洋又开始恼火起来，

"该死的白泽，什么都没说清楚啊，到底应该怎么办？"正想着，突然，小湖洋不顾一切地冲到最前面，冲到食梦貘面前，大喊："你醒醒啊！你醒醒啊！"此刻的食梦貘只剩脑袋没有被石化，它艰难地半睁开眼睛，瞄着湖洋，眼中发出最后一点光，那是多么绝望的一点光啊。转瞬，它就完全被石化了，脑袋上的大光团也变成一块悬空的石块。

周围的神兽精灵们看着小湖洋，并没有惊讶，好似他本来就应该在场似的，它们都能看见他心口处一团淡淡的蓝光。小湖洋爬到食梦貘身上，试图晃动它，但它纹丝不动，包括那块悬空的石光团。

小湖洋就那么趴在它身上，突然号啕大哭起来。中午妈妈说的话、前些天做的关于食梦貘的梦，轮番在他脑袋里交替，最后思绪锁死在"食梦貘如果死了，人类就再也不会做梦了"这个念头上。一想到此，他哭得更伤心了，他好喜欢梦中各种奇妙的幻想，他开始边哭边叫："我不要上补习班，我要做梦，我要做好多好多的梦。"大湖洋感受着小湖洋的思绪，越来越心疼，好想去抱抱他，但眼前的一切，更多的是让他深感恐慌，他也想到梦中的景象，更加确信了白泽所说的一切。想着随着食梦貘的石化以及即将出现的相当可怕的后果，他顿觉毛骨悚然，只想逃离。

而这时，周围的声响汇合成哭泣之河，像是溃散的污水浊流，围绕在食梦貘身边，弥漫在整个生态公园里，萦绕、扩散。

也不知道过了多久，小湖洋的手表电话突然响了起来。

"小洋，你人呢？"毕向西着急的声音传来。

"我、我、我，我在生态公园里。"他的声音里还带着哭腔。

"怎么了小洋？哭了？"毕向西的声音有些颤抖，"是不是，还在生妈妈的气?"

"呃……不是,我这就回家。"

这会儿,环绕四周的神兽精怪已经散去很多了,只有那条声音之河哭泣的响声依然在四周回荡。小湖洋从食梦貘身上下来,走在回家路上,魂不守舍的——甚至没留意到身边的事物精都是悲怜的神情。大湖洋由刚刚经历的事,联想到了梦中的使命,有点似懂非懂。

食梦貘居然就这么"死了",那么多神兽精灵都没能救活它,他一个小屁孩,能怎样呢?太让人发愁了。小湖洋想得简单多了,他觉得很威风,想起了他爱看的《哈利·波特》,还有同学们总说的钢铁侠、雷神、美国队长等英雄,突然觉得,自己是不是也要成英雄了呢?他是个心里藏不住事的孩子,他打算一回家,就把所有事情都跟妈妈说。

大湖洋跟随着小湖洋的思绪,突然略感欣慰。10岁的小湖洋,能做这样的思考,他觉得很棒,同时,也觉得非常惭愧,当小湖洋这样一往无前的时候,他居然想着逃离。但很明显,他根本无路可逃,一想到这里,他又忍不住埋怨起白泽来,这轰然而至的、匪夷所思的新命运,他至今都没法坦然地全盘接受。

回到家,天已经快黑了,毕向西很着急,这社会,天天各种拐卖儿童的消息满天飞,确认湖洋完好无损之后,她松了一口气。但小湖洋却说:"妈妈,我有事,我有天大的事!"然后,母子俩坐在客厅的沙发上,小湖洋从一周前的梦开始讲(只讲一点他能记住的皮毛片段),到每天看到越来越多样的事物精和奇异仙,以及刚刚发生的一切,边讲边指着房间里的事物精给毕向西看。而关于这些事的灾难性后果,小湖洋自己并不知晓,也说不清。虽然毕向西没有过多的责备,并且很认真地听着，但他依然越来越难过，因为事物精灵们都悲伤欲绝，那条声音之河的哭泣声已经蔓延到他家中；再就是，毕向西根本看不到那些精灵，他不能确定妈妈是否相信这一切。

等他讲完，毕向西停顿了一会儿，不知如何作答，她有点晕，尤其是下午4点多开始，有一瞬间，她感觉好像被人重重拍了一下脑袋，至今都晕乎乎的。虽然自认是一个能够接纳不同事物和事情的人，也喜欢幻想，还写童话。但是，小湖洋眉飞色舞说的这一切，她还是觉得难以置信，甚至于，她在心里升起一个词"荒谬"。但她知道不能再去打击孩子，于是她字斟句酌地说："小洋，妈妈觉得呢，可能每个人都有每个人的世界，你有你的，我有我的，在你的世界里，你所说的这些，我相信都是真实存在的，但是在我的世界里，并没有这些呢。"

小湖洋听完，忍不住有所失望，妈妈是这个世界上最理解他的人，但是她也不相信他说的话。

"哼，重要的东西是眼睛看不见的，你都没有用心看！"他说。

毕向西完全没料到小湖洋会这样"将"她一句，一时语塞。半晌，她小心翼翼地回答道："小洋，我不是不愿意相信你说的事情，只是我真的看不到，但是，只要你需要任何帮忙，你都可以告诉我哦，我一定会尽力去帮助你的"。小湖洋听后总算满足地点点头。

晚上临睡前，是母子俩的亲子共读时光，其实就是毕向西读给小湖洋听，边读边讲解，有些让他自己看，他不一定看得下来。原本，这些天，他们正在看最后一本《哈利·波特》。但今天，小湖洋缠着要继续看《新山海经·异兽录》，于是他们重温了一下关于食梦貘的部分，书上的描述很简短，毕向西便在网络上找到了一些其他的资料,她查阅到有一个叫小泉八云的日本作家,写了一本名为《怪谈》的书,里面有一篇专门讲到食梦貘。毕向西选读了一些给小湖洋听:

"唉,我们的夜太短了,食梦貘还来不及吃掉我们的梦。"
——古老的日本情歌

这种动物叫作"巴库",或者叫"貘",它有吃掉梦的特殊能力。很多地方对它的这种能力都有过描述。我收藏的一本古书中说,雄性貘身体似马、脸似狮子、鼻子和獠牙似象、额似犀牛、尾似母牛、足似虎。……古书中还进一步说明:"无论什么时候恶灵出现,只要念貘的名字,恶灵便会立刻倒地而亡。"……貘能食梦,这在日本尽人皆知。对于这种动物的祭祀,最引人注目的一点是,王公贵族们常用朱砂在木制枕头上写下"貘"的汉字。借助这种动物的美德与力量,睡眠者能免受恶灵的骚扰。今日想要找到这样的枕头大为不易,就算是貘的画像也很罕见了。但是关于貘的古老的咒语在日常生活中依然存在:

食梦貘,食梦貘!吃吧,啊,貘,吃掉我的噩梦。

如果你从噩梦或者不那么令人愉快的梦中惊醒,要赶快念三遍这个咒语,貘就会来吃掉你的梦,将你的噩运和恐惧改为好运与欢乐。

"哇,听到没,今天晚上呀,如果你再做不好的梦,就念这句话哦。"毕向西说。"妈妈,我们再也不会做梦了。"小湖洋说道。"没事没事,不做梦也没什么大不了的,"毕向西说，"睡觉睡觉。"睡前按摩是不可少的，湖洋有严重的鼻炎，毕向西每晚都要用精油给他推背按摩，不管是否起作用，他都非常享受被按摩的时光，这是他和毕向西之间最温情的时刻。

　　大湖洋一直默默地看着眼前的一切，在意识中竟然忍不住流泪了。这样温馨的时刻，他有多久没有享受过了？和妈妈之间，有多久没有这么好好说过话，有多久没有拥抱亲吻过了？空心症把这位曾经对他无比宠爱的妈妈弄丢了！对，一定是空心症，世界都被它毁了！而现在，他和这个20年前的自己，也许可以改变这一切。他感觉自己原本已经荒芜坚硬的内心，正开始松动。对于眼下这离奇且艰难的使命，又多了一份接受，对于即将发生的灾难，忧心忡忡。

　　此时此刻的世界，正在遭受着食梦貘石化所带来的恶果，一切事物都在悄无声息地发生着变化。那条哭泣之河从下午开始，流出了生态公园，流向了四面八方，它所携带的，不仅仅是泪水和悲伤，还有被禁锢的兽性、被毁灭的愤怒。所幸，它现在的能量还不够强大，不足以顷刻间造成致命的伤害。但，一头神兽的石化是一个可怕的起点，很快的，那些巨兽们将会一只接一只消失，化作银白色的粉末，像是飘向星辰的尘埃，又像是落入深渊的灰烬，也许这就是奇妙之境的死亡，一种能传染的死亡。而因此引发的空心症已经在人间发作……

　　写这本书的时候，我最真切的感受是湖洋自身的成长。"我后来发现，其实10岁的我，比30岁的我更快地进入到角色当中了。人越长大，对事物的质疑也就越大，更何况，我还经历过20年的空心症，让我去相信这一切已经很难，还要我投入其中，为之战斗，实在太难了。但是小湖洋不同，他的心是澄净的,他能很直接地接收到一些信息,并且接纳它,正如白泽所说的'10岁的你,是一个明人,你的心,会引导你去完成这一切的……'"在湖洋的讲述中,我看到了,30岁的他和10岁的他,正在进行着一场非同寻常的共同成长。

——摘自《人类的迷失》,2048年著,作者毕向西

五

  公元 320 年,中国历史上的东晋大兴三年,东晋都城建康的一处清幽私宅的厅堂,两位士人盘腿坐于花毯之上。其中一位头戴小冠,穿宽松长衫,手持黑蒲扇,红光满面,笑容可掬,他就是中国风水学鼻祖、游仙诗祖师郭璞,是他对古本《山海经》进行了注释,解锁了诸多来自《山海经》的秘密,真真切切地向世人揭开了神界的神秘面纱。如果说,上古时期,白泽和黄帝的相遇第一次让人间知道了神界的存在,那么,郭璞所做的事情就是无限地拉近了人间和神界的距离。面对他坐着的这位,正是羊头人身的白泽,依然身着白色长袍,胸前是蓝色的"元"字,头顶是那团缓缓流动的五彩光团,内含一个高山流水的小景致,此刻,这团光非常的鲜艳明亮。他俩正在一起吟诗作对、谈笑风生。郭璞朗朗地念道:"翡翠戏兰苕,容色更相鲜。绿萝结高林,蒙笼盖一山。"白泽应之:"妙哉妙哉!"在他们旁边,"酒壶精"自行在倒酒,"帘子精"在旁边轻轻飘舞,一群小小的"梅花精"正在树枝上嬉戏打闹,一切事物都明亮清爽极了,这正是人类和神兽共存的奇妙之境最和谐的画面。

这一幕出现在大湖洋的梦中，是的，他竟然还是做梦了。而梦中的这个景象跟他在 30 岁当下以及回到 10 岁时看到的奇妙之境又有很大的不同。30 岁的世界完全是一片灰暗的，10 岁时的至少是带有颜色的，但跟梦中那个清澈透亮的五彩世界相比，简直是天渊之别。这是一种大湖洋从未见过的斑斓色彩，它柔和地笼罩着一切，使得万事万物都散发着一股温润的和谐之美，如至美的翡翠。大湖洋身处其中，大口大口地呼吸着清澈的空气，人生中第一次有如此真切的陶醉沉迷之感，实在是太过美妙。

正在此时，白泽招手呼唤他，他赶紧走到他们跟前，也席地坐下。大湖洋一眼发现，他竟然能透过长衫看到郭璞的心脏。那里有一处和白泽头顶的光团中包含的小景致一模一样的风景。他下意识地看了一下自己的心脏处，一惊，居然也有同样的景致！那是什么呢？湖洋正纳闷着，便听到身边的白泽愉快地说："来来来，好好见识一下这个最妙哉的奇妙之境，这可是我人生中最愉悦的时光。"

大概是看到湖洋一脸茫然且惊诧，对面的郭璞也说起话来："物不自异，待我而后异，异果在我，非物异也。""什么？"湖洋转头求助白泽，白泽道："哈哈，他就是要你打开自己的心眼，不要被以往的认知所局限，这辽阔宇宙，无奇不有，就看你的心能否接纳之。"

郭璞又说："翫所习见而奇所希闻。"

"翫 [wán]，即玩，'翫所习见而奇所希闻'指你只会接受日常所见的东西，对少听说的事情持有奇异的态度也即少见多怪。今后我会好好给你补课，增广你的见闻，你需要从空心症中跳出来，打破那已经被腐化的认知惯性，你需要更好地认识这个真实的世界，并努力去扭转它。"

酒壶精自己走到了湖洋面前，给他倒了一杯酒，酒杯从地上腾空而起，自行到了他的手上。白泽继续说："好好想想，对比一下，眼前这个世界，和你生活的世界有何不同吧。"他的语气开始深沉起来。

"哎，变坏了。"湖洋叹息。

"何止变坏啊，已经快入绝境！"白泽嗓音变高，痛心疾首，举着酒杯："郭璞兄，我真的没想到事情会变成这样啊，我一心想要让人间和神界共生，他们也只能共生啊。难道我真的错了吗？这事就没对过吗？"郭璞静默不语。

白泽又朝湖洋说起来："自从我在上古时期遇到黄帝，并告知神兽之事后，我觉得神界和人间的融合度还远远不够，还没法达到共存共生、互相滋养的状态。好在我找到了郭璞，他是值得我去信赖并托付的人。"他看了一眼正在独自喝酒的郭璞，又意味深长地看了一下湖洋，继续说，"《山海经》一书，其实是从我们神界流传到人间的，但是世间人大都'玩所习见而奇所希闻'，对神界的事始终没法好好认知并接纳。于是，我把神界更多的、更具体的秘密告知了郭璞，辅助他注释了《山海经》，这才让人间对神界有了更深刻和具象的了解，让神界和人间得以空前和谐地相处，正如你眼前所见到的。"

"可是，这又代表什么呢？神界和人间和谐相处又能怎样呢？"湖洋忍不住问道。"唉。"白泽一声长叹，起身，走到窗前，湖洋也跟着过去。

窗外，正如郭璞刚刚所朗诵的《游仙诗》中所描述的一般，翡翠戏于兰苕，花鸟交相辉映，鲜丽明艳；翠绿的藤萝缠绕在高高的林木上，郁郁葱葱地覆盖了整座山峰，山峰深邃幽静，好似笼罩着一层朦胧的仙气。而那些"藤萝精"和"花鸟精"都有着另一种灵气和活气,它们都是神界的成员。徐徐清风从窗口吹进来,一股飘飘然欲出尘世的气息让湖洋恍恍惚惚,只觉美妙绝伦。

"这便是神界和人间和谐相处的重大意义所在,万物和合而生,一切相容相安,互为镜像,相互滋养,"白泽说道,"东晋时期也是整个中国文学史上产生最多神兽精怪作品的时代,那都是奇妙之境的产物啊。"

"那到底为什么,世界变成现在这样了呢?"湖洋极其困惑,白泽目光望向窗外,许久不说话。突然,从远处飞来一只色彩缤纷,尾巴长长的鸟——湖洋后来在资料中查到,这种鸟叫极乐鸟。

极乐鸟落在白泽的肩膀上,开口催促:"快点了,快点了!"白泽伸手轻轻拍了拍它,又转头对湖洋说:"嗯,是的,食梦貘已经石化,时间太紧迫了,你只有7天时间,否则食梦貘将永恒死去,人类将永失梦境,你必须赶紧行动,去唤醒它。"

"但是我该怎么做?食梦貘和这个世界有什么关系?梦境跟空心症又有什么关系,你得都告诉我啊!"白泽的避而不言,让他很着急上火。

"好笨好笨,这么简单的事。"极乐鸟却还在调侃,说话还很利索。

"你才笨蛋!"湖洋一下又火了,举起手,作势要打它,20年来形成的冷漠和火爆脾气,不是一时半会就能改掉的。

"好好想想,食梦貘最需要什么?"白泽解围,"快快去吧。"

六

大湖洋意识中还飘着"快快去吧"这句话,小湖洋眼睛一下子睁开了,大湖洋大为恼火,怪白泽托个梦还没头没尾,怪小湖洋不该醒来,但他急着想知道小湖洋是否跟他做了同一个梦,于是克制住怒火,观察着小湖洋的举动。只见他一反常态,一个骨碌就从床上坐了起来,大喊:"妈妈,妈妈,食梦貘最需要什么啊?"天,他也做了这个梦,"我们的梦境是相通的!"大湖洋激动得差点流泪。

毕向西走进房间,说:"呦,神奇了哦,居然这么早起来。"

"你快帮我想想嘛,食梦貘最需要什么啊?"

"那还不简单吗,它需要梦啊。"毕向西随口回答。

"噢噢噢噢,对对对。"大湖洋恍然大悟,对啊,食梦貘不就是需要梦吗?这么简单的事,他这脑子,真的已经完全机械掉了,所幸,这会儿的妈妈和小湖洋脑子还是正常的。

"可是,你做梦了吗?"小湖洋问向西。

"昨晚啊,好像还真的没有呢。"毕向西思索了一下。

小湖洋急急道:"啊,那怎么办啊?食梦貘需要梦才能复活啊。"

"噢,这……"向西哭笑不得,这孩子到底怎么了?怎么像走火入魔了?难道是因为之前太鼓励他放任想象了?她摇摇头,脑袋是晕的,今天醒来,感觉怪怪的,明明一夜无梦,但却觉得累得不行,好似有石头压心头,还不如睡觉前精神。

"但是我做梦了哦,"小湖洋有点兴奋地说,"而且是一个好漂亮的梦呢。"

"哇,那是什么梦呀?"毕向西眼睛一亮。

"梦见我是个大人了,在一个古代的房子里看到有一个人,还有白泽,你看,就是他。"小湖洋指着床头柜上的白泽,"他们边喝酒边读诗,周围都很漂亮,到处都是五颜六色的,而且还会发光。酒壶会自己倒酒,爬藤植物会用自己的手和脚爬山,还有一只五彩斑斓的大鸟会说话!空气好舒服,我的鼻子一点都不塞了,可以顺畅地呼吸。那个地方就像,就像仙境,太太舒服了……"小湖洋夸张地拖着长音,大湖洋听着激动不已,果然是一模一样,梦里一大一小的两个自己好像是合二为一了。看来他的出现,也许正是小湖洋对空心症免疫的关键。接下来发生的事情,让大湖洋更加激动。

就在小湖洋说完他的梦后,突然,他的眉心之间慢慢长出了一个小小的五彩的光团,里面隐约倒映着梦中的世界。"啊!"大湖洋一看,瞬间懂了,这个梦变"实"了,它有用!

两眼放光的小湖洋慢慢地接住缓缓下沉的梦光团,脸上露出一种幸福莫名的笑容,他忍不住把它捧到毕向西面前,大声说道:"妈妈快看,这里面是我的梦,太漂亮了,像个包子,哈哈。"

毕向西一脸茫然,想到了读写困难专家说的"你家孩子想象力很丰富",哭笑不得地说:"好好好,你赶紧去刷牙洗脸,要吃完饭去上学啦。"

显然,向西没有看到什么光团,转身去做早餐了;显然,小湖洋也还没意识到这光团能干吗用。大湖洋干着急,在意识里一直喊着:"用它就能救食梦貘!用它就能救食梦貘!"

突然,小湖洋举目四望:"什么?谁在说话,用它就能救食梦貘?"大湖洋兴奋至极,他简直像跳了两米高一样回答:"是的!是的!"这次,小湖洋没什么回应。但大湖洋已经非常满足了,这是他们彼此第二次意识间的直接传递!虽然依然不知道是如何触发,但至少在这个关键的时候,一条至关重要的信息得到了共享。

"就是用它来救食梦貘吗?"小湖洋盯着那团小玩意,苦苦思索着,"你是不是跟我说话啊?可是怎么救呢?"

"白湖洋!你倒是快点啊!"毕向西在厨房一如既往地吼着。

"来了来了。"小湖洋把小光团塞进自己的校服口袋里,来到客厅,他看了一下四周,昨晚那股哭泣之河的气息依然在,而且越发浓得散不开。他赶紧去检查家里的小精灵们。它们统统萎靡不振,而且,全部都像罩了一层灰色的膜,色彩暗了一圈。刷牙的时候,"牙刷精"在嘴巴里软趴趴的,刷都刷不动。

吃完早饭匆匆出门,路上的景象,跟家里没什么两样,都是一片灰暗的颓丧之气。小湖洋坐在妈妈的单车后座上,一言不发地看着,心里难受极了。虽然,他的感受没有大湖洋那么深刻,但也足以让他莫名伤心。

大湖洋急于想尝试光团的作用,一直用意识在念着:"去生态公园,去生态公园,去生态公园。"但小湖洋并没有接收到信息。而且大湖洋发现这熊孩子完全不记得梦中提到的7天之限啊。整整一天下来，小湖洋在学校上课嬉戏，时不时好奇地偷偷看一下梦光团——就像新得到的好玩具。不仅不着急，还有点小兴奋。大湖洋则焦躁不已，一直魔怔般地念叨着："只有7天，只有7天，只有7天……"尝试再动用"钢笔精"什么的，也都失败了。最终小湖洋也没能得到这条信息，还兴致勃勃约了姚琳周末一起去上自然课，可惜人家要上钢琴课。"活该！"大湖洋骂道，"都什么时候了，居然还想着约小女生，信不信我揍你！"

而这节自然课，将是他最后一节自然课，下一个周末就要开始上读困训练课了——对妈妈和老师的决定，小湖洋似乎已经"逆来顺受"了，这个阶段，父母就是孩子的指路灯啊，懵懵懂懂的孩子很容易就被带着走了。大湖洋真是有种"哀其不幸怒其不争"的愤慨，但眼下这不是最要紧的事。

好不容易才熬到放学时刻，于卓晨家里有事，被爸爸接走了，小湖洋自己背着沉重的书包往家里走，一路上拿着梦光团玩来玩去，对着阳光看、在手里丢着玩、放到地上等它飘起来，总之玩得不亦乐乎，路人都好奇地看着他。大湖洋简直觉得丢死人了。"白痴啊！"如果他有脸，这会都已经红透了。"赶紧去生态公园试试梦光团啊！笨蛋笨蛋！"大湖洋又开始在意识里念叨，"去生态公园，去生态公园……"也管不了到底奏不奏效了。

小湖洋竟然真的往生态公园走去，大湖洋感受到他的念头："要不去给食梦貘看看这个梦包子吧，反正回家也是写作业，无聊！"

大湖洋苦笑，瞎叫唤一天，抵不过孩子一时贪玩。

整个生态公园里暗淡无光,毫无生机,一切所见的花草树木都垂头丧气,那条哭泣之河依然环绕在园区,缓缓流动,呜呜作响。小湖洋不知不觉就走到了食梦貘面前,突然,手中的梦光团飘离他的手,缓缓飘向食梦貘。大小湖洋都惊讶地看着,等待着。小小的梦光团在空中飘浮,隐约可以看见它内含一个小世界。

它越过食梦貘的身体,到脑袋上那坨石化大光团的位置,停了一秒,然后,像是被磁铁吸住一样,瞬间贴紧石化光团,又瞬间进入石化光团,然后,就消失不见了!

与此同时,食梦貘巨大的象鼻的前半截,竟然显现了石化前的样子,但也只是一瞬间,又恢复石化。

小湖洋呆呆地看着,发出惊叹声:"啊,没反应呀。"大湖洋着急地喊:"你瞎啊,有反应的,就是太小了,得要大的、大的!"

小湖洋继续惊叹:"是不是太小了?"大湖洋庆幸着10岁自己的智商,猛烈地点着头,如果他有头的话。

"可是得要多大呢?"这个问题同时困扰着大小湖洋,注意力慢慢地落在了那块悬浮的石化光团上。

"难道要那么大的?"小湖洋一脸疑惑。

"就是要这么大!"大湖洋万般肯定,但又满腔绝望,"这得要多少梦啊?只有7天啊,该死的白泽!"

这时,小湖洋的手表电话又响了:"小洋,在哪呢?快回来做作业啊,晚上还要上英语课呢。"妈妈不耐烦的声音传来。"哦,来了来了。"小湖洋敷衍道,急急走出公园,一进家门,妈妈就一顿劈头盖脸地问:"去哪里了?作业开始写了没?不知道今晚还要上英语课吗?……"

"好好好，烦死了。"小湖洋气呼呼地拖着书包，进了自己的房间。这做作业现场经常就是家庭战场，毕向西有时完全像变了个人一样，脾气暴躁，厉声呵斥，小湖洋则总是哽咽哭泣，情绪低落。这样的状况，越来越常见……

这个傍晚，也许是焦急和担忧的情绪混杂，毕向西特别暴躁，加上小湖洋还在外面磨蹭半天才回来，她早就一肚子火了。陪写作业时，她实在控压不住自己，一气之下，还把小湖洋的课本扔在了地上。小湖洋哭哭啼啼地喊着："你就像一只怪兽，你就是一个怪兽妈妈。"毕向西一听，气不打一处来，差点就挥手打人。最后一刻，强制住自己的情绪，转身回自己的房间，"砰"把房门关上。这是她这么多年来，陪写作业时发过的最大的火。

大湖洋在意识里摇了两百个头，哎，救自己，救人类，现在还得救妈妈，简直让他一筹莫展啊，关键还没人意识到他的存在。而时间过一秒少一秒，现在食梦貘已经"死亡"整整24个小时了。

小湖洋抹着眼泪，心不在焉地写着作业，手边是妈妈刚刚一怒之下扔给他的一块A4纸大小的小白板，那是妈妈给他讲解题目时用的。

突然，上面出现了"救食梦莫"四个字，小湖洋睁大了眼睛，刚想张口喊妈妈，又咽回去，嘀咕着："哼，不跟你说了。"

小湖洋端起了小白板，问道："咦，你是想跟我说什么吗？"

大湖洋简直是大惊喜，灵了灵了，终于又沟通上了！紧接着，白板又变换成"纸有7天"四个字，大湖洋一看，苦笑道："这小白板敢不敢换个输入法，这笨小子有读写困难啊，错别字加同音字会难死他的。"

"救食梦貘……只有7天。"小湖洋嘀咕着,"7天救食梦貘!这是倒计时吗?"

大湖洋差点为自己儿时的智商感动到流泪。小湖洋傻傻地盯着小白板,一分钟过去了,没有变化,两分钟过去了,还是没有变化。小湖洋又嘀咕:"我是不是傻……"

"你不傻啊,是只有七天啊!"大湖洋拍打着看不见的气场,绝望道,"我的个天!我要疯了……"他赶紧"乘胜追击",不断重复发念:"要收集更多的梦光团,要塞满你的百宝箱!要收集更多的梦光团,要塞满你的百宝箱!……"

半晌,正当小湖洋准备放下白板的时候,一行字显现了出来:"百宝箱,一相梦光团……"

这是三分钟前大湖洋的话。原来是这样,大湖洋恍然大悟,这玩意不仅错字百出,而且会延时,还只能显示简化信息!

小湖洋念叨着:"百宝箱,一……相……梦光……园,啊,不,团,一相梦光团……"同时,好奇地拿起白板,前后上下翻来翻去地看,这玩意儿,慢慢地从两边伸出了小小的手和脚,上方则冒出两只绿豆般大小的眼睛,小得不留心根本看不到。哇,原来是个小小的"白板精"呢。

百宝箱是白浪从前送给湖洋的显微镜外盒,大小比食梦貘脑袋上的石头还要稍微大一点,如果能收集到这一箱梦光团,肯定就足够了。

小湖洋有了关键的线索,再也按捺不住了,跑出门大喊:"妈妈,妈妈,我得收集一大箱子梦光团去救食梦貘,只有7天时间啊。"大湖洋也长吁了一口气,有一种完成史诗级任务的轻松感,如果有身体,他现在的姿势应该是瘫倒在地,然后仰天长笑。

毕向西一听，怒火被再次点燃，但看着儿子抱着白板，嘴里还叨叨着疯言疯语，专家的话再次出现在脑子里，她努力深呼吸，竭力压制住了怒火，然后冷冰冰地回应道："好好写完作业，否则一切免谈。"

小湖洋却不依不饶："我没骗你，你看你看，上面写着呢。"毕向西瞟了一眼白板，空空如也，她皱着眉头，又用力甩了甩头，深深地吸了口气，走到小湖洋面前，蹲下扶着他的双肩，说："妈妈相信你，咱们不做作业了，咱们讲故事，睡觉！好吗？"

小湖洋还沉浸在自己的英雄梦中，也不在乎妈妈的反应了，居然对着白板精说："嘿嘿，你说，我是不是能成为一个小英雄啊？嗯哼，我就是哈利·湖洋！我还是悟空·湖洋！"

毕向西的反应大湖洋看在眼里，心中很不是滋味，一个什么都看不到的成年人，却要强行克制自己，在孩子面前装作一切正常，不能说，不能怒，甚至都不能哭。大湖洋30年来，第一次感受到为人父母的难和痛，他突然好想抱抱他年轻的妈妈……

七

这是食梦貘石化的第二个深夜,人间正在经历第二个失梦的夜晚。那条哭泣之河不但没有消散,反而越涌越庞大。它携带着无尽的悲痛、禁锢的兽性、毁灭的愤怒,侵袭着人间的每一处,无孔不入。它掠过熟睡着但眉头紧皱的毕向西的脸,掠过熟睡着但满脸焦躁的龙伟的脸,掠过于卓晨、范子轩、姚琳等人稚气的脸……人类不仅因此散失了一切梦境,所有人心还都被蒙上了一层可怕的阴霾。人类,正在不知不觉中,失去更多的东西……

早上,毕向西母子俩又开始打仗似的,一个凡事磨蹭,一个火急火燎,好不容易准备出门,小湖洋又折回房拿白板精,自从昨天发现白板精能跟自己"对话",他就把它当宝贝了。

"你又干吗呢!快点啊,又该迟到了。"毕向西又嚷嚷。

"我要带上我的白板,哼,它相信我的话,你又不信。"小湖洋理直气壮地说。

听到小湖洋这么一说,毕向西感觉有点难过和愧疚,孩子居然选择去跟一块白板聊天,都不跟她说……但当下,她并没有多说什么，默默把小湖洋送到学校。她觉得脑子里像是被塞了一团糨糊，混混沌沌回到家，本来要给一家儿童文学杂志交一篇童话稿的，却怎么都集中不了注意力。后来，她索性不写了，出门去生态公园散步。平时，这里就像她家的后花园，经常会来。两个月前，这座城市刚刚遭受过一场超强台风，整个城市好似被掀了，到处都是被连根拔起的树木，公园里一片狼藉。两个月过去，能修整的，也都修整了，但还是有很多天灾的残损之处。

不过今天的公园里，好像很不对劲。毕向西说不清是什么不对劲，反正觉得，公园里怎么又像是被灾难席卷了呢？"可能是自己脑袋疼，想多了吧。"她自我安慰道。但她一转眼，就发现了一棵巨大的树被拦腰折断。没记错的话，台风中，这棵树是好好的呀，而且断裂处露出来的树杈是崭新的，不像是两个月前造成的。有几个路人也留意到这棵树，都转头多看了几眼。"谁这么搞破坏啊？"她念叨了一句，继续四处找寻，现在最让她头疼的还是"改造"湖洋一事，她想起了昨天湖洋说的"怪兽妈妈"，苦笑了一下。毕向西觉得自己没错啊，她只是不想让他将来成为一个连书都不会看的小文盲，她并不奢求他成为学霸，学习过得去就行了，这难道有错吗？终有一天，湖洋会理解她的苦心的。

正想着，手机微信响起，来自龙伟："湖洋妈妈，今天放学我就会给湖洋补习数学，我们一起努力，让湖洋不要掉队！"

"谢谢龙老师，我知道了，我会尽力配合的，辛苦您了。"一阵冷风吹过，毕向西却似乎感觉到了一些暖意。

学校里，小湖洋魂不守舍，一直在冥思苦想，怎样才能收集到那么多的梦光团呢？小白板被他摆在课桌上，突然，显现了"还有6天"的字样。这可是大湖洋一个早上辛苦发念的结果。

起初，小白板迟迟没反应，他还以为沟通又要失败了，没想到，念叨了将近两个小时，终于显现了，都快把他累死了。

小湖洋一看，又高兴又慌张。一到下课时间，小湖洋就到处问同学："你昨晚做梦了吗？"结果全部都说没有。果然！完蛋！一早来上课的老师好像都很暴躁，温柔的林老师居然会因为有同学说话，气得摔了黑板擦。"哎哟，疼死了。"小湖洋嘀咕着，好像被摔的是他。还有两个老师居然在过道上吵起架来，这可是过去从未发生过的事。大湖洋知道这肯定也跟食梦貘石化有关，人们失去了梦境，继而情绪变得暴躁起来。他联想到20年后，满大街狂躁症的世界，不寒而栗。

午餐的时候，于卓晨忍不住问他："白湖洋，你干吗啊，怎么老是说做梦的事？"小湖洋本来想如实相告，可是转念一想，于卓晨根本不会相信的呀，说了也白说，于是灵机一动，就说："是这样的，我妈妈要写一本新书，要我帮她收集，呃……差不多100个梦哦。"哇，这理由真棒真完美，说完连他自己都差点信以为真了。"你小子这个脑筋转得好！"大湖洋也赞扬了一下。

于卓晨看过《梦旅行》，觉得他妈妈厉害得不得了："100个梦啊，能干吗呢，又不能吃。"胖胖的卓晨是个热心的小吃货，"不过，白湖洋，你要不要我帮你呀？"

"要啊要啊，当然需要啦。"

"可是，怎么收集呢？"于卓晨问。

"哎，我也不知道啊，我妈妈没说，愁死我了。"

"那我知道了，我们就让大家说梦，然后记下来，都给你妈妈，不就行了嘛。"

午托有两个小时，班里一半同学都在，有20多个呢，吃完饭后离上课还有一个多小时，老师只是偶尔过来巡视。小湖洋和卓晨准备开始他们的"工作"。卓晨是班长，他站在讲台上一本正经地跟同学们说："白湖洋的妈妈又要写新书了，需要收集我们曾经做过的梦。"他特别强调了一下"写新书"，同学们一听要写书，都"不明觉厉"。这让小湖洋更加得意，找了这么好一个理由，看样子今天就能把任务完成了。

可同学们纷纷说："可是这两天都没有做梦呀。"

"没事没事，以前做的梦也行。"卓晨一副主持大局的模样。同学们开始七嘴八舌地说起来了。"安静安静，一个一个来啊。"卓晨又开口了。

"对对对，一个一个来。"湖洋附和着。

范子轩跑上讲台，嬉皮笑脸地说："我有一天晚上梦见于卓晨被老师罚抄一百遍生词表，然后脑袋变成了一个大南瓜，哈哈哈。"大家也随着哄堂大笑，哎，作为管纪律的班长，还是时不时会得罪人的。

"不行不行，这个梦不行！"于卓晨严厉地说。

小湖洋眼见着这个梦并没有生出梦光团，也说："对对对，不行不行，这个梦不好。"看来，还不是随便什么梦都能起效果的，大小湖洋都想到这一点了。又上来了几个捣乱的同学，胡说一气，都无效。

接着，姚琳上来了，她用清亮的嗓子说："我能讲一个我做过的最难过的梦吗？"

"能啊，当然能。"于卓晨批准了。

"几天前，我梦见我的奶奶了。我妈妈说，奶奶已经去天堂了。我好想去天堂看我奶奶啊。"才说到这里，姚琳的声音就有点哽咽了，小湖洋心疼了一下。"梦里的那个地方，好漂亮，到处都会发光，到处都是石榴树，我最喜欢吃石榴了，以前我奶奶总是买石榴给我吃。还有好多草莓田，像一片海一样，我吃了很多很多草莓，好甜好好吃。还有一间大大的服装店，可以随便挑衣服穿，我挑了件跟艾莎一样的公主裙，穿起来好漂亮。然后，我就看到了我的奶奶。我赶紧跑到她跟前，但是她居然不理我，转头就走了。没走几步，就变成一股烟不见了。"说到这里，姚琳哭了起来。

小湖洋刚想上去安慰她，可是就在这个时候，他发现姚琳的脑门前出现了一个梦光团！他兴奋极了，赶紧走过去伸手把光团拿在手里，隐约看到里面是一个满是石榴树的小世界。

小湖洋虽然知道这个梦光团其他人是看不到的，但他还是很慌张地把它塞到口袋里。大湖洋心想："算你懂事，小子，没有见色忘使命。"

离上课还有半个小时，已经有15个同学上台讲了他们的梦，但是很可惜，只有8个变出了小光团，比如有同学兴奋地梦见长大后成了绿巨人，有同学梦见居然得到了免写作业的金牌，有同学悲惨地梦见寒假暑假统统被取消了……大湖洋琢磨着："看来，不管是好梦还是噩梦，好像都得是有点意义的梦才行，哎，这难度可不是一般的小呢。"

小湖洋发现，他装在口袋的光团们，自己混合在了一起，变成一团大一点的光团，口袋里都快装不下了，他既高兴又着急。

正在这时，班主任龙伟出现了："大中午的，你们在干吗呢？"大家都愣住了。

"没没没……我们在讲故事。"还是于卓晨先开口。

"这么大好的时间，不用来写作业，不用来看书复习，讲什么故事啊？你们就不知道时间很宝贵吗？简直是胡闹！还有白湖洋，放学之后到我办公室里来一下。"

他们快快地走下讲台，回到座位上。卓晨还是忍不住，悄声说："怎么样，白湖洋？我们很厉害吧，一个中午就收集到15个梦啦。"

"可只有8个是可以的。"

"啊，为什么？你怎么知道？"

"呃，我猜的。"

"咳，你把它们记下来没？你得让你妈妈选啊。"

"记下了，记下了。"小湖洋应付着。

"没事，我们明天再偷偷继续嘛。"卓晨兴致勃勃，帮助别人的事，他做起来总是很带劲。放学后，有几个没有在学校午托的同学听说了关于收集梦的事情，也过来跟小湖洋说，可惜，都没有变成光团的。小湖洋磨蹭了半天，才去教师办公室。

"白湖洋，你怎么这么慢啊！来来来，你妈妈跟你说了吧，以后龙老师来给你补习数学。你啊，还是很聪明的，老师帮你一把，下次保管你考个一百分。让你妈高兴高兴。"龙伟说。

"嗯……"小湖洋喃喃应之。大湖洋思索着，以后怎么才能不被强迫着补这个习呢？

被龙伟一番热情的题海"折磨"之后，小湖洋脑子都快炸了，但回到家，一想到梦光团，立刻就把不快抛之脑后，兴奋地跟妈妈说："妈妈，妈妈，我收集到8个梦了！"

"收集梦来干吗呢？"毕向西觉得这个孩子怎么跟魔怔似的，但还是耐着性子问，她已经把小湖洋昨天说的"使命"忘光光了，这两天记性太差了。

"我不是跟你说了吗，来救食梦貘啊，你没发现大家都已经不做梦了吗？"小湖洋回答。

"……好像我是不做梦了,但是你少胡思乱想了,食梦貘只是传说啊,你赶紧去做作业,这都几点了?晚上什么时候才能睡觉啊?"

"作业作业,你怎么只知道做作业!"小湖洋生气地说。

"你,快去写作业,妈妈帮你想办法收集梦。"为了避免再次失控,毕向西强压住怒火说。

"真的吗?那太好了!"小湖洋立马又开心起来。他回房间,把大了一小圈的梦光团放进那个百宝箱里。那神奇的光团,用手把它分开,它会立马自动融合,飘飘忽忽的,但又不会飞走,八个梦境混合在一起,颜色很漂亮,内部一直在缓缓流动。"好有生命力的感觉啊。"大湖洋暗暗赞叹道,"啊,生命力!难道说,神兽的生命力是人类给予的吗?食梦貘死了,人类失梦了,但是人类又能反过来复活神兽,这中间到底有什么关系啊?"大湖洋思索着,模模糊糊感觉似乎想明白了点。

可怜的小湖洋埋头写作业,读写困难的他,要花至少比别人多两倍的时间来读懂题意,还需要毕向西在旁边辅导,否则根本无法独立完成。毕向西一直都在强行抑制自己的情绪,不让自己变成"怪兽妈妈",好几次都差点爆发,耐着性子一直到晚上 10 点,作业总算完成。两个人都感到筋疲力尽。

大湖洋想着:"哎,何苦呢?人生并不只有苦读书一条路啊,不是每个孩子都适合,尤其是像小湖洋这样'特殊'的孩子,自有他'特殊'的人生道路。妈妈啊妈妈,你怎么就这么糊涂呢?我怎么才能让你明白这些呢?"

临睡前,毕向西为了缓和气氛,在给小湖洋按摩的时候说:"小洋,我想到帮你收集梦的办法了。"

"什么呀,什么呀?"

"首先,妈妈帮你问我的朋友们呀!比如在朋友圈发征梦启事,然后,我们还可以一起做一期寻梦电台。"

"哇,太棒了太棒了,那你快点嘛。"小湖洋一扫之前的颓丧,眼睛里闪着兴奋之光。大湖洋一听,也有点小感激,办法很好啊,他也实在想不出别的招数了。毕向西其实还是那个好妈妈,只不过是内心有一小部分被蒙蔽了而已。"我得帮帮她。"大湖洋想。

在这个人人都是自媒体的时代,毕向西有自己的一个小电台,以前经常会在里面给孩子们讲讲童话故事,这两年,用得少了,但还是可以随时开启。湖洋睡着之后,毕向西发了朋友圈,陆陆续续有朋友发自己的梦境给她。其实她这么做,亦不是全部为了湖洋,当然,一方面是为了安抚并稳住湖洋,免得让接下来的一系列补习大计影响母子俩的感情;另一方面,她想到自己这两天写作毫无头绪,也想着能否通过别人的梦境获取一点灵感。而对于小湖洋说的关于食梦貘和失梦的事,她虽然认为难以置信,但觉得孩子们的奇思妙想也并没有什么不妥,只是完全说不出个所以然来。这时,手机微信响起。

"湖洋妈妈,今天下午辅导的情况还不错啊,我看湖洋很快会有进步。"龙伟说。

"谢谢龙老师啊,实在太感激了。"

"别客气,应该的,我现在终于理解了身为单亲家长的不易了。"

"谢谢龙老师的理解啊。"

"嗯,能理解的,我两个月前离婚了,孩子跟我,我不放心她妈妈带。"

毕向西知道龙伟有一个上初中的女儿,但他这么"传统"

的人会选择离婚,还是让她有些意外,而龙伟主动告知她,让她更加意外,一时间不知道怎么回复。良久,说道:"哎,世事无常啊,那您也很辛苦,还要腾出时间辅导湖洋,真是不好意思啊。"

"没事,我家的大了,可以照顾自己,我对孩子没有过多的要求,只希望她能好好读书,考个好学校,以后能有好一点的生活。"

"哎,是啊,确实是这样的,我们会好好努力的!"

这种想法,白浪在世时,他们都是不接受的,但现在不同了,毕向西仅靠个人之力,已经无法跟整个社会意识相抗衡,显然,她已经被这股强大的社会主流意识所形成的大旋涡,吸入其中。

多年后,当湖洋跟我谈起空心症时,我才发现,其实早在空心症爆发时,我已经提前发作了,以属于我自己的方式发作。但其实,即便没有空心症,人心啊,所得的病症还算少吗?

——摘自《人类的迷失》,2048年著,作者毕向西

接下去在学校的两天里,白天,小湖洋和于卓晨一起,下课时间就在教室内外晃悠,悄悄地请同学们讲梦,有的很配合,有的觉得他们很可笑。于卓晨收集到的梦,转头就会复述给湖洋听,好在他的记忆力很好,基本上能够复述个八九不离十的,时不时就有梦光团出现。每当小湖洋兴奋地做出从他眼前的空气中拿东西的动作,他就觉得很可笑:"白湖洋你傻了吗?"小湖洋也懒得辩解。

夜里,毕向西也会跟他复述收集到的梦。她以自己的判断,

只讲她认为值得讲的梦，湖洋高兴地发现，她讲的梦变成光团的概率好高，10个几乎有9个可以，但是因为她对梦的要求高，每天最多也只能讲10来个。

到了星期五晚上，小湖洋看着箱子里的光团才占据了箱子的一半不到，很是沮丧。大湖洋也是焦虑，照这个速度，还不一定能按时完成啊，他又拼命发念："还有4天，还有4天……"这个念头几乎循环了整整一天，到了晚上才显现在白板上。大湖洋想："这小白板，真是聊胜于无的存在啊。"这几天，他们自己竟然也不做梦了，大湖洋在焦虑之外，还有些恐慌，难不成，自己也得空心症了？而这几天，大湖洋感受着毕向西情绪的不可控，感受着学校老师们的暴躁气息，他清楚地知道，空心症真真切切在蔓延和加重。

他正思索着，突然听到妈妈说："咦，怎么了，小洋？"原来小湖洋竟然在默默地流眼泪。"呜呜，要是救不活食梦貘，大家就永远不会做梦了。"看着小湖洋哭，大湖洋却很欣慰，看来，这个熊孩子还是很在意这件事的啊，比他预计的好多了。

"唉。"毕向西叹了一口气，脑子里有两个势均力敌的念头，其一对小湖洋说的这些荒诞的说辞不屑一顾，其二，又疑惑假如真的有外星世界呢。看着流泪的小湖洋，不管怎么说，毕向西还是决定要帮他，她觉得这是孩子良好的愿望。

"没事没事，你忘了我们明天晚上还要做电台呢。"

"您的平台也不会有多少人来说的，而且说的也不一定有用的，已经快来不及了，呜呜呜。"小湖洋都哭出声了。

"不会不会，我再继续帮你收集，妈妈说到做到。"

"呜呜呜呜。"小湖洋继续抽泣个不停，突然想起了什么："妈妈，你快查查，人类如果不做梦了，会怎样？"

"对哦,这是个问题。"她打开 iPad 查了起来,看到这样一段话:

科学家做了一些阻断人做梦的实验。当检测到睡眠者一出现做梦的脑电波时,就立刻唤醒他们,不让其梦境继续,如此反复进行。实验结果发现,梦的剥夺会导致人体一系列生理异常,如血压、脉搏、体温的异常变化,自主神经系统功能有所减弱;同时还会引起人的一系列不良心理反应,如出现焦虑不安、紧张、易怒、感知幻觉、记忆障碍等。这就是说,人需要梦。具有梦境活动,是保证人体正常运行的重要因素之一。

这把她吓了一跳,焦虑不安、易怒、记忆力减弱这不正是这几天她的感受吗?还有一点是文章里没提到的,她的想象力明显也出问题了,这几天,她愣是一个字都没写出来。想到这里,湖洋讲的食梦貘的事情,或许真有些道理。

第二天晚上,在毕向西奋力地吆喝下,她的电台竟来了几百个听众,两个小时里有将近一百个人说出了他们的梦境,他们的声音透过手机传过来,时不时就有一个小光团在手机前产生,可把小湖洋高兴坏了。

有人说了一个小梦:"曾经,我梦见自己开了一家小小的店,就叫'梦境售卖店'。在世界的尽头,梦境如空气,对任何人来说,都是很重要很重要的,但是梦境又很易碎,随便轻轻一碰,哐当,就碎了,然后瞬间成烟并消失!有些人很可怜,自己的梦境没有保护好,纷纷碎了并消失了,成了没有梦的人,也就是无梦人。无梦人会怎么样呢?你想想你没有空气会怎么样呢?会死啊!

因此，世界尽头诞生了很多梦境售卖店，专门出售梦境。一个梦境多少钱呢？大中小、高中低档，价格皆不相同。每当你购买了一个梦境，把它吃掉，它就会到你的大脑里面，等你睡着了，它就悄然出现啦！但是，购买的梦境比自己的梦境更加容易碎掉！所以，无梦人只能不停地买梦，不停地买梦……哎，真是很可怜呢！"这个人的声音很清脆，就像春天的泉水。小湖洋觉得这个梦有趣极了，果不其然，对方一说完，手机前就出现了一个很漂亮的小光团，含着影影绰绰的小梦境。

随后，一个名为"不要做梦"的人，电话一接通就劈头盖脸地说："你们也太无聊了吧，虚无的梦境能有什么用？我以前什么梦都做，白日梦、睡后梦，有什么用？又不能当饭吃，又不能当钱花。做梦都是浪费时间，人踏踏实实做点事就行了，少做梦，最好不要做梦。"说完，直接就挂断了电话，他的声音冷漠而粗暴，手机前居然冒出一小股黑烟，毕向西和小湖洋都傻眼了。毕向西没想到，有人会这么来踢馆子，小湖洋是因为看到黑烟，大湖洋则断定，这个人一定早已得了空心症。

最后一个讲梦的人，讲了一个很完整的梦："我要讲的，也许是梦，也许是我的想象，我把它记在我的笔记本里，我读给你们听：

我梦见有一辆小小的梦火车，行驶在人们的梦世界里，从一个人的梦，到另一个人的梦里，干什么呢？收集梦呢！

比如，昨天的半夜里，它从一个忧伤的年轻人那里，收集到了一个关于爱的梦。梦里，他心爱的女孩将和他结婚，在一个明亮的大海边，他骑着一匹黑色的骏马，去迎接他美丽的新娘，满天繁星也来陪伴……这个梦，场景很大，足足装满了一节车厢。而梦之外，年轻人心爱的女孩正在离他远去。

比如，昨天的凌晨里，它从一个喜欢唱歌的小男孩那里，收集到了一个关于快乐的梦。梦里，一个神奇的马戏团正在给大家表演节目，狮子王弹着吉他、大黑熊打着鼓、小象吹着萨克斯，小男孩正在唱无语歌。然后，小丑叔叔正在用泡泡变魔术，吹出来的泡泡直接变成五彩的气球哦！这个梦也很大，也装满了一节车厢。梦醒之后，小男孩哇哇大哭，因为他还想留在梦里！

比如，前天的半夜里，它从一个年轻的妈妈那里，收集到了一个关于自由的梦。梦里，年轻的妈妈长了翅膀，到处飞翔，飞到她喜欢的高山上，飞到她喜欢的城市里，飞到她喜欢的大海边，还飞到了她小时候总想去的宇宙中……因为她老飞来飞去，在梦火车里，也没法固定在其中一节车厢中，她一会儿去到最前面，一会去到最后面……梦之外，年轻的妈妈，每天忙于工作和带孩子，她已经很久没有出去旅行了。

比如，再往前的夜里，它从一个年老的婆婆那里，收集到了一个关于年轻的梦。梦里，老婆婆回到了年轻时代，她在一个舞会上，在钢琴伴奏声中，跳着迷人的弧形舞蹈，爱她的人，正深情地看着她。突然，琴声戛然而止！老婆婆陡然醒来，脸上挂着流年的哀伤……这个梦不完整，只装了小半截车厢。

总之，梦火车是一辆好长好长的火车，还装着好多好多的梦呢。"

这诗人般梦幻温柔的声音刚停住，手机前马上出现了一个比之前的都大的光团，里面真的有一辆小火车在不停地奔跑。

"那你的梦火车这几天还出现吗？"毕向西忍不住问。

"哎，这几天，确实不见了呢。但是没关系，我觉得它会回来的。"对方肯定地回答。大湖洋发现，那些能讲述出有意义或者有意思梦境的人,声音里都藏着一股温柔的力量,那其实就是梦境的力量吧。而拥有这股力量的人,应该暂时都还没有被空心症所侵袭,是什么保护了他们呢?听大家的发言,他能感觉到,大部分人并没有留意到自己失梦了,或者说,并没有把失梦当回事。这让他不寒而栗,一切的摧毁是在悄无声息中进行的,人们毫无察觉。

电台结束时,能生出梦光团的梦并不多。"为什么人们说的梦越来越没意思呢?"还是毕向西发现了问题,能让她看上的梦太少了。

大湖洋心里暗自想着:"是不是失梦的人,也会逐渐忘记他过去的梦呢?如果是的话,那就惨了。"

最后,梦光团填满了箱子大概三分之二的空间,时间则剩三天。

星期天,毕向西带小湖洋去大角头海边,参加最后一节自然课,今天的内容是"发现海滩上的宝物"。这是小湖洋最喜欢的课外课,而现在,毕向西居然要停掉它。来的路上,毕向西一直苦口婆心地解释停课的原因,总之理由有无数,同时还许下了很多"诱人"的诺言,比如,给他买更多的化石陨石、空气凤梨、多肉植物,寒假带他去旅行等。小湖洋柔弱的孩子心,慢慢就被说服了。"哎,多么无知好上钩啊,多少孩子就是这样'毁于'父母的'威逼利诱'。"大湖洋愤愤地感慨,好像孩子不是他自己,妈妈也不是他妈妈。

这一天的海边,和以往都不一样,这里也到处是事物精和奇异仙。会随风摇摆自己双手的椰树,"活过来"的海边雕塑——那些水泥做成的巨型贝壳和章鱼,都睁着无神的双眼,看着小湖洋。还有沙滩上,随海水涌上来的诸多小贝壳、小螃蟹,都有了一种通人性的活气。只不过，在这些"活气"之上，也都笼罩着一股浓浓的颓丧之气，阴沉的哭泣之河在大海上方涌动，海水不再湛蓝。大湖洋深感悲伤。

最意外的是，他们竟然看到了食梦貘石化当天出现的那条巨龙神兽。它正俯卧在远处的一块大礁石上，耷拉着大脑袋，两只巨大的眼睛出神地望着远方，头上方的梦光团若隐若现。大湖洋突然有一种不好的预感，但并未细想。小湖洋喃喃道："书里面也有它耶，忘了叫什么龙了。"再后来，那条巨龙消失不见了。

自然课原本每次都有20多个孩子参加，今天来的人只有一半，大湖洋觉得这肯定跟失梦也有关系，只是一时想不出来到底是什么关系。而让小湖洋最沮丧的是，原本他打算跟这20多个孩子收集梦境的，这下机会又减少了大半。最终，他从11个孩子和他们的家长共20个人里，勉强收集到4个有效梦境。

大湖洋猜得没错，失梦让人们很快忘记他们曾经做过的梦，今天这些人讲述的梦境，几乎都是残缺不全、断断续续的，仿佛在讲述一个遥远的传说。最后，只有4个六七岁的小朋友，讲了还不错的小梦。"看来，空心症对孩子的影响相对小一点。"大湖洋暗自想着。

课程结束，他们母子俩和自然课的大海老师一起坐公交车回城，这趟路要一个多小时。大海是一位刚刚大学毕业的男孩，平时在海洋局工作，周末假期就会开一些和海洋相关的自然教育课程。小湖洋很喜欢他，因为他知识丰富，又像个大孩子一样好玩。

"大海老师，你能给我讲一个你做的梦吗？"路上小湖洋很是高兴，刚才上课时，一直没时间跟他讨梦。

"你是说睡觉了做的梦吗？"大海笑着问。

"嗯嗯，是的。"

"哎呀，可是我已经好久没做梦了呢。这样吧，我给你讲讲我的梦想吧，我觉得呀，现实中的梦想比睡觉时的梦境更重要呢。"于是大海开始慢慢地讲起来。

"我就出生在这个海边，从小就非常喜欢海以及海里面的各种生物。我的爸爸是一个渔民，他经常出海捕鱼。那时，整个海域都很干净，他经常会捕到各种各样奇怪的鱼。爸爸告诉我，人类不能过度捕捞，否则鱼苗被捕尽了海里的生物就灭亡了。所以，渔民都懂得每年要有休渔期。但是，我们发现，部分渔民并不这么想，他们会在休渔期私自出海捕捞，而且会往海里扔很多垃圾。这让我爸爸非常痛心。他常常会跟我说，大海是我们人类的老家，我们只有保护好它，才能好好地生存下去，如果我们肆意破坏它，一定会有报应的。果然，这些年近海的鱼越来越少，爸爸的船只有到远海去捕捞，远海风险极大，海啸经常出没，我的爸爸然后就再也没有回来……"大海讲到这里，停顿了一下，毕向西和大小湖洋都入神地听着。

"是的，我的爸爸被台风带走了，但是我牢牢记住了他的话，大海是我们人类的老家，我们必须保护好它。这也成了我一生的梦想。所以，后来，我非常努力地学习，考上了海洋大学，学到了更多关于海洋，关于如何保护海洋的知识，现在，我正在一步一步地践行我的梦想，给你们上课，也是我梦想的一部分，我希望我能把我学到的知识，传递给更多的人，让人类更好地开发利用海洋。"说到这里，突然，在他的前额也出现了一个梦光团，而且还是很大的一个！内含一个浩瀚的大海。大小湖洋都惊讶极了，原来，美好的梦想也能形成光团！他们怎么一开始没有想到呢？大湖洋还闪过一个念头，拥有坚定梦想的人，是不是会免于空心症的腐蚀？

"妈妈，妈妈，你看，梦想也能变成光团呢！"小湖洋说。

毕向西此刻的内心是沸腾的，根本没心思搭理小湖洋。她想的是，自己的梦想去哪了呢？

"那么，湖洋，你的梦想是什么呢？"老师看着湖洋反问道。

"我呀，我也有很大的梦想呢，我要做一个生物猎人，去寻找很多很多的动物和植物。我要做法布尔·湖洋，写一套新的《昆虫记》，我发现了很多法布尔没发现的昆虫习惯呢；我还要像达雷尔一样，开一个动物园，拯救各种快要灭绝的动物。你知不知道达雷尔呀？他好幸福哦，他10岁的时候，妈妈就带他去希腊一个小岛上生活；我还要自己造一座热带雨林，里面养满了空气凤梨和多肉，你知道空气凤梨不？那可是好神奇的植物，不用种土里就能长大呢，我要在我的热带雨林里，到处挂满各种各样的'空凤'！"这么说着，小湖洋的脑门前居然也出现了一个小小的梦光团，内含一个小森林。小湖洋说得眉飞色舞，大湖洋听得津津有味，这种慢慢靠近原来的自己的感觉，让他异常欣慰，他想起白泽最早所说的让他"找回自己"，这是不是就是一种找回呢？

"哇，你的梦想好棒啊，那你要好好加油哦。"大海说。

"是的，小洋，要完成你的梦想，得先像大海老师一样，努力学习才行啊。"毕向西忍不住插嘴。

"是的，老师以前上学的时候，可努力了，科科一百分哦。"大海也说。大湖洋苦笑，本来以为大海的一番话能够"教育"一下妈妈，没想到，最终都回到学习的路子上来了。

"哼，妈妈，那你的梦想是什么啊？你的梦想实现了没有？"谁都没想到，小湖洋居然将了妈妈一军。

"啊,妈妈的梦想啊,就是,成为一名作家呀。"毕向西答道。

"哎呀,妈妈,你要像大海老师一样,仔细说一说你的梦想,从小时候说起嘛。"小湖洋转眼已经忽略了梦想是否能够实现的问题,只关心起能否收集到小梦团的事了。

"哎,小洋,你还小,不懂,对很多大人来说,梦想就是边走边忘,边想边丢的。"毕向西给自己找到一个借口,其实,她是好久都没有自己的梦想了。

"啊,为什么呀,为什么要丢呀?"小湖洋好奇地问。

"湖洋妈妈,我觉得呀,如果梦想足够坚定,像石头一样坚定,就不会丢的呢。"大海接过话。

"那是因为你还年轻……"毕向西脱口而出。

"嗯,也许吧。"大海并没有辩解。

大湖洋看着听着,思绪也在翻腾。他想着大海那句话:"现实中的梦想可比睡梦更重要。"是啊,但是在空心症的世界里,人们不但没有了梦境,连梦想都没再听说过。他那个"生物猎人"的梦想,早就被遗忘在外太空了,甚至于,成年后偶尔想起,连自己都会一笑解嘲。从事财务工作的毕向西,也很好地"践行"了自己的话:梦想就是边走边忘,边想边丢失。可到底是什么造成了这一切呢?难道仅仅是因为食梦貘石化吗?

傍晚回到家,小湖洋急急地把6个梦光团放进盒子里,哎,并没有增加多少,依然还差近三分之一。"没事没事,明天找同学们去收集梦想。"小湖洋自我安慰道。大湖洋不忘发念:"还有两天,还有两天。"这次白板精反应快了点,很快就显现了。"知道啦,知道啦,能行!"小湖洋信心满满地对白板精说,他已经把它当成一起"战斗"的小伙伴了。

八

　　唐朝在经历了贞观之治和开元盛世之后，逐渐没落。公元822年，在长安城内新昌坊的一处泥深巷狭宅院中，住着唐朝著名诗人白居易，此时，年过半百的他，正在朝廷任中书舍人。

　　早春二月里，他用所爱的植物构筑的"竹窗""松斋"景观都在蓬勃春意中快活生长，"竹子精""松树精"在春风中伸着懒腰，惬意地打着哈欠。这天，好酒的他正与友人在宅院的一处小亭子里饮酒。他身穿面料上等的绫绸长袍，手持一精美酒樽，等着酒壶精凌空为他倒酒。与他对饮的，正是白泽，依然身着白色长袍，胸前是蓝色的"元"字，头顶依然是缓缓流动的五彩光团，内含一处高山流水的小景致，鲜明光亮。

　　白居易边喝酒边吟诵："貘者，象鼻犀目，牛尾虎足，生于南方山谷中。寝其皮辟瘟，图其形辟邪。予旧病头风，每寝息，常以小屏卫其首……"说的便是食梦貘。原来，当时的唐人认为貘有驱邪之功，流行把貘画在屏风或者寝具上，用以辟邪。前阵子，白居易因为头晕头疼，于是便请画师在卧室屏风上画了一头食梦貘。不久后，他的病痛果然好了，欣喜之下，写了这首《貘屏赞》。

"哎,乐天兄,此诗甚好,后人将得以从中窥见奇妙之境之妙处啊。"白泽回应。

"泽兄过奖,我怎么从此言中听出一丝忧虑?"白居易问。"哎,乐天兄明察,我确有隐约的忧患,忧神界与人间和谐相处的奇妙之境将不久矣。""啊,泽兄何出此言?""哎,一言难尽啊。"

这一幕,依然出现在湖洋的梦中,经过了几天的"失梦",这个晚上,梦境又降临了。他像看电影似的,看着眼前的情景,同样的,从白居易身上,透过长袍,他也看到了一处高山流水的小景致,和白泽头顶的光团内部一致,和他自己胸口处一致。

这次,白泽并没有让他加入他们的谈话,而是一转眼,带着他出现在唐朝都城长安的市场"西市"上。作为当时世界上最富裕强盛的国度,在长安有"东市"和"西市"两个大市场,"东市"主要面对的是达官贵人等上层社会的顾客,而"西市"则是大众平民市场,也有大量西域、日本、韩国等地来唐的留学生、僧人及商人等。

湖洋看着眼前繁华的集市,眼花缭乱。这里不仅有中国人开设的各种店铺,还有许多外国商人开的店铺,如波斯邸、珠宝店、货栈、酒肆等。白泽在旁边说道:"唐朝'西市'占地1600多亩,建筑面积100万平方米,有220多个行业,固定商铺4万多家,被誉为'金市',外商云集,商贸兴隆。"

不仅场面让湖洋眼花,其中的"人",也让他惊讶。络绎不绝穿梭在市集中的,除了人间的人,还有来自神界的,和白泽一样人身兽头的兽人,他们相互之间习以为常,看似气氛融洽。

"是的,神界和人间融合已经几千年,这是人类文明诞生的基石，人类社会也得以快速发展，唐朝成了中国历史上最繁盛的朝代。但是，我的担忧并不是空穴来风。"说到这里，白泽停顿了下来，眼神复杂。不远处，传来了一阵吵闹声，湖洋看到几个人围着一个兽人，非常厉声地喊着什么，不一会儿，那个兽人匆匆抱头逃离。"他们在欺负兽人！"湖洋不由自主地喊着。

"哎，是的，人类自身的高速发展并不尽是好事，这已经开始破坏神界和人间之间的平衡。人类和神兽，从最初的步履不一，好不容易调整到了和谐相处、齐头并进，但从鼎盛的唐朝开始，强势的人类已经不知不觉占了上风，神兽反而处处掣肘，居于劣势，彼此间的融洽已经被撕开了一条裂缝，奇妙之境也将逐渐被破坏。如果人类仅仅是跑得快而已，那也还好，可惜事实不是这样。哎，人心不足蛇吞象啊。"说到这，白泽无奈地摇摇头。

"人类开始伤害神兽？"湖洋思索了一下，问道。

"是的，而且，这只是开始！"白泽痛心地回答。这时，那只漂亮的极乐鸟飞了过来，尖声叫道："坏蛋坏蛋，拔毛拔毛。"湖洋发现，它那长长的、艳丽的尾巴，羽毛稀稀疏疏的，都快被拔光了，这让骄傲的极乐鸟风度尽失。

"愚蠢的人类啊，根本不知道神界于他们的意义有多大！"白泽抚摸着肩上的极乐鸟，感叹道。听到"愚蠢的人类"这个说法，湖洋有点不自在。

"愚蠢愚蠢，你也是，你也是。"极乐鸟说道。湖洋有点惊讶，感觉白泽是它的主人，而它竟然"辱骂"主人？

"哎，也许是吧，我确实也很愚蠢，没想到，人类对神兽也同样重要……"白泽竟没有反驳。

"你，失职失职。"极乐鸟继续说道。

"哎，真的是我失职吗？"

"是的是的。"极乐鸟继续说。

"为什么你觉得自己愚蠢呢？又失什么职呢？"湖洋不解，问白泽。

"这个，又是另外一个故事了，今天没时间说了，你们还是赶紧救食梦貘啊，就剩明天一天了，午夜12点为限。""什么？一天！不对啊，还有两天啊！"湖洋急急地说。"一天一天！"极乐鸟居然带着幸灾乐祸的口气说道。"你胡说，是两天！"湖洋急吼道。

九

在这一声吼中,小湖洋睁开了眼睛,醒了过来,嘟囔着:"到底是一天,还是两天啊?"他清楚地记得这梦境最后的对话,一翻身找到床头柜上的白板,问道:"到底还有几天啊?"白板精当然不会自主回答。

大湖洋正在紧张地计算着,完蛋!果然是他算错了,他是第一天傍晚才好不容易把时间的信息通过白板精传递给小湖洋的,那时已经过去将近一天了。所以,从那个时候开始,应该只剩下6天,而不应该按7天计算。"这简直是个不可原谅的大乌龙啊!"想到这里,他恨不得狠狠地揍自己一顿,如果他有手的话。幸好白泽及时出现,提醒了他,还剩下一天可以赶紧补救。他大喊:"只有一天!只有一天!"可是小白板却在关键时刻,一动不动。大湖洋简直急疯了。

这时,小湖洋起身出房间,大喊起来:"大宝贝大宝贝,你有几天没做梦了啊?"

毕向西一听大宝贝,简直哭笑不得,小湖洋偶尔会突发一些甜言蜜语,之前在电话里,居然喊外婆"小姑娘",听得外婆心里乐开花。"已经好多天了啊。" 毕向西回答。

"你快给我数数有几天嘛。"这小湖洋啊，真是及时机灵了一下。

"你，快去刷牙洗脸，乖乖吃饭，妈妈一会儿帮你看看。"毕向西说。

我一向有写日记的习惯，无意中日记成了这本书的基础素材。自从湖洋跟我讲述食梦貘的事，我在难以置信之余，出于习惯，都做了简单记录：

2018 年 11 月 5 日
湖洋被确认有重度读写困难……湖洋说食梦貘石化了，人们将不再做梦……

2018 年 11 月 6 日
……果然，昨晚一夜无梦，醒来头疼。

2018 年 11 月 7 日
写不出东西来，头依然是晕的，并没有生病，却像是病了，依然无梦……

2018 年 11 月 8 日
这两天湖洋天天抱着他的小白板，居然跟小白板说话，这是对我的反抗吗？我有这么糟糕吗？……依然无梦……

2018年11月9日

答应帮他收集梦，也做到了。可梦境到底是什么啊？好像还是头晕，也好像不晕，可能已经适应了这种晕……依然无梦……

2018年11月11日

昨天做了"寻梦"电台，有意思……今天大海提到的梦想，嗯，听着让人惆怅，梦想是什么？我的梦想去了哪里……依然无梦……

当我回看这些日记时，最毛骨悚然的是，有些反常的事，时间久了，大家也就习以为常了……

——摘自《人类的迷失》，2048年著，作者毕向西

毕向西在电脑中翻看了自己的日记，满打满算，今天应是湖洋口中食梦貘石化的第七天。

"啊，完蛋了，完蛋了，该死的白板精，算错时间了。"小湖洋全赖到白板精身上了，"怎么办啊？妈妈啊，大宝贝啊，今天不救食梦貘，它就死了，我们就永远不会做梦了啊，我还差好多梦光团啊——"小湖洋都快哭了。

毕向西越发认定，小湖洋最近的异常表现，都是为了反抗"补习大时代"的到来，是"强压力"导致的"幻觉"，她知道不能硬着来，还是得顺毛捋，于是说："你忘了你们今天有一节班会课了？"

"没忘。"

"那你忘了龙老师邀请妈妈去给你们上作文课了？"自从去年出版了书，时不时有学校会邀请毕向西去给孩子们上课，

讲讲阅读和写作,这次是龙老师提前了半个月就跟她约好的。

"对哦。"

"我可以在那节课上,让你的同学们都说说各自的梦想呀。"

"对对对,大宝贝,你太棒了!"

"但是。"毕向西停顿了一下。

"嗯?"

"接下来的补习课,给我好好上,认真上,听到了没?"

"阴险的大人啊。"大湖洋愤愤地想。

"现在,立刻,马上,收好书包,出门。"毕向西下命令。

"噢噢,那你给我一个大垃圾袋。"小湖洋今天确实还算机灵,不用大湖洋提示,就想到了要把梦光团随身带着。

"你又要干吗?还不快点!一、二、三……"毕向西开始数起来,他们有个凡事不过十的约定。

"好好好,吵死了。"小湖洋情急之下,把书包里的书全部倒了出来,把梦光团勉强塞了进去——整个书包都鼓起来了,临出门前不忘把白板也带上。

龙伟特意把这节班会课提到早上第一节,说是帮毕向西节省时间,不用跑两趟,想的还挺周到。毕向西临时把这节课的主题变为"学习写作,从书写自己的梦想开始",邀请同学们上台谈梦想。

"我的梦想是做一个发明家。我的第一项发明就是一支万能语音写字笔。只要他用嘴说出要写的字就可以了。这样,那些读写困难的人就不再那么困难了。我的第二项发明是精力充沛器,让我们时刻保持精力充沛,学习知识。我的第三项发明是鸟语识别器,可以让人类听听鸟儿们的心声,让人类不再大肆捕杀鸟类。我的第四项发明是晕头转向仪,当我们遇到坏人时,它可以帮助我们逃脱坏人的魔爪。我还要发明其他很多很多东西……"

第一个上台的就是于卓晨,这个热情善良的小子,说出了非常符合自己性格的梦想,一说完,就有一个不小的梦光团出现。小湖洋赶紧跑过去,兴高采烈地接走,龙伟莫名其妙地看着,本想说什么,碍于毕向西的面子,按住没说。

大湖洋听着于卓晨的讲述,五味杂陈,多么好的梦想啊,还把好朋友的困难考虑到了。可现实是怎样呢,顺从父母精英教育的意愿,投身金融行业,也不是说不好,只是,梦想去哪里了呢?

范子轩上台说:"我的梦想就是好好听龙老师的话,听爸爸妈妈的话,好好学习,科科考一百分……"

龙伟忍不住说:"范子轩,你这不叫梦想,这只是你现在需要做的事,下去下去,好好想想再说。"

大家哄堂大笑。

"我的梦想是当一名宇航员,这样就可以登上太空,探索宇宙的奥秘,知道太空中还有哪些星球,现在我只知道一些星球的名字,比如:金星、木星、火星、水星等。"

"前不久,我看了《探索太空》这本书,书里说'太空中还有许多未解之谜,等待我们去探索',我对一些问题很好奇,适合人类居住的除了地球就是火星吗?太空中真的有外星人吗?我长大了一定要去探索这些问题的答案,并为小朋友写一些关于宇宙的文章,让大家都对宇宙产生兴趣,都去当宇航员,共同去探索和开发宇宙。"一个男孩上台说道。

毕向西听着,不免想起了儿时的自己,曾经也有一段时间十分迷恋太空,天天想着当宇航员,去探索太空,尔后又梦想着当一名科幻作家。可是,如今,她怎么感觉自己在努力靠近梦想的路上,反而和梦想渐行渐远了呢?但转念又想,咳,要不怎么叫梦想呢!成年人不都是这样的吗?现实更强大。

男孩话音刚落,马上也有一个光团出现,小湖洋又噔噔跑上去拿,这次龙伟忍不住略带不满地瞪了小湖洋一眼。

"湖洋,你留在讲台上,做我的小助手吧。"毕向西帮湖洋解围,龙伟一时也不好再说什么。

一节课下来,同学们说了好多梦想,而且远比之前说梦境来得精彩,小湖洋收集到了20来个光团,这下,塞满了整个书包,还露出一小截。大湖洋凭直觉判断,够了。

最后,还剩一点时间,作为小助手的小湖洋故意问道:"那龙老师,您的梦想又是什么呢?"

"啊,我……我嘛,我就是梦想做一名老师呀。"龙伟有点措手不及。

"真的吗?"小湖洋追问。

"当然。"龙伟回过神来,坚定地说。

毕向西的思绪还在孩子们身上,看啊,孩子们的梦想多好啊,可是将来,有多少人真的能实现自己儿时的梦想呢?梦想和现实,到底是朋友还是敌人呢?小湖洋的梦想也很棒啊,可是难道真的可以完全不顾现实去"帮助"他实现梦想吗?人生在世,难道不应该先拥有生存的技能,再去谈梦想吗?如果湖洋连书都不会读,还怎么谈梦想呢?"所以,补习是必须的,这是湖洋实现梦想的基石!"毕向西最后几乎是斩钉截铁地跟自己说。

上完课,毕向西就回家了,一到家就收到龙伟的信息:"谢谢你啊,湖洋妈妈。不过我看你精神不太好,要注意休息啊。"

"谢谢龙老师关心。我是有点不太舒服,不过没事,休息休息就好了。"

"你自己可要多注意身体啊,病了就吃药,有什么事情需要帮忙,尽管说!反正我们两家离得近。"

"万分感谢!"

"那你好好休息,小洋就交给我了,今天下午我还会帮他补习。"龙伟又补充道。确实,他家就在隔壁小区里,可毕向西哪敢麻烦他呢。

这一天,幸好小湖洋是坐最后一排,老师们并没有留意到他连书都没带,倒是于卓晨好奇地问:"咦,白湖洋,你这是怎么了,怎么带了个空书包就来学校啊?"

"呃……这……不空……啊,也是,我晕了。"小湖洋搪塞着。

"我说呀,这些梦想又能干吗呢?"于卓晨自己转移了话题,小湖洋松了口气。但午托时,却发生了一件意想不到的事情。

吃完饭,小湖洋去洗手间,顺便在过道上玩了一会儿,回到座位上,手往书桌底下一伸,就发现,书包不见了!大小湖洋都大惊失色,小湖洋的第一个反应就是找于卓晨,因为一早只有他对书包表示了兴趣,他冲走道上的于卓晨大喊:"于卓晨,你是不是拿了我的书包啊?"

"你说什么?"

"你是不是拿了我的书包啊?"小湖洋冲到他跟前。

"没有啊,我拿你书包干吗?"

"啊,那我的书包哪里去了?"

"有人偷你书包啊?"站在旁边的姚琳关心地问。

"是啊是啊,反正不见了。"

"嗯,这下,需要我们福尔摩斯探案三人组出马了。"范子轩窜出来说道,他指的三人组就是他、姚琳和于卓晨。最近,他们仨都在热衷于看《少年福尔摩斯》。你还别说,他和于卓晨,一瘦一胖,一精明一憨厚,还挺像福尔摩斯和助手华生的。

"对对对,让我们来破案吧。"卓晨和姚琳浑身来劲异口同声地说。

他们四个先在教室里寻摸了一遍,没有,然后范子轩排兵布阵了一下,这四楼四年级还有三个教室,分别安排一个人混进去看看,而他则潜入教师办公室。

此时的大湖洋心焦如焚,看着几个孩子像玩儿似的,又像无头苍蝇钻来钻去,实在不是个办法,他想到,如果有人偷,那一定会从校门口出去,于是发念:"校门口,校门口……"

"报告,一班没有。"卓晨对着子轩喊。

"报告,二班也没有。"姚琳对着子轩喊。

"报告,四班也没有。"小湖洋也跟着喊。

"报告个屁啊。"大湖洋焦躁地骂道,"你还以为是玩游戏呢?还不赶紧做点实在的!"虽然他也不知道"实在的"是什么。

"呃,老师办公室也没有。"子轩回来说,大家有点沮丧。

就在这时,小湖洋突然想起了白板,赶紧跑回自己的座位,正想发问,发现上面写着"校门口"三个字。他转身就冲出教室,跑下楼梯。其他几个小孩也跟着下了楼。

四个人气喘吁吁往校门口跑去,果然,书包正在靠近校门口处,缓慢移动。大小湖洋定睛一看,书包底下是一群笔精,原来是它们偷的书包!而其他三个同学看到的是书包在地面上飘,这可把他们吓得不轻。小湖洋冲上去,把书包抓起来,抱在怀里,那堆笔精一哄而散,他压根没机会质问它们。

大湖洋也觉得奇怪极了,怎么回事呢?它们到底是想干吗?难道是想拿梦光团去救食梦貘?那不应该偷啊,而且是在最后一天这个紧要关头,这里面肯定有鬼!幸好及早发现,把东西抢回来了,虚惊一场。

"怎么回事啊,白湖洋你的书包怎么会飘啊?"卓晨满脸疑惑地问。

"而且你的书包里怎么是空的啊?"姚琳也问。

"呃,你们,你们看花眼了吧?没在飘。"小湖洋辩解道。

"一个空荡荡的书包飘在空中,嗯,这里面肯定有鬼。"半天不做声的范子轩总结道。

上课铃响起了,他们一齐朝教室奔跑,小湖洋如释重负。

最后一节课是小湖洋最讨厌的数学课,他没带书这事,终于被龙伟发现了。"白湖洋,你这是怎么回事?你都几年级学生了,你妈为你操心的都生病了。你怎么还这么不懂事?下课记得到我办公室来。"

什么?妈妈病了?大小湖洋都纳闷。大湖洋接着想到的是,不能去办公室啊,得赶紧去生态公园啊。

结果,一下课,龙伟就直接带着白湖洋进办公室了。小湖洋说要去洗手间,龙伟也跟着一起,好像知道他打算逃走似的。然后开始补习,从今天的课讲起,因为白湖洋没带书,龙伟耐心地又讲了一遍,讲完之后还要求把作业也做了,理由是"你妈妈病了,在这里完成了,免得回去烦她"。这么一搞,等作业写完,已经是晚上将近六点半了!大湖洋快疯了,但小湖洋实在没办法啊。

"太晚了，你坐我的车回家吧。"龙伟起身说道。

"不不不，不用老师，我自己能回去。"小湖洋急急地说。

"走什么走啊，反正我是顺路，还可以去看看你妈妈现在怎么样了。"

"啊，老师，真不用，我妈好着呢。"

"你这小子，怎么一点都不懂得心疼你妈妈呢，少废话，走。"

毕向西听到门铃声，打开门，看到龙伟和小湖洋站在门口，还是有些意外。

"太晚了，我就把小洋送回来了，你好些了吗？"龙伟问。

"啊，我，我没事，谢谢你啊。"毕向西有点不自在，"要不，龙老师，你进来坐坐吧。"毕向西也就客气一下。

"好啊，我跟你说说湖洋的情况，刚好今晚我女儿上钢琴课去了，没那么早回家。"龙伟满口答应。

大湖洋暗暗叫苦："天哪，这个甩不脱的龙伟，难道是故意来捣乱的吗？得想办法逃出去啊！"

龙伟坐下来，东拉西扯，说是谈湖洋的情况，其实更多是在聊毕向西。大湖洋算是看出来了，这人是对他妈妈有意思啊。他回想了当年龙伟和他们母子互动的一幕幕，至少在这个时间点上，龙伟应该是有意思的，只不过后来空心症的出现，又改变了一切。"幸好有空心症，我可不想这个人当我继父。"大湖洋被自己的想法惊了一下。

等龙伟走的时候，已经 7 点多，吃完饭 8 点，大小湖洋都非常着急，书包里的梦光团内部流动得越来越快，好似下一秒就会发生什么大变。

"妈妈，妈妈，我要去生态公园！"小湖洋喊着。

"你疯了吗？这都几点了，乌漆麻黑的，而且今晚冷空气来了，你看外面都起风了。"

"不不不，我必须去生态公园。"小湖洋坚决地说。

"不可能，你别跟我开玩笑了，你还真以为你在魔法世界里啊？你还真以为你是哈利·波特，要拯救世界啊？我跟你说，今晚，你就别想出这个门！给我好好地待着，预习明天的语文去！我脑子都要炸了！"毕向西的怒火开始烧起来，忍耐已经到了极限，说完转身洗澡去了。

淡定淡定，大湖洋转念一想，别硬着来了，可别在这个至关重要的节骨眼上再出什么幺蛾子了，索性等到毕向西睡着了，再出门，反正今晚才是最后期限。于是发念："睡觉，偷跑。"这可真难为他，要把这么复杂的事情简化成几个字，根据他这几天的经验，超过5个字，小白板就反应不过来，可小湖洋能懂吗？

小湖洋倒是有点依赖小白板了，回屋捧着它，念叨："哎呀，你说怎么办啊，我该怎么办啊？急死宝宝了啊。"

这该死的有拖延症的小白板，许久之后，显现了几个字"睡跑偷觉"。

"什么，睡——跑——偷——觉？什么鬼啊？"小湖洋嘟囔着，大湖洋傻了，这笨蛋白板精，关键时刻掉链子啊，赶紧又发念："睡觉，偷跑。"又过了好一会儿，白板上好歹变成"睡觉偷跑"，少了个逗号。小湖洋又在那嘟囔："什么啊，睡觉偷跑，什么意思啊，都睡觉了还怎么偷跑啊？"

大湖洋真是急疯掉了，又发念："妈睡，你跑。"边想边苦笑，这简直跟密码暗号似的，还要高度浓缩。所幸这次显示得快了点，小湖洋又念叨："妈睡，你跑……呃，妈妈睡觉，你跑，呃，不，我跑……我偷跑！是不是，对不对？"小湖洋像破解了密码似的兴奋。小白板显现："对对对对。"

外边，毕向西已经洗完澡，在客厅沙发上发呆，一脸倦容。"妈妈，妈妈，我好累啊，你看你也好累，我们赶紧睡觉吧。"小湖洋说。

"睡呗，我头好疼。"毕向西果然病恹恹的。

"你不舒服啊？那我们今晚不用按摩了，赶紧睡。"

"咦，我说小洋，你真是好奇怪啊，这会儿又变得这么懂事了。"毕向西说。

"我不想惹你生气嘛。"

"好好好，那就都赶紧睡觉。"于是，不到 9 点，母子俩就都各自躺下了。

小湖洋这一躺不要紧，居然立刻就睡着了！这世上有一件难事，便是阻挡孩子睡觉。"你是猪啊——！快点起来，快点起来！快到时间了！"大湖洋在他脑子里大喊大叫，真的好想扇这个臭小子两巴掌。白板精倒是不停地显现"起来起来"，可有啥用，一头睡着的小猪，哪看得到白板黑板。大湖洋真是喊破嗓子了，如果他有嗓子的话。

大湖洋感受着时间一点一点过去，在急得要发疯了之中，他慢慢绝望起来。这头小猪，从小睡眠特别好，总是一觉到天亮的啊。最后关头，大湖洋开始呼天喊地，寻找救援，他想到了屋子里的各种事物精，也不管能不能奏效，挨个呼叫道："'牙刷精''扫帚精''酱油精''蝾螈精''鹌鹑精'……我求求你们了，快来帮忙把这只猪叫起来啊，天啊，快救命啊。"

也不知道过去多久，小湖洋突然睁开眼睛，身上爬满了各种事物精，还真是它们把他弄醒了。床头的电话手表显示着 11

点 27 分,大湖洋想起了白泽所说的"午夜 12 点为限",已经绝望得没力气生气了,从家里去到生态公园,以小湖洋的速度,就得差不多 20 分钟了……

小湖洋赶紧起床,穿好衣服,背上书包——还不忘带上白板精,上面显现着大湖洋的绝望念头"食梦貘死",小湖洋不知道哪里来的力量,坚决地说道:"不!它不会死的!我不会让它死的!"

梦光团这会儿显得特别异样,甚至能看到内部有电闪雷鸣的景象,小湖洋真怕它会轰然爆炸。他耳朵贴在妈妈房门上,听到她均匀的呼吸声,赶紧蹑手蹑脚地出了门,成功了。

接近午夜的街上,热闹消退,冷空气已经袭来,混合在"哭泣之河"中,又冷又悲伤。小湖洋隐隐有点害怕,而且明显穿少了,但"要去做一个英雄才做的事"所带来的兴奋感淹没了一切,背着妈妈偷偷跑出来的感觉,也让他略感刺激。大湖洋可顾不得他的兴奋,怒吼道:"还不快跑!都没时间了,还想做英雄!"小湖洋多半是觉得冷,还真跑了起来。

终于到了生态公园门口,却发现,公园关门了!门口有牌子写着:"开放时间 06:00-22:00",天啊,真是各种节外生枝啊,时间肯定也逼近午夜 12 点了,难道只能接受这个厄运了吗?

而小湖洋在这个午夜里,浑身充满了一股初生牛犊不怕虎的劲,还有一份在不知不觉中强大起来的拯救人类的正义感。他扒着公园的大铁门想钻过去,结果脑袋太大,进不去。他左右看了看,来不及考虑,就往大门右边去,那边,是一圈铁栅栏围着公园,他沿着走了一圈,想找个空隙钻进去。这公园实在太大了,小湖洋气喘吁吁地绕了一大圈。终于,发现一处,

两根粗粗的铁栅栏被人掰弯了,形成一个椭圆形的空缺,他立马钻过去,成功!然后飞快地朝食梦貘的方向跑去,沿途所见的事物精和奇异仙,也都跟着他,跑的跑,飞的飞,大家好像都知道,有大事即将发生。

奔跑的过程中,一不小心,绊到一块石头,小湖洋结结实实地摔了一跤,两个膝盖一阵剧痛,白板被甩出去好远,"咔嚓"**断成两半**,小手小脚和眼睛瞬间消失。小湖洋挣扎着爬起来,顾不得自己,顾不得"白板精",继续狂奔。

暗夜中的生态公园,在冷空气的阵阵寒风里,显得更加凋敝、死寂,"哭泣之河"依然盘旋在上空,呜呜作响。原本死气沉沉的神界精怪们,因为小湖洋的到来,统统抖擞了精神,跟着他来到食梦貘面前。一周过去,食梦貘外观没有丝毫变化,除了变得更加坚硬了。大湖洋此时脑子一片空白,无望的空白,如果他有脑的话。

小湖洋手忙脚乱地将梦光团从书包中放出来,"哇!"身边的一切生物都发出了赞叹。是啊,在这黑暗的夜色中,梦光团犹如一个明亮的梦境,瞬间照亮了周遭,而且,它自己飘浮在空中,缓缓上升。大家全都看傻了。

小湖洋不由自主地,爬上食梦貘的身体,梦光团也已经飘到食梦貘的身体之上,飘到了小湖洋跟前。小湖洋双手把它接过来,起身,站在石头光团面前,正琢磨着该怎么做时,突然,空气中发出了响亮的吱吱声,梦光团和石头光团之间产生了强烈的电流。它们粘在一起,正在融合!石头光团也随着一点点地变成它原有的样子,就好像把梦光团一点点吃掉,消化掉一样。

同时,食梦貘的身体由下至上,也在一点一点地褪去石化,变回原来的样子。"这就是解封？"大湖洋想到了白泽的这个用词。小湖洋跳下来，站在旁边，嘴巴张得老大。

就像石化的速度超快一样，这个解封的过程也不慢，当两团光团完全合二为一时，"唰"的一声，一道五彩光一闪，食梦貘突然睁开了眼睛！它头顶的光团也大亮，而且，能隐约看到一条布满星星的银河在里面流动。四周发出了各种赞叹声，上空的"哭泣之河"随着变成"赞叹之河"，在空中回荡。大湖洋一阵狂喜，然后长长地松了一口气。

食梦貘的全身都在发光，只是光线非常暗淡，它尝试着动了动四肢，看得出来它还是非常虚弱，想站起来，却站不起来，于是发出了一声巨大的叹息。食梦貘说了一些话，可惜大小湖洋都听不懂。"奇怪了，为什么我能听懂白泽说话，却听不懂食梦貘说话呢？"大湖洋纳闷，"还有，为什么梦里的白泽有人身，而食梦貘没有呢？"

食梦貘说完，周围又是一阵感叹，大湖洋隐隐看出，大神兽是能说话的，而那些事物精和奇异仙，则不一定行。

小湖洋好奇地看着食梦貘，忍不住走到它身边，伸手摸了摸它的毛发。那毛发非常非常地柔软，像妈妈给他按摩的双手。这时的食梦貘，已经开始恢复了一些生机，它居然伸出了长长的大象鼻子，轻轻卷住小湖洋的腰，将他揽腰举了起来，小湖洋咯咯地笑起来。四周又是一阵阵赞叹和欢呼声。

就在这时，食梦貘的脑门前长出了一只小东西，大概有小湖洋的手掌那么大，他还来不及看清楚是什么，那玩意儿就飞到他手上。他定睛一看，原来是一只奇异仙。它长着一个圆脑袋加一个连着尾巴的身子，有两只小手，没有腿，黑灰色的，睁大了两只圆咕隆咚的眼睛看着小湖洋——那对眼睛放在它的

脸上，真是大得出奇，几乎占了三分之二的脸。奇异仙边看还边噗噗地放了几个屁，小湖洋看着这个小可爱，兴奋地模仿道："噗噗噗噗。"结果小家伙又放了个屁，还点了点头。"哇，那我就叫你噗噗啦。"小湖洋高兴极了，新得到一只小宠物，完全把摔坏了的白板精忘得一干二净了。

大湖洋也是赞叹连连，直觉告诉他，这是救活了食梦貘的奖赏，是食梦貘送给他们的礼物。他赶紧发念："谢谢，谢谢。"食梦貘硕大的眼睛看着小湖洋，眨了几下，大湖洋直觉，那是对他谢意的回复，食梦貘肯定能感应到他说的话。

小湖洋这会儿在高处看到，聚集在一起的各种精各种仙们，已经比一开始又多了好多。它们能飞的都在空中翻腾打滚，不能飞的，也在地上转圈，以示庆贺。看来，今晚的这件大好事，振奋了整个神界。小湖洋突然觉得好骄傲啊，骤然有了一种英雄感，赶紧把腰板挺直了，笑眯眯地看着大家。他胸口的那处隐秘的小景致精灵仙怪们都看得清清楚楚，只有他自己并不知道。

突然，小湖洋的目光无意中扫过了左前方远处树丛，依稀看到了一条巨龙的身影一晃而过，没等他看明白，食梦貘刚好把他从高处放了下来，也就看不到了。大湖洋也看到了，而且很在意很疑惑，为什么食梦貘解封这么大的事情，它到了现场却不现身？另外，现在食梦貘已经解封了，事情就算完了吗？接下来应该怎么办？大湖洋也已经深深进入"拯救者"的角色当中了。

这时，小湖洋好像想起了什么，匆匆地跟食梦貘和周围的精怪们说："再见！"然后就转头往公园门口走了，他兴高采烈地走在回家路上，不见困意，也不觉寒冷，噗噗紧紧地跟随着他。那条赞叹之河代替哭泣之河四处流淌，整个世界似乎稍稍好了一点。他才走了不到一半路，突然，前面冲过来两个大人，"小洋！"原来是毕向西，旁边是龙伟。她焦急地拉住小湖洋，"你没事吧？啊，没事吧？"

"我……我，我没事啊。"小湖洋也傻眼了，本想赶紧回家，没想到居然被逮了个现行。此刻的小湖洋，裤子的膝盖处都破了，脑门上也擦了一道痕，结血痂了。

"你没事！我有事！你知不知道我吓坏了、急死了？你是不是疯了？"毕向西确认他没事之后，突然大怒起来。

"小洋，你也真是太不懂事了，怎么能自己深更半夜跑出来呢？快跟妈妈道个歉。"龙伟说。小湖洋一脸倔强，敌意地瞪着龙伟，一声不吭。

毕向西火更大了："你这什么意思？你还跟我倔？你是不是着魔了？你是不是想气死我？"边说边摇晃着小湖洋的身子。小湖洋依然不说话，但使劲地咬紧牙关，小脸憋得通红，额头上青筋暴起，眼泪无声地往下掉。这是他惯常的发怒方式，无声地坚决抵抗。这也是毕向西最怕他的一点，但这次，她不怕，而是更加歇斯底里地吼起来："你别再跟我来这一套！你给我说话！你到底在干吗？"

小湖洋依然沉默，满是恨意地瞪着毕向西，毕向西无法自控地给了他一巴掌，龙伟拦都拦不住，这下小湖洋伸出了他紧握的小拳头，朝着毕向西挥舞。毕向西怔住，这是小湖洋第一次如此强烈地反抗。她几近崩溃，从暴怒到剧痛，泣不成声地说道："你居然要打妈妈？你到底是怎么了？你要真的出点事，我该怎么办？我该怎么跟你爸爸交代？你就不能懂事一点吗？你知不知道我有多累？你怎么就一点都不懂得体谅一下妈妈啊？你为什么这样啊，你为什么这样啊？……"这下，小湖洋也被吓到了，放下了拳头，也放声大哭起来。大湖洋又是心疼妈妈，又是心疼自己，哎，这不都是爱吗？

"哎呀，向西，你冷静冷静，孩子没事就好，这深更半夜的，我们先回家，回家再说。"龙伟解围。大湖洋一听，急了，向西是你叫的吗？

原来，晚上 12 点多的时候，毕向西起来上厕所，顺便想看一眼小湖洋有没有盖被子，他睡相不好，横七竖八的，经常把被子踹飞，这天又冷。结果一打开房门，发现床上竟然是空的！屋里找了一圈，没找到，也是吓傻掉了，一下子没了主意，刚好微信上还有龙伟在她睡着时发过来的问候信息没回，情急之下，就跟龙伟说了小湖洋不见了。没想到龙伟竟然还没睡着，急急从隔壁小区过来，也就不到十分钟。

"别急别急，你想他会去哪里呢？能去哪里呢？"在他的提醒下，毕向西这才想起了睡觉前小湖洋吵着要去生态公园，于是两人匆匆忙忙往生态公园赶……

"走走走，先回家，这大冷天的，没事就好，赶紧回家，明天再说吧。"龙伟像个一家之主似的总结道，转头又跟毕向西补了一嘴，"以后啊，还是得严格管教啊。"小湖洋又瞪了他一眼，大湖洋一听，也是气不打一处来，这个龙伟，看来，就要从学校走进他的生活中了。

我相信，任何一个妈妈，面对一个越来越像一个谜团的孩子，都会无措，甚至崩溃。那个时候的我，内心被一股无名的恐惧感紧紧地抓着，我隐隐地觉得，有一个巨大的隐藏着的敌人正在跟我争夺我的孩子，我很害怕又无助，拼命地想找到一点依靠，我需要有人确切地告诉我，我的孩子没事，或者说，能让他没事。在午夜偷跑事件发生之前，我对于湖洋的态度还是摇摆不定的，但这件事，彻底改变了我……

——摘自《人类的迷失》，2048年著，作者毕向西

第二天，小湖洋结结实实病了，感冒发烧，喉咙发炎，体温一下子飙到39度多。毕向西一向很怕他生病，完全顾不得去深究昨晚的事，一早上使出了各种降温法，推拿、艾灸、擦精油，她不喜欢随便跑医院，动辄吃抗生素打针挂点滴的做法，她最受不了。所以，不管是小湖洋生病，还是自己生病，能扛过去就扛过去。

小湖洋在昏睡的间隙，不忘告诉毕向西："妈妈，食梦貘活过来了，人们又能做梦了。"

"好好好。"毕向西敷衍道，这不就是发烧说胡话吗？

大湖洋丝毫不心疼小湖洋这点小病小痛，总会好的嘛。他正好趁着小湖洋昏睡时段，好好思考一下这半个多月来的经历，最初的惶恐和抗拒已经几乎消失，取而代之的是对未来的迷惑和焦灼。同时，他欣喜地发现，自己正在慢慢变化，30岁那个"木讷、空洞、冷漠、病态、狂躁、死寂"的他，正在一点点靠近10岁的本真的他，他冒出了一个念头——自己正在变得正常起来。而对于白泽展现给他的人间与神界的历史，他依然充满了各种疑问，理不出太清晰的头绪来。

新的小伙伴噗噗，一早上都在房间里飞来飞去，时不时全身毛发"滋滋"一炸，像个小刺球。大湖洋喊了一声"噗噗"，小家伙应声停在半空中，两只硕大的眼睛眨了眨。"啊，有戏！"

大湖洋说,"噗噗,你能听见我说话吗?可以的话,就放个屁吧。"噗噗果然应声放了个屁。大湖洋简直激动坏了,终于,终于有"人"能听到他说话,还能跟他直接有感应了!虽然这个小家伙像个小哑巴。

这期间,龙伟不断发微信过来关心小湖洋的情况,就差直接过来照顾了。到了晚上,也是毕向西最担心的时段,这10年的经验,让她清楚地知道,夜里通常会是小孩发高烧反复的时段。果然,还不到10点,本来已经没那么烧的小湖洋又蔫了,而且开始在床上打滚喊头疼,声音整个沙哑了,这可把她吓坏了。恰好龙伟又来信息,她便告诉了他。

"别扛了,去医院,我现在过来。"龙伟说。

龙伟开着车把他们母子送到了家附近的医院,果然,打点滴、做雾化、吃抗生素……点滴室没有床,只有座椅,在长达一个多小时的打点滴过程中,昏睡的小湖洋枕着毕向西的腿,龙伟坐在她旁边。最后,疲惫不堪的她不由自主地靠着龙伟的肩膀也睡着了。龙伟的大手握住了她的手,她的泪水从眼角流下……

第二部分

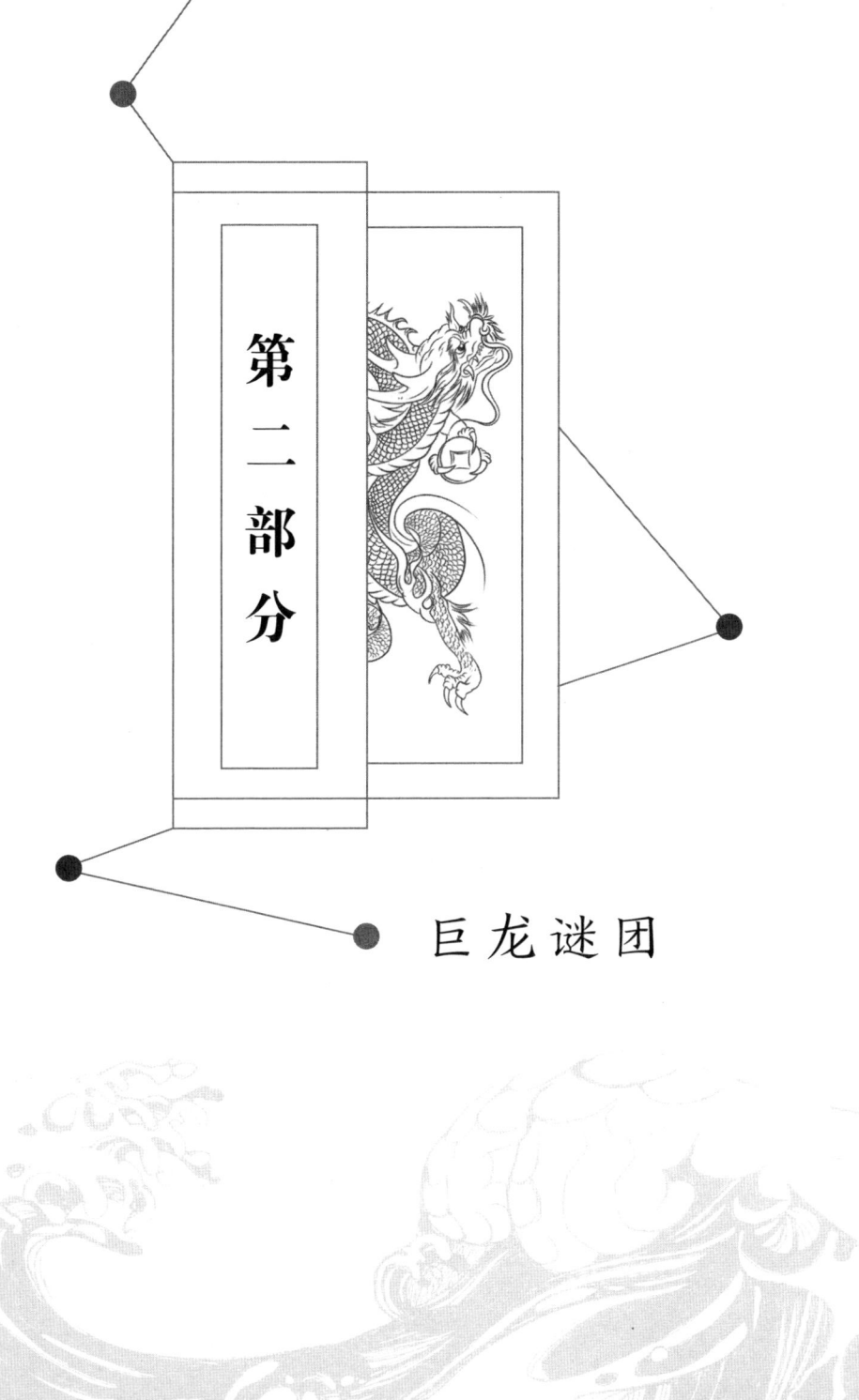

巨龙谜团

十

食梦貘"死而复生"已经过去一个多月了，人类的梦境也逐渐"失而复得"，但没有多少人真正留意或意识到，他们曾经失去了7个夜晚的梦，曾经差点陷入失梦所带来的灾难性困境。世界似乎又恢复了正常。

梦，不管是夜间梦，还是白日梦，都是极其重要的，它们是一份无法言说，但又难能可贵的礼物，是创世神给予的，或是大宇宙赋予的，我们不得而知。我们需要知道的是，它们是现实生活的滋养源、发泄口、疗伤处，它们既是镜子又是梳子，既能照见生活又能梳理日常。它们是日光又是月光，用不同的温度照耀我们，抚慰我们。曾经，有过7天的时间，我们完全失去了梦境，那真是让人焦躁不安的经历，难以想象，如果人类永世失梦，会是怎样的恐怖情形……

——摘自《人类的迷失》，2048年著，作者毕向西

这时的小湖洋，已经被结结实实地"严管"起来了。首先，每周逢一三五，龙伟都要给他补习数学，然后"顺路"送他回家，不让他自己走路回了，还时不时和女儿龙晴"顺便"在他家吃饭，有时实在有事送不了，毕向西就亲自去接，总之，小湖洋再也别想放学后拥有自由出行的机会了；每周逢二四则是线上英语补习课时间，周末两个早上的读写困难训练课也开始了。起初，小湖洋一想起被剥夺掉的自然课，就愤愤不平，但毕向西和龙伟会轮番给他"洗脑"，换着花样洗。渐渐地，他似乎也习惯了这种从周一到周日，被各种课程填充、几乎全周无休的"补习大时代"。

难得在周末，小湖洋偶尔也会去下生态公园，但只有一次碰到食梦貘，看得出，这头巨兽正在慢慢恢复元气，走起路来步履蹒跚、动作缓慢，见到小湖洋，便咧开大嘴，似笑非笑，噗噗和小湖洋很兴奋地跟它打招呼，高兴就放屁、生气就炸毛的噗噗已经成了小湖洋的爱宠。但大湖洋的感觉不一样，他觉得食梦貘心事重重、欲言又止，他尝试过通过噗噗和食梦貘沟通，未果。最让他担心的是，人类现在做的梦足够它吃吗？它真的能恢复过来吗？

让大湖洋更加莫名担心的是，生态公园的内外，目光所及的这个奇妙之境，并没有比食梦貘解封前更好。大湖洋明明看到，花草树木的生机继续在流失，公园人工湖旁边的整整一排大王椰，硕大的绿叶已经全部变得枯黄，高大笔直的树干也变得粗糙、落皮，没一点生气；而那些奇异仙和小神兽，稀稀疏疏地出现，大湖洋几次看到同一只脑袋如硕鼠的奇异仙，一次比一次蔫，双眼无神、行动迟缓。对这些精怪来说，庆祝食梦貘解封时的兴奋，好像仅仅是一瞬间的情绪波动；更可怕的是，大湖洋在公园里发现了一些新增的小"石像",难道那也是石化了的小神兽吗……他的意识闪回到第一次梦见白泽的那个梦里,终于反应过来了,20年后的生态公园,满是形状各异的"石像",其实就是一个遍布神兽尸体的世界啊!大湖洋想到这,不寒而栗。显然,空心症并未消失,颓丧之气有增无减,有另一场可怕的灾难正在默默地酝酿当中……

"如果那么快就完成使命,那就不叫使命了。"他对自己说。但到底接下来又会出现什么大事,实在是难以预测,白泽至今也没再出现。"没消息就是最好的消息啊。"大湖洋自我安慰。

一个周六的下午,小湖洋正在家里痛苦地做作业,门铃响起,他趁机离开书桌,跑去开门,门外竟然是外婆莫琦!眼前这个瘦小的老太太,岁月的沧桑和世事的历练布满了她的小脸盘,只有一对眼睛依然异常明亮,像深海的亮光。因为常年偏头疼,一进入秋季,她就会戴上一顶红色针织帽。莫琦的到来,让毕向西和小湖洋都有些惊讶,莫琦从向西母子俩的表情看出了两人的潜台词,笑眯眯地说:"想小洋了,所以就来了。"

在此之前,身体硬朗的莫琦生了一场大病,刚刚恢复过来。湖洋小时候,是莫琦带的,直到上小学前。后来,毕向西的哥哥又生了个女儿,莫琦才去湖洋的舅舅家带小孙女。有时莫琦多是打电话关心外孙,毕向西也会谈到一点小湖洋的奇怪表现,老太太倒开通得很,觉得小孩子有些奇思妙想很好,将来有出息。

莫琦,已经78岁,毕向西是她40岁时才生的。外婆年幼时家境贫寒,读书不多,但天资聪慧,喜欢读书,给孩子买的书她都爱闲来翻看,而且,最着迷的就是各种精怪类的故事,不仅看,还能编能讲,湖洋从小就是听着她的精怪故事长大的。

看着眼前的莫琦,大湖洋惊讶中更多的是激动,这张熟悉而陌生的面孔，让他泪如雨下，久违了，亲爱的外婆，如果他有脸的话。他拼命寻找关于外婆的种种记忆，那些在空心症的世界里几乎被遗忘殆尽的记忆，这会儿纷纷逐渐恢复。念头中浮现出画面，一个酷热的夏天，大概五六岁的他，和外婆在小区楼下玩耍，天热得要命，好久没下雨了，连南方海边城市的常客台风也许久没来造访。玩得满头大汗后，他回到在树荫底下乘凉的外婆身边，外婆便给他讲起了青龙显灵降雨的故事……

大湖洋还陷在回忆中，被四处翻滚着放屁的噗噗拉回了现实，这小家伙，异常兴奋。小湖洋忍不住说："噗噗，你瞎高兴什么呢？"

"小洋，你跟谁说话呢？"莫琦耳朵可灵了，立马听到了小湖洋这不一样的话语。

"妈，你别听他瞎说，你赶紧歇会儿啊，我去准备晚饭。"毕向西说。

"你去忙你的，不用管我们。"莫琦说。

"就是就是，你别管。"小湖洋附和着。

毕向西一走开，小湖洋就忍不住说起来："外婆外婆，我跟你说说特别好玩的事，你看这就是噗噗，"他捧着噗噗跟莫琦介绍道。

"呦，噗噗，你好啊。"莫琦笑着说，眼睛被满脸皱纹挤成一条线。

"啊，外婆你能看见啊？"小湖洋问，噗噗放了个小屁。

"唉，外婆老了，眼睛老花啦，看不见什么，但是你说的我都信。"莫琦回答。

"哎……"小湖洋有点失望，这不跟以前的妈妈一样吗，嘴上说信，其实不是真的信。但他还是不愿放弃。跑到房里找到那本《新山海经·异兽录》,"外婆外婆,我不骗你,这里面有几只神兽我都见过。"

"哇,真的呀,哪些呢?来来来,你快给外婆讲讲。"莫琦一看是《山海经》,也来劲了。小湖洋能感受到,外婆是真的来劲,不像毕向西,很多时候只是为了附和他。他翻到白泽那页:"你看你看,这是万兽之王白泽,我可是它的后代呢,它是万——兽——之——王。"小湖洋摇头晃脑地说。

"噢,白泽呀,我也读过它的故事,可我怎么不知道,我的外孙是它的后代呢?"外婆好奇地说,"那你在哪里见过它呀?"

"在梦里,见过好几次呢,可是,最近好久没梦到过了。"小湖洋有点可惜地说,"不过,这只我可是见过真的哦,而且,是我把它救活的呢。"小湖洋翻到食梦貘那一页。

"快,快让我看看。"外婆兴奋地戴上了老花眼镜,看了起来,还边看边念:

在《山海经笺疏·西山经》中记载:"猛豹即貘豹也,貘豹、猛豹声近而转。"食梦貘是古代中国一种传说生物,据说以吃掉人们的梦为生,它身体像熊,鼻子像象,眼睛像犀,尾巴像牛,腿像老虎,据说是从前神创造动物的时候,把剩下的半段物用来创造了貘。

念到"食梦貘"几个字的时候,莫琦突然像是触电似的,全身震了一下,噗噗更是放了一个大大的屁。大湖洋看到外婆和噗噗的反应,果然,外婆跟别人不一样!"外婆外婆,我是湖洋,是30岁的湖洋!"他激动坏了,在意识里大喊,可惜,莫琦一点反应都没有，这让他沮丧极了，像被泼了两桶冰水。

"可是，你在哪里救了它呀？"外婆问。

"就在生态公园呀，我带你去看吧！"小湖洋浑身是劲。

"好啊好啊，赶紧带外婆去看看。"

"你们要去哪呢？天晚了，明天再说吧。"毕向西从厨房里出来。

"我要带外婆去生态公园！"小湖洋叫道。

"咳，我以为什么了不起的事情呢，明天去，乖啊，这会儿要吃晚饭啦。妈，你也累了，别听小洋瞎忽悠。"毕向西说。

"我才没有瞎忽悠呢，哼。"小湖洋说。

"好好好，我们先吃饭。小洋，外婆也确实有点累了，我们明天去，外婆不骗你。"外婆解围说。

第二天早上，小湖洋醒来发现外婆正坐在他床上的旁边看着那本《新山海经·异兽录》——他们同住一屋的子母床。

"小洋啊，我昨晚梦见食梦貘了呢，而且之前也梦到过呢。"莫琦说。

"啊，真的啊，梦见它怎么了呀？"

"梦见它在一个很亮很亮的地方，而且还跟我说了好多话。"

"哇，说了什么呢？"

"哎，外婆老糊涂了，不记得了。"

"难道就像白泽来到我的梦中，食梦貘也到外婆的梦中了？它会带去什么信息呢？"大湖洋惊讶地想着，他真是迫不及待要跟外婆沟通了，有什么办法呢？

"小洋，快起床了，一会还要去上训练课呢。"毕向西推门进来。

小湖洋万般不情愿，嘟嘟囔囔地说："我不想去不想去。"

"哎呀，上那么多课干吗呢？孩子难得有个周末。"莫琦也跟着说。

"妈，你不知道情况，就别管了。"毕向西冷冷地回答。

"我知道，不就什么读写困难嘛，我也不懂是什么病，我只知道我的外孙好得很，不用天天上这个课那个课的，脑子都上坏了。"老太太虽然读书不多，没学过什么"成系统"的知识，但脑子清楚得很。

"就是就是，外婆说得对。"小湖洋起哄。

"我这都是为了他好！"毕向西辩解道。

"那得看看什么才是真的好。"外婆坚持道。

本来，毕向西以为主动到来的妈妈是来做她的帮手的，现在看来，情况不大妙啊。大湖洋反而有点兴奋，看来，外婆是和自己同一阵营的，可以一起帮助小湖洋逃离这条不属于他的教育之路。他想起了在那个空心症的世界里，外婆并未重新来到他们身边，跟他们长住，只是逢年过节偶尔见见面。后来，大家连节日都不再热衷了，见面就更少了。他不免瞎想，如果当时外婆也来了，事情会不会有所改变呢？

在一早上漫长无聊的读困训练课上，小湖洋频频打瞌睡。大湖洋却兴奋地跟噗噗"密谋"着："噗噗，噗噗，你会不会写字啊？"噗噗狠狠地爹了一下毛，表示不会。接着又"噗噗"放了个大屁。

"你别又放屁又爹毛啊，你试试看嘛。"大湖洋鼓励它。

"嘤嘤——"噗噗又叫了一下，双手捧起书桌上的一支笔，在小湖洋面前的本子上画了起来。

"啊，死噗噗，你瞎捣乱什么啊。"小湖洋小声叫道，幸好老师没留意。

"你笨啊,喏,到左手边书架区试试看。"大湖洋说。小湖洋的左手边,刚好就是这个培训教室的另一个区域,有一张大方桌和一个放满书的书架。噗噗有点费劲地撑起大方桌上的一支笔,开始乱涂乱画。

"这笔精,怎么那么不经用,用一次就废了。"大湖洋自己嘀咕着,想起上次考试的情景,"诶诶,你别乱画啊,我让你写字呢。你写个'我'字看看。"大湖洋说。噗噗一脸茫然,又夯了夯毛。大湖洋哭笑不得,难不成,这个貌似能听懂人话的噗噗还不如那块不通人性的小白板?

"唉,那你模仿总可以吧?你看这桌上不是有语文书吗,你写'语文'两个字看看。"大湖洋看着噗噗艰难地写起来,至少10分钟过去,噗噗还真画出了"语文"二字。

"耶,太棒了!噗噗你真棒!"大湖洋欢呼,"来来来,继续!"

一边神游一边打瞌睡的小湖洋,根本不关心噗噗在干嘛。

中午回到家,吃完饭,在大湖洋的示意下,噗噗趁小湖洋"百忙之中"抽空玩 iPad 时,从他书包里取出了一张纸,两只小手拿着,飘到正在床上半躺着看书休息的莫琦跟前,手一松,纸落在书上。

莫琦又惊讶又纳闷地抬头看了看空荡荡的四周,又看了看眼前的纸,只见上面歪歪扭扭地"画"了几行字——很多字都是写了一遍,错了,画掉,再错,再画掉,真是看花眼了,她好不容易辨认出完整的几句话:"外婆,我是 30 岁的湖洋,我被变成一股意识藏在小洋的脑子里,出不来,小洋还不知道。这个世界要出大问题了,我们要一起拯救它。"要知道,就这么几十个字，大湖洋和噗噗足足花了3个小时才完成啊，翻遍各种书，找到相应的字"画"出来，拼在一起。

莫琦盯着那张纸，丝毫没有惊奇的表情，似乎她连这也能理解，布满皱纹的脸舒展开来，似笑非笑，沉默了好一会。她对着正在书桌前"埋头苦玩"的小湖洋说："湖洋，我知道了。"

"什么，外婆，你知道什么？"小湖洋头也不抬地嘟囔着。

"嗯，外婆什么事都知道了，放心，我们一起努力。"莫琦淡定地说。大湖洋如果能被看见的话，此刻一定泪流满面。他明白外婆的这些话都是对他说的，外婆果真是不一样啊。

"努力什么啊？"小湖洋还是低头嘟囔着。

"你不是跟外婆说过，你要拯救神兽吗？我们一起努力呀。"

"啊，外婆，你能看到神兽了吗？"小湖洋这才转过身，抬起头来。大湖洋看到莫琦的脸，她一脸淡定，明亮的眼神中有一种说不清的力量。

"小洋，这个世界上，有很多很多的事情，一般人是看不到的，但是看不到，并不代表它不存在呀，外婆相信这本书上所有神兽的存在，不管我是不是能看到它。你看我们虽然看不见空气，但是它一直存在，而且我们都离不开它，不是吗？"莫琦拍拍手中的《新山海经·异兽录》，坚定而有力地说。大湖洋在意识里疯狂地欢呼："外婆，我爱你！你太棒了！"噗噗不停地放屁。

小湖洋捂着鼻子说："噗噗，你快停住，臭死了。"

"小洋呀，噗噗是不是会飞呀？"莫琦问。

"嗯嗯，是的是的，它会飞，高兴了就会放屁，你看你说相信神兽，它就高兴得直放屁呢，哈哈哈。"小湖洋开心极了。

"湖洋啊，不管因为什么让事情变成这样，你都不要害怕，我们一起面对。"莫琦继续说道。

"什么？"小湖洋有点纳闷地看着莫琦，但大湖洋一下就听懂了，这将近两个月来的痛苦和委屈，完全憋不住了，如果他能流泪的话，现在一定号啕大哭。

神奇的事情也在此时发生，大湖洋的意识竟然带动小湖洋的情绪，小湖洋大哭起来，泪如泉涌，边哭边哇哇地叫着。莫琦抱着他，哄着："乖，没事，别哭别哭。"大湖洋傻了，这可是他们合体以来，第一次出现互通感情的情况！

这一哭不打紧，把毕向西也给吸引了过来："怎么了，怎么了，小洋？"

小湖洋继续号啕大哭："呜呜呜，我也不知道我为什么哭，呜呜呜。"

"哎，上太多课了，累了累了，傻了傻了，连为什么哭都不知道了。"莫琦明知不是这样，却故意说。

"妈，你别这样说，他们班里的同学，比他上课多得多了去了。你别惯着他。"

"你不是老说我小时候没多点照顾你，惯你吗，这会儿我就多惯着我外孙，怎么就不行了呢？"

"这怎么能是一回事呢，妈？你这不是老糊涂了吗？你不可能把我身上缺失的部分，填补到你外孙身上去，这不可能！"毕向西语气中带着怨气。

"我，我就想着能补一点是一点啊，我当年也是没办法。"莫琦有点委屈。

"怎么就没办法？生了孩子就要对他负责！我尽量做一个负责任的妈妈，难道不对？"毕向西这下不仅怨，还气。

"哎,好,是我不好,是我不对,不说了。"莫琦软了下来,居然也抹起眼泪来。大湖洋停止了哭泣,有点搞不清楚状况,这母女之间,曾经发生过什么事?印象中,这对母女从未吵过架,但好像也从未亲密过,当然,空心症的世界里,就没有亲密这回事。

"小洋,你下午乖乖把作业写完!别忘了下周就期末考了。妈妈下午要出门办事,你自己搞定。"毕向西甩下话,出门去了。

小湖洋好不容易胡乱写完作业,已经是下午四点多,迫不及待地拉着莫琦前往生态公园。

"哎,你妈妈生气也挺正常的。"莫琦走在路上,突然说道。

"为什么呀?"小湖洋问。

"你妈妈的到来是个意外,我和你外公那会儿根本没想要再生一个孩子,但她还是来了。"

"噢噢。"小湖洋似懂非懂地点点头。

"但是你妈妈出生之后,我和你外公都没什么时间照顾她,我呀,天天要去照顾你生病的曾外祖父曾外祖母,你外公又忙于工作,你的舅舅和大姨也还是孩子,都不懂照顾她,所以你妈妈从小就像野草一样,自己乱长,小时候自己还从阁楼上摔下来过,差点把脑子摔坏了,还有一次掉水井里了,差点没命。总之啊,她能长大,真不容易,哎。"莫琦叹息。

"啊,我知道了,怪不得妈妈脑袋上有一条疤呢。"小湖洋说。

"哎,是的,她长大后,没少跟我抱怨这个,我也觉得挺对不住她的。可是那个时候我也没办法啊。等我想弥补时,已经补不回来了,哎……"莫琦叹息连连。原来如此,大湖洋恍然大悟。

一进到公园里,噗噗就兴奋地乱窜,小湖洋也很高兴,到处对着空气打招呼,莫琦居然也笑呵呵地跟着点头微笑,好像她也能看到什么似的。这时,公园里只有零零星星几个人。

"这公园怎么成这样了呢,没点生气。"莫琦说。

"嗯,是啊,自从食梦貘变成石头之后,就成这样了,不过,它现在又活过来啦,我救活的!"小湖洋得意地说。

"那它在哪里呀?"莫琦好奇地问。

"呃,我找找看呀,它刚活过来,身体不好,走路可慢可慢了。"

但是,小湖洋找了半天,都没找到,非常沮丧,"哎,好奇怪啊,上一次来,它还在的呢。也不知道今天跑哪里去了,难道……它身体好了?跑掉了?"小湖洋嘀嘀咕咕的。

"噗噗噗噗,你知道食梦貘去哪了吗?"大湖洋带着一点希望。

"滋滋滋滋……"噗噗一阵一阵地夯毛,以示不知道。

他们非常失望地回了家。没想到,等待他们的是愤怒的毕向西。

"小洋,你自己看你的作业。"看到他们进门,毕向西强压着怒火,拿着小湖洋下午写完的作业说。小湖洋战战兢兢地接过来,看见上面满是叉。

"你这叫写作业?分明就是乱涂乱画!你是不是又想挨揍?你说!"毕向西嗓门越来越大。

"不就一点作业嘛,写错了重写,别吓着孩子。"莫琦解围说。

"妈,你根本什么都不懂!你能不能不说话?这跟你没关系!"毕向西把怒火转向莫琦,"你别以为你这样对小洋,就能够弥补你过去对我的不管不顾！"毕向西边说边哭起来。

莫琦的到来，好像让毕向西成了家里的"孤岛"，大湖洋突然有点心疼起她来。

"妈妈，你别哭，乖啊。"小湖洋摸着毕向西的手说道。

"哎，都是我不好，我去做饭，你休息一下。"莫琦略带愧疚地说。一场差点爆发的小战火熄灭了，但经年累积的情绪可没那么容易消散。

一代人与一代人的和解，恐怕是这世间最难的事情之一，那些成长中的伤痛，那些无意制造的误解，那些日积月累的隔阂，最终会变成一条巨大的鸿沟，最陌生的亲人，就是这么诞生的。这条鸿沟还会带来巨大的悔恨，当有一方带着遗憾去世时，另一方将会陷入极度愧疚中……

——摘自《人类的迷失》，2048年著，作者毕向西

临睡前，就像小时候一样，莫琦给小湖洋讲了一个睡前故事，是关于梦世界的：我们每个人都有一个梦世界，在我们睡着了之后。

梦世界有两大类神仙，一类是睡仙，另一类嘛，不用说，就是梦仙。

睡仙是帮助我们入睡的，是梦世界的领路人。等我们到了梦世界，接手的就是梦仙了。

我们所有的梦，都是梦仙建造出来的。嗯，是的，建造，在梦世界里，每个梦都是立体的，像一栋楼、一间屋，或者一个物品。

梦仙儿熟知我们每个人睡前睡后事，事无巨细，都是它们

造梦的材料。而它们造梦之事，几乎毫无规律可循——偶尔它们会用到当天的材料，我们就自以为是地说"日有所思夜有所梦"，其实，这完全是巧合。

梦仙们比较喜欢的是混搭，把10年前的事和今天的事连接在一起，把甲身上发生的事情移接到乙身上，把海边的事情挪到山上……这会让你醒来之后，丈二和尚摸不着头脑，这梦到底怎么回事？都是哪跟哪呢？

反正吧，梦仙们想怎么玩就怎么玩，我们是完全控制不了的。在梦世界里，我们可以去观看那些被建造出来的梦，还可以在其中客串某个角色，甚至可以尝试做一些我们平时想都不敢想的事情。但是，对于如何造梦，我们几乎没有丝毫发言权，一切只能听从梦仙的安排。

需要说明的一点是，只要是梦，无论是什么梦，它的所有材料都是真实的，不是来自你的亲身经历，就是来自别人，然后被梦仙混杂在一起，放进你的梦里。比如，你梦见一个人得了一种怪病，那肯定真的有人得了；比如，你梦见一只嘴里会开花的小狗，那肯定在世界某个角落里，就真的有这么一只小狗。

也就是说，梦仙是无法凭空造梦的，而梦世界是一个广阔的世界，是由我们每个人的梦世界连接而成。等这些梦造出来之后，食梦貘便会有所选择地吃掉。

梦想的建造比梦境复杂很多，食梦貘和它的仙儿们，只能起到辅助（或干扰）的作用，主导者还是人本身。但一旦没有了食梦貘，梦想也会一点点地消亡，就像缺水的河流慢慢枯竭。

"外婆，这个故事是谁告诉你的呀？"小湖洋好奇地问。

"我也忘了在哪里看到的了，不过，"莫琦停顿了一下，"好像有的是昨晚梦里食梦貘告诉我的。好了，不早了，赶紧睡觉，别一会儿你妈妈又生气了。"

  莫琦讲故事的时候，大湖洋着迷地听着，越来越多的儿时记忆回到他的意识里，他记得小时候莫琦带着他在公园里溜达，万事万物在他们眼中都是"活"的，莫琦会对着花花草草说话，告诉他，一切自然之物都是有灵魂的，都需要我们去好好对待；莫琦在他们家的小阳台上种过各种小花小蔬菜，"和它们好好聊天能让它们快点长大"，她总是这样说，于是他们能吃到自己种的豆角、小番茄、百香果等；莫琦还是养殖高手，在家给他孵过一窝小鹌鹑，养成了一群天天下蛋的"胖夫人"，还养小仓鼠，动不动就生小仔仔，动物们好像都能听懂她的话似的……他越想越觉得，天啊，外婆就是真正的属于奇妙之境的人啊。所以，她对于突然飞来的信，突然出现的30岁湖洋的意识，完全没有被震惊到，而是很快的接受，好像对她来说，这些事情的出现，再正常不过了。"对啊，这才是正常的啊。"大湖洋对自己说。

十一

　　1839年6月3日,即清道光十九年农历四月廿二,南方的初夏,天气晴朗,碧空万里,宽阔的广东虎门海滩上,人群拥挤。下午两点钟,炙热的太阳,无声地助威,连续几声炮响,钦差大臣林则徐宣布销烟开始。士兵们向挖好的池子里注满了海水,投进缴获的鸦片,再撒上石灰。顷刻间,池水翻滚,烟雾冲天,满池鸦片很快化为渣沫,民众欢呼。林则徐命令打开闸门,满池废渣如滚滚潮水卷入大海,灰飞烟灭……

　　1840年6月28日,英国的军舰封锁我国的珠江海口,第一次鸦片战争正式爆发,中国的近代历史正式拉开序幕。广州军民在林则徐领导下防守严密,清军用大炮对抗英式加农炮,英军无机可乘。我方还以水师和渔民配合,出其不意地闯进敌船队,开展火攻,烧毁敌船,侵略军被烧死、淹死众多,尸首漂浮在珠江口海面上,鲜血染红了整片海域……

　　这一幕幕,都出现在小湖洋的梦中,并使他化身他人,时而是投放鸦片入池的士兵,时而是偷袭英军的渔民。化身渔民的梦境无比惊险,睡梦中的他发出惊恐的叫声,吵醒了睡在他下边的莫琦。莫琦坐起身,在月色中,看到小湖洋正在经历一场"噩梦",时而双眉紧锁、时而脸颊抽动、时而张嘴呐喊……最后慢慢平复,含糊地念念有词。

梦中,湖洋念的是:"在这个'日之将夕,悲风骤至'的衰世,在'灯烛无光,不闻余言,但闻鼾声,夜之漫漫,鹍旦不鸣'的时候,'山中之民,有大音声起,天地为之钟鼓。神人为之波涛矣'。"

在他对面,坐着两位男士,其中一位穿着一身麻色长袍马褂,留着长辫,正是这段文字的作者,清代诗人龚自珍。同样的在他身上,透过外衣,也有一处高山流水的小景致,和白泽头顶光团内部一致,和湖洋胸口处的一致。

另一位是久未露面的白泽,依然身着白色长袍,胸前是蓝色的"元"字,头顶依然是缓缓流动的五彩光团,内含一处高山流水的小景致,但此刻的光彩已经远远不如之前鲜明光亮,而是蒙着一层灰。此时的它已经喝得醉醺醺,满脸愁容,眼神悲切,哀伤地对着湖洋说:"你读完了没,懂了没?奇妙之境就是从这次战争开始毁的……"

湖洋小声地嘀咕:"我,不是太懂。"

白泽自顾自地说:"这位龚兄,是到目前为止,最后一个明事理的人类了啊,其他人,都是蠢货!"他激动地站起来,像是使出浑身力气,继续说:"你们这些愚蠢的人类啊,越来越强大,也越来越狂妄自大、心胸狭隘、欲望横生。战争,自然是会找上你们的。战争,也是对我们神界的致命打击啊。你们假借战争之名,对我们肆意地进行残杀,愚蠢啊,残忍啊……"

"白泽兄,你且坐下,勿过于激动啊。"龚自珍劝说到。

"不!龚兄,你以为我们神兽能够唤醒沉睡的人类?大错特错了,这都是你自己的一厢情愿而已,他们根本丝毫不懂得神界对于人间的意义,只是一心想着消灭神界,独自为王,真是愚昧之极啊。可怜我神界,如今的神力锐减,确实无法和人间抗衡,只能坐以待毙。我身为万兽之王,真是太惭愧了,我对不起众神啊。"

湖洋正想上前去安抚白泽,突然眼前一亮,他和白泽转而出现在一处山顶,白泽领他经过一道门,进入了一个空荡荡的、明晃晃的广阔空间,门上写着四个大字"明心之门"。

"总有一天,你会体验到明心之门的大妙之处,也会看到这里的一切。"白泽看穿他的心思。这会儿的白泽,已经没有了那股醉意,又恢复那位睿智之士的风范,极乐鸟立在他的肩头。

"可这里是哪里呢?"湖洋不解地问。

"明心堂,明心堂,这里是明心堂。"极乐鸟呱呱地叫着。

"179年前,就是在这里,为了拯救当时的神界,我做了一个重大的决定,至今,我都不知道这个决定是对是错,反正一切已经发生,而你是那个可以去做出一定改变的人。"白泽冷静地说道。

"179年前,你做了什么?"湖洋疑惑地问。

"这不是你该知道的,这不是你该知道的。"极乐鸟插嘴道。

"对,这对你来说,并不重要,重要的是,又有大事将要发生……"白泽说。

"好大的事,你完不成任务的,你完不成任务的。"极乐鸟像是幸灾乐祸地说道。

"诶,你是不是有毛病啊?我完不成任务,那就别跟我说了!我走了!快让我回到20年后!"湖洋被激怒了。

"哦,你确定,你确定你想回那个可怕的空心症世界,去做一个空心人?"白泽反问道。

"我……"湖洋说不出话来。

"有办法,有办法。如果小湖洋知道你的存在,你的力量就会传递给他,他会能量倍增,但是,你会消失掉,消失掉。"极乐鸟继续念叨着,湖洋一听,恼怒地伸手去抓它,但极乐鸟灵巧地飞走了。

他怒气冲冲地问白泽:"什么意思?我会消失是什么意思?到底又要发生什么事啊?"他发现了,一旦在梦中,他又成了那个狂躁的空心人,这让他很厌恶自己。

"那将会是更大的人类磨难、世间劫数,你自己好生思考,事情一旦发生,就只有半个月的时间了。"白泽说完,也消失不见了。

"白泽,你给我回来!回来!"没有任何反响,恼羞成怒的湖洋抬脚想要踢向它,却发现这个莫名其妙的地方,连块石头都没有,他狠狠地跺了一下脚,醒了过来。

十二

"外婆外婆,白泽又出现在我梦里了!"小湖洋一睁开眼睛就跟莫琦嚷嚷。

莫琦放下手中的《新山海经·异兽录》说:"梦见什么了呀?"

大湖洋正想让噗噗画信给莫琦,只听小湖洋手舞足蹈地描述着:"打仗,好多军舰,还有大炮轰隆隆,然后,然后,白泽说,它们的世界受到了人类的攻击,然后它就做了一个可怕的决定,然后就会有更可怕的事情发生!好可怕啊!"

大湖洋被这小学生莫名其妙的"好可怕"弄得哭笑不得,可莫琦却好像是心领神会:"那我们能做什么呢?"

是啊,明知有灾难要来临,我们难道就不能提前做点什么,阻止它的到来?可是到底是什么灾难呢?根本毫无线索啊!该死的白泽,也不说清楚!大湖洋愤愤地绞尽脑汁想着,如果他有脑袋的话。这种明知大难临头,却只能等死的感觉,实在太痛苦了!同时,他时不时会想起极乐鸟说的关于他消失的问题,一股意识怎么会消失呢?可笑!

在这种不安的煎熬中,时间又过去了半个月。这段时间里,小湖洋结束了"还过得去"的期末考,开始放寒假,但龙伟说了:"要趁寒假这个大好时光,好好巩固一下知识,要不过完假期,又忘光了。"毕向西表示同意,于是,"大补习时代"的寒假版出炉了,早上继续读写困难识字训练,下午在龙伟家里学数学,晚上上线上英语课。

"会不会多了点……"毕向西有点疑虑。

"这还叫多啊?不多不多,班上有好些同学,全天满满的,我们这个都不满,要好好利用寒假这个时间啊,不能浪费。"龙伟严肃地说,而且完全把小湖洋当成"我们"的孩子了。

得!恰好毕向西要在两个月内编辑完一本书,寒假旅行也取消了。小湖洋先是一番哭天抹泪地抗争,然后又无奈地逆来顺受。大湖洋简直气得咬牙切齿,但又无计可施,他知道,唯有彻底改变毕向西的观念,才能"拯救自己",可这难度太大了。莫琦也尝试劝阻,但毕向西根本不听。大湖洋明显感受到,自从莫琦来了之后,毕向西身上仿佛出现了久违的"青春期叛逆",就是要跟自己的妈妈对着来,心态正在往更极端的方向走,再加上有了龙伟这位"好帮手",更加不听劝了。

在小湖洋天天被"劫持"着补习的日子里,莫琦自己去过生态公园两三次,但每次回来都很失望地跟小湖洋说:"没见到什么特别的。"

在这半个月里,最古怪的当属天气,持续零度左右的低温,很阴冷,这对南方城市来说,实在太罕见了。各种媒体报道都用"百年一遇"来形容,气象专家都在研究造成这种状况的原因。但大湖洋确信,这根本不是"自然"的结果,他想起了20年后的各种极端恶劣天气,动不动就连日暴雨、超强台风、龙卷风、六月飞霜、十月高温……如果不是这场一月寒冻,他还没联想到,空心症可不仅仅吞噬人类的内心……周遭的各类精灵和仙兽们，明显也都越来越颓丧，连噗噗都经常像死了一样沉睡不醒。这是在酝酿多么恐怖的事情啊，大湖洋一想，就寒毛竖起、忧心忡忡。

一天晚上，大湖洋忍不住让噗噗"画话"给莫琦，写着"外婆，大事不妙"。这会儿，她和小湖洋躺在各自的床上，准备睡觉。莫琦看到这话，沉默了一下，说：

"哎，该来的总是会来，躲也躲不过。"

"啊，外婆，你说什么，什么才是该来的啊？"小湖洋纳闷地问。

"嗯，比如长大，比如死亡，"莫琦神态自若地说，"我们一起面对。"大湖洋一听，又是万般感动。

除夕这天，龙伟父女一早过来，准备和向西一家过节——自从上次小湖洋冻感冒之后，他和毕向西俨然已经成为一家人。他俩在餐桌边商量着晚上的除夕大餐，小湖洋和龙晴一起在客厅沙发上玩 iPad，莫琦坐在旁边继续着迷地看着那本《新山海经·异兽录》。

突然，整个房子一阵剧烈地摇晃，龙伟喊了一声："地震！"酝酿了这么久的灾难，终于还是不可阻挡地到来了，这不是天灾。一早起来，大湖洋就觉得非常不妥，家里面所有的事物精全部蔫菜，时钟精直接停滞不走了，噗噗就跟死了没什么两样，昏睡不醒。

没等大家反应过来，又一阵摇晃，客厅一角桌子上摆着的蝾螈鱼缸，在晃动中"哗啦"摔到地上。"快跑！"龙伟又喊着，他过去搀起莫琦，冲着向西说，"你们快跟上，我们大家下楼。什么东西都不要拿了，快！"

"小洋,小晴,快,跟我来。"毕向西拉起俩孩子的手,小湖洋叫了句"等一下",跑回房抓起昏睡的噗噗,身后的书架"哗啦"一声倒下。"你干吗?快!"毕向西急坏了。

屋外一片喧哗,楼道里满是人,好在他们家才三楼,人挽人相拥着来到楼下,院子里的人熙熙攘攘的,慌乱无比。不知道谁喊了一声"大家都去空旷的地方,去公园里",于是毕向西一家三口和龙伟父女俩,跟着奔跑的人群走向生态公园。路上,媒体关于这场地震的各种消息也都出来了。

"啊,大沙角那边发生海啸。"龙伟边走路边看着手机,跟大家转述着,"就在10分钟前,伴随着这场4.5级的海底地震,大沙角沿岸掀起了1.5米的海啸,现在整个大沙角区都浸泡在海水中!但这场海啸非常不符合常理,一般只有6.5级以上地震才会引发海啸的,今天这才4.5级啊,专家暂时也分析不出原因来。"

听到龙伟的说法,大湖洋更加肯定了自己的想法,这肯定是神界出什么大事了,根本不是什么自然灾害。莫琦一路都念念有词,诵着佛经。噗噗趴在小湖洋的肩膀上,继续昏睡。

"外婆,你念的是什么啊?"小湖洋忍不住问。

"这是《地藏经》,集合了一切大菩萨的力量,来保佑我们大家的,"莫琦回答,"你们两个都跟我一起念吧。"大湖洋早就忘记了还有经书这种东西,尽管莫琦在他很小的时候曾带着他一起念,但在空心症的世界里,宗教和信仰都早已荡然无存。

"如来含笑,放百千万亿大光明云。"

"如来含笑,放百千万亿大光明云。"

"所谓大圆满光明云。"

"所谓大圆满光明云。"

"大慈悲光明云。"

"大慈悲光明云。"

"大智慧光明云。"

"大智慧光明云"……

莫琦念一句，小湖洋和龙晴也跟着念一句。很快，到了生态公园。大湖洋一看，天啊，这堪比20年后那个几近废弃的公园啊，虽然站满了人，但却有一股极其浓厚的死亡气息扑面而来，那些"植物精"全部都跟破旧的抹布一样，耷拉在那，活动的精灵或者仙怪一只都看不见。

"莫非食梦貘又死了？"大湖洋闪过可怕的一念。

"外婆外婆，我们去找找食梦貘。"小湖洋悄声跟莫琦说，莫琦点头。

"诶，诶，你们俩跑哪里去啊？都这个时候了，别瞎跑了啊。"毕向西满脸不悦。

"那边有小洋喜欢的一棵树，我们去看看还在不在。"莫琦撒了个谎。

"嗯嗯嗯，就是就是。"小湖洋赶紧说。

"你们一老一小，能不能别添乱！"毕向西又惊又怕。

龙伟看到毕向西的不悦，赶紧打圆场："没事没事，刚都吓坏了，现在既然安全了，让他们走动走动，压压惊。"

莫琦忙接话："对对，我看着小洋，你们放心吧！"。毕向西不再说什么。

龙晴本来也想一起的，被龙伟瞪了一眼，便不敢再吭声。

大湖洋很高兴小湖洋能想到食梦貘，可是这人山人海的，去哪里找它啊？正发愁，突然听见莫琦说："我觉得我之前梦见的那个很亮的地方就是在这个公园里啊,是有一条路能走过去的……"就在这时,小湖洋肩膀上半死不活的噗噗突然醒来,好像想起什么似的,拉起小湖洋的手,穿过人群,往一个他们平时没去过的方向走去。

他们通过一条没什么人的小道,来到了生态公园一处平时不对外开放的保护区域,这会儿也没什么人来到这里。这个区域单独围起来了,还有一个单独进出的门,门口立着块牌,写着"非开放区域,请勿进入",但噗噗还是拽着小湖洋不由分说地进去了,莫琦跟在后面。

起先,只是一条两边长着高大绿树的上坡小道,莫琦喃喃道:"好像梦里就是这条路啊。"才走了一会儿,似乎已经走了很久一样。突然,小湖洋眼前出现了一道奇特的拱门,是由一个个巨大彩色球组成的,但彩球颜色暗乎乎的,里边发黑。

"哇,好大的拱门啊。"小湖洋忍不住感叹道。

"什么门,哪来的门?"身后的莫琦问。

但小湖洋来不及回答,就被噗噗拉进拱门内。一进去,大小湖洋都呆住了,这是一个巨大的空间,四周和上空是一块块形状各异、颜色不同、大小不一的玻璃片,由近及远、层层叠叠、错落排列,每块玻璃上有一个小屏幕似的玩意,但它们这会儿几乎都是一片静止的漆黑,极个别屏幕上有些若有若无的影像。整个空间由透明玻璃构成,几乎没有任何遮挡物,看不到有光源,却异常清澈,透过玻璃,一眼望不到边。

"哇。"小湖洋忍不住惊叹道。但,此刻,里面挤满了各种悲泣的精灵和仙怪,大湖洋感觉到,比起上次食梦貘石化,这次大家显得更加悲痛,哭声凄厉。同时,精灵、仙怪看他的眼神里,都充满了怨恨。这让大湖洋大为惊讶,这是之前从未在神兽眼中见过的神情。而这股怨恨的气流正在这个空间里积攒，感觉，马上就会溢爆，扩散到四周。

"小洋啊，外婆有点不舒服。"身后传来莫琦虚弱的声音。

"啊，你怎么了，外婆？"小洋转过身去。外婆已经在一块透明的"石头"上坐下，喘着气，闭目养神。"是不是我跑太快了啊，你先坐会啊。"小湖洋应答着，四下张望。

"这个地方，这么空这么亮，我一进来心就直跳。"莫琦说。

"外婆，这里全是'人'啊，不空，而且好神奇啊。"小湖洋完全被眼前的整个景象唬住了。突然，他看到了在这个空间的最远最高处，好像是食梦貘躺在那。他急切地挤过"人群"，走过去，果然，食梦貘病恹恹地躺着。

"食梦貘，食梦貘，你怎么了？你又病了吗？"小湖洋焦急地问道。

食梦貘睁着一双巨大的眼睛，在无神中却发着一点奇异的光。它的目光越过小湖洋，落在他的身后，也就是莫琦的方向。然后，它缓缓站起身来，慢慢地朝莫琦那边走去，精灵、仙怪们自觉地给它让出一条道来，小湖洋惊讶地跟随着。

"外婆，外婆，食梦貘来了。"小湖洋兴奋地说。外婆睁开眼睛，跟着说："食梦貘。"话音刚落，食梦貘脑袋上方的大光团突然滋滋地闪动起来，内部的那条布满星星的银河快速流动。

"啊，外婆，你的胸口！"小湖洋发现，莫琦的胸口处居然也逐渐显现出一条银河的景象。周围的一切好像全部停滞了，所有生物都一动不动。等到莫琦胸口的银河景象显示完全，突然，它溢出了外婆的胸口！食梦貘光团中的银河也流了出来，一大一小两条银河慢慢在空中流向对方，慢慢靠近……终于，顺畅连接上，两条银河融合成一条，里面的星星们在银河中流动，闪烁着明亮的光芒。

"噢，食梦貘，你好。"外婆稳稳地站了起来，两眼发亮，那布满皱纹的脸舒展开来，瘪瘪的嘴巴咧开微笑。

"啊，外婆，你看见它了？"小湖洋一惊，噗噗在莫琦周围兴奋得直放屁。莫琦不语，她缓慢地看着四周，眼神从震惊到悲痛。食梦貘对着她一阵叽里咕噜，大小湖洋都听不懂，但是，莫琦好像懂了！噗噗又兴奋地各种放屁。

"原来，传说里的都是真的啊。"外婆在回答食梦貘的话，"什么？照见时刻？你是我的心兽？噗噗是我的守护小兽？……噢，原来是这样啊……那这么说来，小洋也有他的心兽？每个人都有啊？……噢，这里就是梦之殿啊……珍藏着人类的梦想和梦境？……"外婆还在和食梦貘说着话。

身边终于有人跟小湖洋一样，能看到神兽了，他简直兴奋到飞起。而大湖洋的震惊程度是难以言喻的，但根据外婆的只言片语，他迅速明白了什么，他想到了，白泽和他、郭璞、白居易、龚自珍，都有同样的一处景致，白泽应该是他们四个人的心兽，但心兽具体指什么？照见时刻又是什么？

想到这，大湖洋意识里"脱口而出"道："食梦貘，刚刚到底发生了什么事？"

食梦貘抬眼看了一下小湖洋，显然，它听到大湖洋的"话"了，转头又跟莫琦说起来。

"啊，你能听到湖洋在说话，太好了。"莫琦惊讶道，大湖洋欣喜若狂，食梦貘真的知道他的存在。

"……什么？东方之神，青龙已死？"莫琦继续说。

"快，别管什么青龙了，先告诉我怎么出去！"大湖洋大叫。

食梦貘瞟了一眼小湖洋，继续跟莫琦说着什么，莫琦同步"翻译"着："之前你们拯救了它，让大家还能有梦，这个很好，但它不能彻底治愈空心症，除非得到青龙的帮助。"

"可你说青龙都已经死了！"大湖洋根本不想管这些，用意念发问。

他们正在进行一场异常怪异的对谈中，怪异之处不仅仅在于对话者的身份有人类、有神兽、有仙，还有对话方式，大湖洋的意识只有食梦貘能听到并转达给莫琦，食梦貘的语言只有莫琦能听懂并转达给大湖洋，只有莫琦的话是其他人都能直接听到并接收的。

"如果青龙不复活！食梦貘还是在劫难逃，空心症依然会大爆发！那谁都回不去了。"莫琦继续一知半解地"翻译"着食梦貘的话，"回去"这事，只有大湖洋才明白。

小湖洋懵懵懂懂地挠着脑袋："噢，可是青龙在哪里啊？"

莫琦笑着摸了摸小湖洋的头，说道："青龙有爱，万物滋养，我们一定能找到它的！"

"什么有爱，什么滋养，就不能说明白些吗？"大湖洋怒了，"而且，这些真的跟我没关系啊！"

突然，食梦貘发出了巨声怒吼，顿时地动山摇，整个梦之殿的玻璃片摇摇欲坠，发出刺眼的光芒，好似下一秒就会爆炸。莫琦也忙捂住了胸口，整个身体瘫倒在地，十分痛苦。小湖洋用力推了推躺着的外婆，大喊着："外婆！你怎么了，外婆？"

食梦貘的声波透过小湖洋的身体，竟然像万道荆条抽打着大湖洋的意识。

"啊，疼死我了，别别别！"大湖洋反应过来，这是食梦貘在惩罚自己的不负责任啊，"我去找青龙，我去复活青龙！"

但食梦貘丝毫没有停止的意思，怒吼声愈发强烈且悲痛，发光的玻璃片开始逐渐炸裂、破碎，上空的玻璃片犹如一把把燃烧的利剑，从天而降，插在了地上、兽群中。莫琦忍着剧痛，把小湖洋揽入自己怀中，一块落下的玻璃片插入了她的后背，她发出与食梦貘同样痛苦的吼叫声。

小湖洋大喊着，眼见一个巨大的光团直冲他们而来，来不及躲闪，一阵剧痛袭来，继而，是一片白茫茫。

小湖洋惊叫着挺起身来，大湖洋也苏醒过来。睁眼所见，是毕向西、龙伟、龙晴焦急的脸庞。

"醒了醒了！"龙伟松了口气，毕向西满目泪水，眼中还有怒火，扶起小湖洋就是一顿拍打，"让你乱跑！让你乱跑！"龙伟和龙晴赶紧将母子分开，毕向西再次冲了上去，却是紧紧一抱，号啕大哭。

大湖洋听到了周围人关于树林坍塌的议论，原来刚刚是一场剧烈余震，四周一片狼藉，许多人受伤，但放眼所见，却只有朽木与树干，没有玻璃片，也没有食梦貘！

"妈妈，我没事，外婆呢……"小湖洋还在迷糊中。

莫琦从旁边靠了过来，后背受了伤，听龙晴说，是为了保护小湖洋，被树干砸到了。莫琦皱巴巴的脸上，既有痛楚，也有忧虑："外婆没事，外婆没事，是外婆不好，没保护好你。"

没过多久，医护人员找到了他们，现场为他们做检查和包扎，所幸只是皮外伤。莫琦坐在小湖洋的身边，一直没有放开他的手，毕向西始终躲避着莫琦的目光，默默流泪，小湖洋却笑着安慰妈妈："妈妈别着急，我们复活青龙就好了！"

毕向西深深地叹了口气，猛烈地摇摇头，无言以对。

"青龙是谁呀？"龙晴却大有兴趣。

"它可厉害了,它是东方之神!"小湖洋摇头晃脑地说。

龙晴12岁,上六年级,遗传了龙伟俊朗的外表,漂漂亮亮的,听话懂事——简直懂事过了头,成绩也好,是一个典型的从传统教育中走出来的好孩子。"这是一个'正确'长大的孩子。"大湖洋想起20年后的龙晴,也成了一名老师,循规蹈矩,只说"正确"的话,只做"正确"的事。

但这个乖乖女,却很喜欢听小湖洋"胡说八道"那些像天方夜谭一样的神兽故事,而且总是一脸羡慕,这让小湖洋很有成就感,在她家补习时,经常偷偷跟她讲这讲那的。

"哎,我说晴姐姐,你连青龙都不知道,你真的就没看过童话书、神话书吗?"小湖洋一脸嫌弃。

"嗯,不看的,我爸爸说,那些都是骗人的,看了浪费时间。"龙晴说。

"噢,我的天啊,你真是一个可怜的宝宝啊。"小湖洋一时戏精上身。

"那你快告诉我,青龙是干吗的呀?"爱学习的龙晴刨根问底。

"呃呃,它它……外婆,你快说说,青龙对我们有什么好处吗?"小湖洋刚嘚瑟完,就答不上来,只好向莫琦求助。

"嗯,据我所知呀,龙是我们的象征,也是吉祥、美丽和力量的象征呢。青龙是古代神话中的灵兽,百凶皆降。"莫琦答。

大湖洋本来就一直在琢磨"青龙有爱,万物滋养"这句话,莫琦这么一说,他终于明白了,"天啊,如果说食梦貘是带给人类梦境的话,那么青龙一定是把爱的能力赋予人类,而它一旦灭亡,人类也将失去爱啊。"想到这里,他寒毛直竖,整个意识都快被冻住了。

在食梦貘和青龙都死去的空心症世界,根本没有爱的存在,亲情、友情、爱情等情感,都不复存在,取而代之的是麻木冷酷,如机器人般冰冷机械的人际关系。失爱,这一定就是青龙死亡所带来的!再加上失梦所带来的恶劣影响,恶果叠加,冷酷、无情、怨恨、暴躁、颓丧等恶情绪成为人类情绪的主导,狂躁症、焦虑症盛行,甚至还有升级版的野兽症……伴随着大量心理咨询所的出现,社会上还冒出了各种各样以学习爱的能力为名义的补习班。

大湖洋突然想起,他小时候的暗恋对象姚琳,在空心症的世界里,就是一个名为"爱的练习课"的课程老师啊,他还曾经在毕向西的敦促之下,去上过几次。

他的意识中浮现了那个课堂的画面:在一间灰色调的房间里,一小群人正在听课,讲台上正是成年后的姚琳——这时的她,更加美丽动人,但却有种冷冰冰的隔阂感,眼神冷漠空洞,就这样,却还在讲述何为"爱"。她说:"一般认为,爱,是指人类主动给予的或自觉期待的满足感和幸福感。爱是人的精神所投射的正能量。是指人主动或自觉地以自己或某种方式,珍重、呵护或满足他人无法独立实现的某种人性需求……"

台下的大湖洋听得犯困,也没理解到底爱是什么。确实,身处空心症世界的他,完全忘记了他曾经对姚琳的"爱意",面对外表迷人的姚琳老师,也没有任何"爱念"。

"我们应该怎么对人表达爱意呢?首先,我们要对他们微笑,就像这样。"姚老师依然在机械地讲述着,两边嘴角微微向上扬,表示微笑,但,那是一个空洞的笑容。

"然后,我们可以给他们一个拥抱。"姚老师作势拥抱了一下空气:"注意拥抱的时候身体可以稍微放松一点,不要太僵硬,这样会让对方感觉到你的热情。"

"据说,以前的人喜欢听'我——爱——你',那么,我们也可以对他们说'我——爱——你',一定要咬字清晰,语速可以慢一点点,这样会让你显得很深情……"

大湖洋回忆着这一切,简直啼笑皆非,这爱的练习课太荒诞了!就像鹦鹉学舌,永远都学不像啊。那种来源于内心深处的真实情感,是根本无法学习和练习的。可悲可怕的空心症世界。"不行,我一定要扭转这一切!"大湖洋想着,刚见到食梦貘时涌现的私心,这会儿已经消散。

大湖洋无比心痛,"只希望这种消失不要像失梦那样顷刻到来啊,得给我们时间去拯救啊。"大湖洋跟自己说,"可是怎么救呢?它也是石化了吗?它在哪里呢?该死的白泽怎么还不出现?"

公园外,形形色色的人都面带慌张,四散而去。那股怨恨的气流已经汇集成怨恨之河,以一种前所未有的强劲势头,涌向了人间,它要去吞噬一切爱意,以怨和恨代替之……

这些年,我一直在思考,所谓的空心症,真的只是神界给我们带来的可怕疾病吗?这里面就没有我们人类自己的问题吗?即便是现在,奇妙之境已经在逐渐修复,我看还是有不少人罹患空心症啊。人类,是不是要更多地检讨自己?

——摘自《人类的迷失》,2048 年著,作者毕向西

十三

这个年,对于人们来说,真的太诡异了,莫名其妙的除夕地震和海啸过后,又是连续天天暴雨,大家哪儿都去不了,只能待在家里。大湖洋心急如焚,他预感,这次远没有救食梦貘那么简单,现在青龙在哪儿,怎么救,都没有任何线索。他当然想着再去找食梦貘询问,但是自从地震受伤事故发生之后,别说现在的暴雨天了,即便是大晴天,小湖洋都休想离开毕向西半步。大湖洋已经明显感觉到这些天中,毕向西对小湖洋寸步不离的"关怀",并且时不时就跟莫琦拌嘴,好几次都因小事差点升级为大吵,她对莫琦的不满和抵触情绪逐日上升。"这就是人失爱后情绪的扭曲啊。"大湖洋想,不过他也清楚,失爱的影响不像失梦那么直接、立竿见影,而需要一个慢慢侵蚀的过程。

这一天,大年初四,夜里停歇的雨,到了早上又如约而至,从7点开始,又夹杂着罕见的冬雷,气势磅礴地向人间袭来。浓浓的雨气侵入世间的每个角落,迅速生成各种霉菌,依附在四处。这不是普通的雨,这雨中携带着满腔怨恨和悲凉,大湖洋感受到了，他看着家中的时钟精扭曲了整个身体，原本呆萌的眼神这会儿竟然变得邪恶，转瞬，时钟的玻璃面炸裂了。把正在客厅坐着，各忙各活的几个人吓了一大跳。

"啊，时钟爆炸了。"小湖洋第一个大喊。

"阿弥陀佛，阿弥陀佛……"和食梦貘发生了照见时刻之后，莫琦已经可以看到这神界的一切，她满目忧伤。

"妈，你别絮絮叨叨了行不行？"毕向西又惊又躁地说，然后起身去打扫玻璃碎片。刚站起来，餐桌那边又传来一阵阵玻璃炸裂的响声，原来，桌上各种调味料的玻璃瓶都碎了，酱油、醋、辣酱等混杂在一起，摊在桌面上，滴落到地上。

"这到底是怎么了？！这到底是怎么了？！"毕向西情绪失控地喊起来，手足无措地站在那，惶恐地看着眼前的一切。大湖洋看着心疼，毕向西作为一个不信精怪，却又要面对最近各种异象的人，再加上失爱引发的情绪异常，失控很正常，而这种状况，肯定不止她一人。

"没事没事，奇怪的事情总会发生。"莫琦安慰道。

"还没事？自从你来了之后，什么事都不对劲了！还没事，这都成什么样了？你说你到底都做了什么？你……我……"毕向西被莫琦的话引爆了，把责任都推到莫琦身上，就差开口让她离开。但她还是用最后一点理智转身进了自己的房间，"砰"一声把房门关上，留下莫琦和小湖洋在客厅坐着，面面相觑。

"哎，我真是个失败的妈妈。"莫琦叹息地说，"一开始，是对你妈妈关心不够，后来又想把我喜欢的东西强加给她，结果没想到起了反作用。"

"把什么东西强加给她呀？"小湖洋问。

"比如神神怪怪的故事呀，就像从小我给你讲的那些。你妈妈很讨厌这些，哎，可能是因为我当时太过了。"

"她也没有讨厌呀，你看她还写童话呢。"小湖洋脑筋转得还挺快。

"嗯，她有这方面的天赋，她本来能写得更好，但都是我的错，我当年太想把她往这个方向推，结果就是，我让她往东，她偏要往西。哎，如果可以重来，我一定不会逼迫她的。"

"我明白了！就像我有时还是想看一下书的，但是现在妈妈老是念叨着让我看，老是要我提高阅读能力，我反而越不想看了，哼。"

大湖洋可没心思听这祖孙俩聊天，他隐隐担心，哪天毕向西会不会真的把莫琦给赶走，莫琦可千万不能走啊，拯救青龙的事，很明显，莫琦很重要。他好想找个什么方式跟莫琦直接沟通，现在这种画信的方式还是太困难了，噗噗经常不听使唤。

"不行，我还是得出去！出去了事情会好办很多啊！我要出去！我要出去！我要出去！"大湖洋又萌生了强烈的脱离小湖洋的念头。正在这时，暗如黑夜的室外，一道豁亮的闪电朝大地劈过来，好似要撕裂整个世界，屋内也一阵闪亮，没有身体的大湖洋，竟然也有被撕裂的强烈痛感。一直趴在一边不动弹的噗噗，也突然飞跃起来，在空中打了个滚，紧接着，刺耳的雷声，轰隆隆地从天而降，滚落人间。

"啊，怎么回事？"雷鸣过后，大湖洋惊讶地发现，他已经不在小湖洋身体里了，而是好像，到了噗噗的身体里！他下意识地转动脑袋，果然看到一个浑身黑毛的小身体，他动了动身子，翘在身后的尾巴伸到了前面来。天啊，他不仅进入了噗噗的身体，而且还能自如地控制这个躯体，不像在小湖洋脑子里，完全无法操控对方的身体。大湖洋一阵狂喜，激动不已，飞跃着在空中翻滚,虽然这并不是他自己的身体,但总归是一具可控的躯体啊!总归逃离了那种被囚禁的窒息感,总归有真正活着的感觉!

"我出来了!我出来了!"他狂叫道,但随即发现,他在意识里这么叫着,嘴巴里发出的却是一种古怪的语言,古怪到连他自己都听不懂,这种感觉实在太奇怪了。而且,在此之前,噗噗是不会说话的,好像是因为他的进入,才有了语言的功能。

"湖洋,太好了,你来了。"但显然,莫琦听懂了。

"是的是的,我出来了,我出来了。"大湖洋在尽量适应这种古怪的语言,他想起来,食梦貘也是说的这种语言啊。

"外婆,外婆,你和噗噗在说什么啊?我在这里啊。"小湖洋在旁边搞不清楚状况,急死了。

"嗯,小洋想知道发生了什么事吗?"莫琦对着小湖洋说完,转头看着大湖洋。

大湖洋一听,先是点了点头,然后脑子里突然闪现了极乐鸟的话"如果小湖洋知道你的存在,你会消失",所以立刻又脱口而出:"不!等等。"

话音刚落,毕向西从屋里走了出来,他们都默契地转换话题。

"那个,中午我们吃什么呀?我来做吧。"莫琦讨好地问毕向西。

"好。"毕向西面无表情地说,然后一屁股坐在客厅的沙发上,"来,小洋,我们看点书,这几天过年,你啥都没做,浪费时间。"

"哦。"小湖洋无精打采地回答,不情不愿地坐下。

大湖洋跟着莫琦进了厨房,外面传来了小湖洋磕磕巴巴的读书声。

"白泽在梦里提示我,如果小洋知道我的存在,我会很快消失,所以,这事还需要再看看,我怕单单是你和他,还完成不了使命。"大湖洋说,但极乐鸟的另一个意思"如果小湖洋知道你的存在,你的力量就会传递给他,他会能量倍增",他并没有说出来。

"哦,原来是这样啊,那确实得慎重。"莫琦说。

"当务之急,我们得赶紧找出青龙在哪里,想办法拯救它。白泽梦里说了,事情一旦发生,我们就只有半个月时间。"天!这种能与人"直接"对话的感觉太爽了!大湖洋简直快要痛哭流涕了。

"你见过它的吧?"莫琦问。

"见过,我和小湖洋一起,至少见过它三次,两次在生态公园,一次在海边大沙角。"

"大沙角?大沙角不就是前几天发生海啸的地方吗?"

"对啊,对啊。"大湖洋那双噗噗款的乌黑大眼睛陡然一亮,"我们应该去那里找它!那里应该有它的窝!"

"很有可能,那我们得赶紧找机会去那里。"

"对对对,我可以单独跟你去,现在毕向西,哦不,妈妈把小湖洋看得太紧了。"大湖洋兴奋地说。

就在这时,窗外又是一道利剑般的闪电划破暗空,伴随着雷声轰鸣。下一秒,大湖洋无限悲哀地发现,他又回到小湖洋身体里了!小湖洋正在喃喃地念着书,大湖洋看着眼前的文字、身边的妈妈,还有不远处的噗噗,完全崩溃,幸福来得太突然,又结束得太迅速,还没搞清楚状况,就戛然而止。

"噗噗,这到底是怎么回事?快告诉我!快告诉我!"大湖洋对着噗噗狂叫。

"嘤嘤嘤，呜呜呜。"噗噗嘟嘟囔囔的，一脸无辜。

莫琦回到客厅，看到噗噗的样子，就明白发生了什么事，忍不住对着小湖洋说："湖洋，没事的，会好的。"

小湖洋又是一脸蒙圈："外婆，你怎么半天都奇奇怪怪的啊？老是说些我听不懂的话。"

"妈，你能不能别老这样神神叨叨的。"毕向西说。

"好好好，都是我不好，我不说了。"莫琦圆场。只有大湖洋知道莫琦的意思，又是一阵欲哭无泪。

如果我知道日后的结果，我一定不会做前面那些事，不会让自己的情绪失控，不会去怼怼我的母亲……但是一切都没有如果，只有悔恨。

——摘自《人类的迷失》，2048年著，作者毕向西

晚上，临睡前，小湖洋躺在床上用iPad听故事，莫琦半躺着看那本好像永远看不完的《新山海经·异兽录》。

"外婆，你怎么还没看完啊？你都看了好久好久了。"小湖洋问。

"是哦，我也觉得，怎么一直看不完呢。"莫琦纳闷地说，她翻了翻书页，"咦，奇怪了，我记得之前写着整本书也就300多页的呀，怎么这会儿都412页了。"

"啊哈哈，一本会长大的书，跟我一样呀。"小湖洋笑嘻嘻地说，"那你快看看，它哪些地方长大了。"

"啧啧，真是好神奇哦，我看看。"莫琦戴着老花镜，一双皱巴巴的手不太利索地翻着书页，"咦，关于青龙的介绍，

好像多了些。"

"多了什么呀？快给我读读。"小湖洋最爱听关于青龙的事了，他爬到莫琦身边，一起躺着。

"好好好，来来来。"于是，莫琦对着书读了起来："青龙，也称为苍龙，《淮南子》中记载：'天神之贵者，莫贵于青龙。'青龙蛇身、麒麟首、鲤鱼尾、面有长须、犄角似鹿、有五爪、相貌威武。作为东方之神，它代表了春天的生机、万物生长之气，是爱的力量的源泉，也代表28星宿中的东方七宿。"

"这个我听过了呀，原来就有的呀。"小湖洋说。

"是是是，但后面这段外婆记得前几天还没有呢，你听着，湖洋。东方七宿，源于上古星宿崇拜，七宿即是角、亢、氐、房、心、尾、箕，它们的形状极似龙形，角是龙的角；亢是颈项；氐是本，就是颈根；房是膀，是胁；心是心脏；尾是尾；箕是尾末。"

角宿：8月27日——9月22日，处女座，一等星，色白。

"角二星为天关，苍龙角也，一曰维首、天陈、天相、天田，金星也。"

亢宿：9月23日——10月7日，处女座。

"仲夏之月，昏，亢中"

氐宿：10月8日——10月23日，天秤座。

"季冬之月，旦，氐中。"

房宿：10月24日——11月2日，天蝎座。

"房四星为明堂，天子布政之宫也。"

心宿：11月3日——11月12日，天蝎座，一等星色赤。

"七月流火"即指此星，"季夏之月，昏，火中。"

尾宿：11月13日——11月22日，天蝎座。

"尾九，星苍龙尾也，一曰析木。"

箕宿：11月23日——12月7日，射手座。

"维南有箕，不可以簸扬。"……

"外婆，这都是什么啊？听不懂，我只知道我是天蝎座的。"小湖洋说，"这张图上的龙怎么像一只大狗，哈哈。"他的焦点在文字旁边的图案上，那是一张星象图，东方七宿连着成了一条龙状。

"嗯，外婆也不是很懂呢。这么说来，外婆是处女座的哦。但奇怪的是，为什么会多出这个内容呢，之前明明没有的，外婆都翻过好多遍了。"莫琦纳闷。

大湖洋听着，隐隐觉得这跟拯救青龙有关。

"小洋，我们得去拯救青龙。"

"嗯嗯，可是怎么救呢？去哪里救呢？"

"我们去大沙角找青龙。"

"为什么去大沙角呀。"

"你们……你不是在大沙角看到过青龙吗？"

"是看到过呀，可是外婆你怎么知道呢？"

"呃，这个，外婆什么事都知道。"莫琦发现说漏嘴了，赶紧转移话题，"不早了，我们赶紧睡觉，睡觉。"

无需睡眠的大湖洋独自思索着这一天发生的事，"意识出体"这事，虽然短暂，但还是令人极其振奋，明天得继续尝试尝试。"书本生长"这事，一定是有"人"在暗中助力。这增加的信息，一定是有用的。他真是恨不得自己赶紧去大沙角看看，可惜啊，一个被困的意识，毫无自由可言。

十四

接下来的两天，雨势逐渐变小，第三天，大年初七，终于放晴了，留下满世界的雨气还滞留在各处，滋养出各种霉各种菌各种斑，邪恶地爬满人间各个犄角旮旯，散发出令人厌恶的阴暗气息。

这一天一早，毕向西一睁眼，就大喊："啊，怎么会这样！"莫琦和湖洋从睡梦中被吵醒，急急起身推开她的房门，毕向西还躺在床上看着天花板，只见原本洁白的天花板上，一夜之间布满了密密麻麻的霉斑，大的有指甲盖那么大，小的有米粒般大小，再看四周的墙面，无一面幸免，全是！

小湖洋看看自己的房间，又巡视了客厅、厨房、厕所，所有墙面，全是霉斑！客厅的皮沙发上，也是灰白一片。对一切生物无所不爱的小湖洋，曾经试图培养过霉菌而不得，这下真是得来全不费工夫，居然欢呼起来。而毕向西一向有密集恐惧症，她完全疯掉了，六神无主地打电话向龙伟求助。龙伟不愧为生活能手，提着一大瓶除菌液就出现了，告诉大家，要全屋喷洒，然后大伙都得撤，晚上回来就好了。

"那我们去大沙角玩吧。"莫琦趁机提议。

"好耶，好耶，我要去捡贝壳。"小湖洋兴奋地附议。

"去就去咯。"毕向西有气无力地说，一脸生无可恋。

于是，龙伟父女和毕向西家三口，坐上龙伟的车出发了。被暴雨狂洗了几天的天空，蓝得发亮，北风呼呼狂吹，把阳光的热量都吹跑了，只剩下光，明晃晃冷冰冰地照着一切。

"咦，不对呀，我们为什么要去大沙角呀？那里不是才发生过海啸吗？我们换个海边呗。"司机龙伟说。

"好啊。"坐在副驾驶的毕向西说。

"那个，我想去大沙角看看，好多年没去了，小洋也想去呢，小洋，你说是吧？你上次不是说在那里捡到了什么好玩的东西来着。"莫琦在后排赶紧说，还给小湖洋使了个眼色。

"嗯嗯，我就是要去大沙角，我我我……我要给龙晴看一件神奇的东西。"小湖洋也急急地说。

"爸爸，我们就去嘛，我都没去过大沙角呢。"龙晴无意中也搭了把手。

"好吧好吧，你们仨真是合伙的。"龙伟说道。毕向西一直闷闷不乐，也懒得搭理大家。

大过年的，难得放晴一天，大家都蜂拥上街，尤其是前往海边的道路，越走越塞，走走停停。

"挤什么挤啊？你给我滚一边去。"平日里为人师表的龙伟，在塞车路上一改往日的风度显得极为易怒，还开口骂人。被骂的司机伸出头来，恶狠狠地看了龙伟一眼，丢下一句"蠢货"，然后迅速插到了前面去。

"撞他一下！看他还敢不敢挤。"久不出声的毕向西突然恨恨地接话，小湖洋和龙晴在后座相互吐了吐舌头，不敢吭声。

"我们不急不急，平安最重要。"莫琦赶紧说。大湖洋明白，这些人的情绪都受到失爱的影响。

终于，两个多小时后到达了大沙角，比平时多花了一倍时间。这片刚刚经历过一场小海啸的海滩，一片狼藉，人影稀疏。沙滩边的椰子树、海菠萝树七零八落地躺在地上，到处都有随海啸涌上岸来的各种海洋垃圾，在惨淡的日光下，更加显得触目惊心，空气中一股混杂百味的古怪气味飘飘荡荡。大湖洋直觉，他们肯定来对了地方，万般着急地不断发念："赶紧让我出去，去找青龙啊！"噗噗在他们身边急速地飞来飞去，显得很慌张。

"这又臭又脏，有什么好看的啊，走走走，我们换个地方。"毕向西厌恶地说。

"就是啊，这什么破地方，没什么好玩的啊。"龙伟也附和着。

"这里人少，别处肯定人山人海。"莫琦赶紧说。

"就是就是，我要去那边，上次我在那边捡到过好漂亮的珍珠贝。"小湖洋兴奋地说，距离他上次在这里上完最后一节自然课，已经过去将近两个月了。

小湖洋话音刚落，突然远处传来一声厉声尖叫，噗噗应声在空中打了个滚，下一秒，大湖洋又附身到噗噗身上了！到底是什么触发这种意识出体的呢？

其他人都被那声尖叫吸引住了。

"怎么回事？我们过去看看。"龙伟平时就是一副热心肠，说完，就朝发声点走去，其他几个人也好奇地跟了上去。

"外婆，外婆，你别走，我们去找青龙。"大湖洋通过噗噗对莫琦说。

莫琦刚好走在最后，赶紧停住，等他们稍微走远几步，问道：

"湖洋，你又出来了啊，太好了，我们去哪里找呢？"

"我们赶紧去左边那块山崖，上次，我就看到青龙躺在那上面的。赶紧啊，我怕我可能一会儿又被迫回去了。"

"好好好，我们快走。"于是，这一老一小，由会飞的小东西噗噗引路，往山崖那边走去。

这是将近3个月来，大湖洋第一次如此自由地在室外活动，他兴奋得手舞足蹈，就只见噗噗在莫琦的前面上下翻舞，实则是大湖洋的意识在支配它行动。

走上山崖时，呼呼的北风更强劲了，眼前这个小山崖，空荡荡的，什么都没有，没有人，没有树木，当然，也没有青龙。

"湖洋，这好像不太对呀。"莫琦说。

"不！外婆，你快来，往前走！"大湖洋在前头说，他直直地往前飞，山崖的下面就是海了，形成一架飞跃空中的桥，他看到一条伸进海里的路！

"外婆，快快快。"他等不及莫琦了，快速地飞过去。

这条从山崖直接延伸出去的路，在空中延展了好长一段，然后斜斜地插入大海中，在与海面接触的位置，出现了一个巨大的旋涡，海水在四周环绕。"这一定是青龙的窝的入口啊。"大湖洋兴奋地想，他回头看了一下莫琦，她正在小跑着赶过来，等到她迈进"门"，"门"迅速闭合，看不到外面了。

这是一个圆拱形的空间，很高很宽，难以判断到底有多大，像一个巨大的透明水蛋，置身于海中央。四面八方都是海水，它们一刻不停地流动着，但流不进水蛋中。原本就是黑灰的海水，隔着水蛋，显得更加暗沉。整个空间空无一物，无人无神无精怪，更别说青龙了。但竟然有风，不知从何而来的萧飒的风，阵阵吹过，发出呜呜的低鸣，让这片死寂显得更加颓丧。大湖洋着急地飞着，发现远处的地面上有一些凸起的东西，于是赶紧飞过去，莫琦也在四处寻摸。

"啊，外婆外婆，快来。"大湖洋在远处呼叫，莫琦跟跟跄跄快步走过去。

"你看！这地面上。"大湖洋激动地叫着。

"这一个个球是什么呢？"莫琦看着地面上一个个凸起的大球面，完全不知道是什么，但明显，这些球是有规则地排列，而且范围很广，从头到尾至少也有个十几米。

"噢，你在地面看不清，这就是东方七宿啊，就是青龙啊。"大湖洋在空中飞舞着说。没错，这些球排列出来的造型，正是他们昨晚在书上看到的东方七宿星座图！大湖洋飞得高看得清。

"噢，难道，复活青龙就要靠它？"莫琦思索着说。在离莫琦最远的一个球面那边，还立着一块碑。

大湖洋飞过去，落在上面："看，外婆，这是青龙的角的位置。"

"爱恨宫。"莫琦读着碑上的字。

"那就对了，青龙掌管着我们爱的能力啊。"大湖洋说，"可是，我们怎么拯救青龙呢？怎么拯救这个死气沉沉的爱恨宫呢？"大湖洋非常焦急。

"别急别急，既然我们都来了，总有办法。"莫琦安慰道。

就在这时，那块碑居然动了一下，发出了一点声响，这突发的声响小是小，却把噗噗吓了一大跳，下一秒，大湖洋悲惨地发现，他已经又回到小湖洋身上了，大湖洋忽然发现自己附体的转化似乎跟噗噗是否受到刺激和惊吓有很大关系。

这边，小湖洋和龙晴正在与一个小女孩说着话，毕向西和龙伟在不远处聊天。

玩着玩着，小湖洋忽然发现少了外婆和噗噗，四下张望。

"噗噗是谁呀？它不会像刚刚那只像狮子一样的大怪物那么可怕吧？"小湖洋身边多了一个陌生的小女孩，她好奇地问道。

她是他们在海边刚结识的新朋友，刚刚就是这个小女孩发出了厉声的尖叫，因为她看到了一只可怕的大怪兽，转眼却不见踪影。她这一叫不要紧，直接把大湖洋从噗噗体内惊出来，当然，大人们肯定是不会相信有这么一只大怪兽存在的，只有小湖洋是信的。

"不会不会，噗噗可可爱了，是个萌萌的小宝宝。"小湖洋得意地说，"还有啊，我告诉你，你说的大怪兽也不可怕，它们都是好人，我见过的怪兽，可都是好人。"

"那就不是人！"小姑娘坚决地反驳道。大湖洋心里有些惊喜，又有一个人能看到神兽，这代表了什么呢？

"小洋，你外婆呢？快找一下，我们要走了。"毕向西很不耐烦。

"小芊，我们也该回家了。"那个女孩的家长在旁边也说道。

"小芊，我们摇一摇，加一个嘛。"小湖洋主动晃了晃手腕上的电话手表，小女孩也伸出她的手表，两人同时一摇，就成好友了。大湖洋意识里点了赞，聪明！难得碰到能看到神兽的人，不能随便放过。小女孩随妈妈走了。

小湖洋也引领着自己的家人往山崖那边走。

"妈怎么这样，一个老人家到处乱跑。"毕向西在身后说。

这时，迎面走来了小湖洋自然课的大海老师。

"啊，大海老师。"小湖洋兴奋地喊到。

"呦，湖洋啊，你今天怎么跑过来啦。"大海原本一脸惆怅，看到小湖洋舒展了一点点。

原来,他最近一直在这里帮着修复海啸造成的破坏:"哎,这场海啸,是对我们的一次警告啊,湖洋你还记得不?上次我们上课时说了,这一带是物种最丰富的海域,这次海啸看似不大,但其实对这一片生态是极大的打击,要想完全修复,太难了!"大海说着,又是眉头紧锁。

"大海老师,我们能修复它的!"小湖洋突然一脸正气地说。

"好了好了,让老师去忙,你可别瞎吹牛。"毕向西说。

"哼……咦,外婆外婆。"小湖洋指着山崖那个方向,果然,莫琦正从山崖上往下走。

"妈,你到底怎么回事啊?你一个人乱跑什么啊!"毕向西埋怨道。

"我我,没事,我就是到处走走看看,我这不是没来过嘛。"莫琦说。

"就是没来过,才不能自己随便乱走的啊,出点事怎么办?"毕向西不依不饶。

"算了算了,没事就好,我们走吧。"龙伟圆场。

这边,莫琦两眼放光,对着小湖洋小声地说:"我知道怎么救青龙了。"

大湖洋狂喜。

"哇,怎么救怎么救?"小湖洋也很高兴。

"回家慢慢说吧。"

"那我们赶紧回,妈妈妈妈,我们要回家了。"小湖洋也是个急性子。

"吵着出来也是你,吵着回家也是你,你以为你真是少爷啊。"毕向西不满地说。

"回吧，回吧，也没什么好看的。"龙伟真是个和事佬。

一进家门，莫琦就说要去休息，小湖洋屁颠屁颠也跟了进去，房门一锁，莫琦迫不及待地说起来："我找到青龙的窝了，就在那个山崖上。"显然，莫琦为了让小湖洋接受，从头说起了。

"我们在它的窝里发现有一个类似东方七宿的排阵，是由很多大球面排列而成的。我还碰到了它的六儿子霸下。"

大湖洋一听，赶紧竖起耳朵，如果他有耳朵的话。

"六儿子？青龙还有好多儿子吗？"小湖洋好奇地问。

"龙生九子呀，外婆以前给你讲过的呀，六儿子叫霸下，长得很像乌龟，只不过霸下有牙齿，龟类没有。它告诉我，要想拯救青龙，就得让那个排阵'活'起来，现在的排阵是死的。"莫琦缓缓地说着。

"哦，那怎么让它活起来呢？"小湖洋问。

"哎，这个问题，霸下也是一知半解，它只知道，青龙的生命力来自两方面，一方面是人类爱意的释放，能够转换成生命力给到它；另一个方面来自星空中的东方七宿，每逢农历的初一和十五，青龙的排阵都会自动跟天上的东方七宿排阵发生连接，产生能量，但它说，这个初一就没有连接发生了。"

"那肯定的咯，青龙都死了，还怎么连接嘛。"

"嗯，所以，怎么才能连接，正是我们要解决的问题啊。"

听到这里，大湖洋的意识已经高速运转起来，农历十五，那这个月不就是元宵节吗？不正是白泽说的"半个月为限"的最后一天吗——如果这次大湖洋没算错时间的话，也就是这一天之内，要完成青龙和天上星宿、地上人类的连接，可这该从何下手啊？

"嘤嘤嘤。"噗噗在一边，突然小声叫唤起来，在莫琦床头的《新山海经·异兽录》上一跳一跳的。莫琦赶紧拿起书来，翻到青龙部分，发现又增加了一些内容，是关于"龙生九子"的介绍，有一段长长的文字讲解了九子分别是哪九子。她快速地扫了一眼，又继续往后翻。

几乎快到书的最后，才发现有一张像是有人插进来的纸条，大小比书页小一些，"咦，这一页好奇怪，好像是人手写的，不是印出来的。"莫琦说。大湖洋也看到了，上面有不太工整甚至有些潦草的三行字，还有插图。

"快给我读读，外婆。"小湖洋猴急猴急的。

"好好好。"莫琦努力地辨认着。

七宿星人 百人齐聚
如愿飞天 元宵烟火
狻猊助力 连接天地

在这24个字下面，是一个插图，大湖洋一时没看出是什么。

"啊，这不是孔明灯吗！哇，我想放孔明灯。"小湖洋高兴地说。

"呦，还真是孔明灯呢，孔明灯不就可以飞天嘛。可是什么叫如愿飞天呢？"莫琦思索着，"狻猊我知道，是龙九子中的一子，但是七宿星人指什么人？"莫琦又翻回东方七宿那一页，大湖洋一看就明白了，肯定就是指在这个星宿周期生日的人啊，而且还要聚集一百个人。

莫琦又翻到龙生九子那一页，果然，狻猊是龙的五子，她读了一段：

狻猊，形似狮子，排行第五，平生喜静不喜动，好坐，又喜欢吞烟吐雾，因此佛座上和香炉上的脚部装饰就有它的形象。

"噢，怪不得要找它呢，它喜欢烟火嘛。咦，小芊不就说她看见一只狮子大怪兽吗？会不会就是狻猊呀？"小湖洋说道。

"就是你今天在海边碰到的小女孩吗？那我们回头问问她去。"莫琦说。

这么看起来，除了如愿飞天的"如愿"不明白，其他好像都没太大疑问了，当然，实现又是另一回事，去哪找一百个七宿星人，去哪找狻猊？

大湖洋像念经一样念着"如愿如愿如愿……如谁的愿？"噗噗应声，指了指莫琦依然在看的《新山海经·异兽录》，指了指上面的"青龙"二字。

"噢，如青龙的愿？"大湖洋问。

噗噗放了屁。

"那它的愿又是什么啊？"

噗噗急得直跳。

"噗噗，你干吗？"小湖洋说。

噗噗动手翻着莫琦手中的书，翻到介绍青龙的那一页，用尾巴在"作为东方之神，它代表了春天的生机、万物生长之气，是爱的力量的源泉"这句上画过，居然留下一道黑印子，就像笔一样，然后又在"爱"字下面点了一点。

"如愿，爱？"大湖洋嘀咕着，突然，他想到刚刚莫琦说的"人类爱意的释放，能够转换成生命力给到它"，"啊，所以，青龙需要人类的爱意！如愿就是要给它人类的爱意？"

噗噗应声放了个巨大的响屁。

"天啊，噗噗，你简直太臭了！"小湖洋赶紧钻到了被窝里。

"湖洋，你是不是参破了什么？"莫琦问。

噗噗又应声放了个屁。

"那就好，回头你可得跟我说说啊。"

"外婆，你叫我干吗？"小湖洋从被窝里钻出来问。

"没事没事，你好好躺着。"话音刚落，敲门声响起，毕向西开门进来。

"你们没在休息啊，我都听见说话声了，小洋你给我出来，看书去。"毕向西冷冰冰地说，小湖洋噘着嘴，恹恹地跟着出去。这时已经傍晚了，家中那些霉斑，经过药水一天的作用，已经淡了很多。

大湖洋赶紧让噗噗画信，把他领悟到的，还有疑惑的，统统画出来给莫琦看，幸好小湖洋听不到他跟噗噗的对话，幸好毕向西看不到噗噗。噗噗画了一张就飞着去给莫琦看，然后又继续画，因为噗噗画的字太大，所以每张纸也就一两句话，想说的话有点多，好不容易到晚上临睡前，终于画完了。趁着睡觉前的聊天，莫琦对湖洋说："湖洋啊，那24个字我也好好考虑了一下，我觉得可以这样来操作……"莫琦分五点说了一段长长的话，说得小湖洋云里雾里，说得大湖洋莫名兴奋，莫琦几乎把他的疑惑都解答了，他心安了许多，他多想抱着这个又聪明又可爱的外婆亲一亲啊。拯救青龙的行动，就此正式开始！但他们只剩8天时间了。

十五

放晴了一天之后,进入黑沉沉的阴天模式,没有雨,也没有太阳,只有厚厚的乌云堆积在天空中,憋啊憋的,越垂越低,一股阴沉抑郁的气息压着整个人间,让人喘都喘不过气来。这老天,又在憋着什么大招呢?

在这样的天气里,小湖洋强烈要求和莫琦去生态公园散步,毕向西不放心,但苦于手头的书稿还有一堆没有编辑完,走不开,只好让他们自己去,这正中小湖洋下怀。

可惜,连着去了三天,都没找到食梦貘和它的梦之殿,同样的路,同样的位置,却只见一片平坦的草地,急得大湖洋焦头烂额。这几天又相对比较安静,没碰到可以出体的机会,当然,他也还没完全搞清楚出体的规则。

唯一值得高兴的是,他们至少弄清楚了"如愿升天"是怎么升的。那天去生态公园时,莫琦买了几个孔明灯带了过去,寻食梦貘未果之后,他们在公园的空旷处,尝试放飞孔明灯。按照正常的方法点燃之后,孔明灯半天才晃晃悠悠慢慢升起。

按照大湖洋和莫琦几次画信沟通,他们决定在点燃之后,加入一点"爱意"。

"小洋,来来来,你对着这个孔明灯,告诉它,你有多爱青龙。"莫琦说。

"嗯,我来了!"小湖洋大摇大摆地走到孔明灯前,莫琦双手拿着孔明灯,举在他头上方,他抬起头,对着孔明灯那个点灯的口大声说道:"青龙青龙,我爱你,就像老鼠爱大米。"呃,一点动静都没有。

莫琦也对着那个口说道:"青龙大人,人世间需要您赋予我们爱的能力,我们都爱您。"还是一点动静都没有。

"噗噗,噗噗,怎么回事啊?你不是说要如青龙的愿,给它爱吗?"大湖洋也急了,对噗噗叫。噗噗耷了耷毛,"嘤嘤"地叫着,小脑袋剧烈摇晃着,表示不对。

"爱的能力,爱的能力,转化生命力,转化生命力……哪里出错了呢?"大湖洋苦苦思索,"大部分人并不知道青龙,不可能直接对他表达爱意啊,所以,所以……有了,应该是每个人表达自己的喜爱吧!或者,表达和爱相关的事。"

噗噗应声放了个屁,看来,这下对了,可是出门没带笔啊,怎么跟莫琦和小湖洋传达这个信息呢?

这边,噗噗拉着小湖洋,对着一朵花,小手指了指小湖洋,又指了指花,然后作势亲了一下鲜花。"噗噗,你干吗啊?什么意思啊?"小湖洋一脸蒙圈。

"你,爱花?"莫琦随口说。

噗噗又放了个小屁,指了指莫琦,然后摆出翻书看书的姿势。

"我,爱看书?"莫琦说。

噗噗翻了个跟斗,又放了个屁。

"啊，我明白了！我们要说我们爱的事情，不是爱青龙。"小湖洋大喊。大湖洋好激动，他觉得，这小子，最近好像越来越机灵了。

"对对对，我们真正所爱的，才能释放爱意嘛，青龙需要的是真正的爱。"莫琦补充道，"那小洋，你好好想想，你最爱什么呀？"

"我知道了！我来。"小湖洋又跑到孔明灯下方大声地说起来："我最爱春天了，春天一来，植物都会长得好好的，叶子嫩嫩的，花开得大大的，而且什么颜色都有，我要在阳台上种好多植物，我要种碗莲、草莓、菠萝，还有，还有土豆！总之，春天啊，我最爱春天了，春天啊，你快来吧！"小湖洋又戏精上身，话音刚落，孔明灯里面的火焰"呼"的一声，变大了好多，然后，迅速脱离了莫琦的双手，飞向高空。成功了！

"耶——"小湖洋高兴得直跳。

"太棒了，这才是如愿升天啊。"莫琦看着孔明灯，欣慰地说。

"诶诶诶，你们怎么回事？你们怎么能在城市里放孔明灯？这玩意只能在郊外，在海边放啊！懂不懂啊，会引起火灾的！"一个公园管理员远远地跑过来说。莫琦连连道歉，他们仨赶紧撤逃，但心里都高兴得很。

到了第四天，也就是正月十一，下午，龙伟父女又过来了，大的过来准备晚饭，小的过来陪小湖洋写寒假作业。傍晚，小湖洋又吵着要去生态公园，毕向西按捺不住了："你有完没完，天天去公园，你以为那是你家啊，你直接住那里算了。"

"住就住呗。"小湖洋说。

"你再说一遍？"毕向西开始变脸。

"好了好了，别生气，也不是小洋非要去，我也想去。"莫琦不说还好，一说又惹事了，毕向西听她这么一说，停顿了好一会，脸色越来越难看。

"妈，要不你还是回去吧。"毕向西终于说出了这句话。大湖洋一听，急坏了。莫琦有点蒙，一时答不上话来。

"阿姨，您先坐下，"龙伟劝说道，"向西是怕您累着，想让您回去休息呢。"大湖洋一听，更是气坏了，你这不是火上添油吗？你就想我外婆走，好让你天天缠着我妈是吧？大湖洋简直气得滋滋冒火。

"外婆不能走！"小湖洋大叫一声，扑到莫琦怀里。

"小洋！"毕向西也叫了一声。

"外婆不走不走，"莫琦抱着小洋，对毕向西说，"小西啊，我知道，你总以为我在带坏小洋，做一些你小时候不愿意做的事。是，我当年就不应该逼你，一天写一个故事什么的，我也是老了才明白什么是欲速则不达，当年是我不好，我不应该。"莫琦眼圈都红了，"但是我不能走，我答应你，以后我不单独带小洋出去了，要去，大家一起去。"

"对，小洋不能再到处乱跑了。"毕向西冷漠地回答，但至少没再提让莫琦走的事了。

"小洋啊，马上要开学了，你得好好做准备啊，这几天赶紧把作业都写完，让晴姐姐帮帮你。"龙伟又一副"优秀教师"附体的样子，小湖洋低着头，眼睛斜斜地瞪着他，敢怒不敢言。龙伟说完，和毕向西进厨房做饭去了。

时间已经不多，毕向西现在的这种态度，大湖洋简直快被她气疯了。"湖洋，不怕，有我在。"莫琦说了一句。大湖洋知道，这是对他说的，稍微有点安慰。"时间不多了，我得再去一趟生态公园，我会找到它的。"莫琦继续说。

哎，如今看来，确实只能是由莫琦单独行动了。

晚饭后，莫琦故意当着大家的面说："小洋啊，你好好做作业，外婆得出去走走，这老胳膊老腿，每天得活动活动。"大湖洋多想一起去啊，可惜，该死的，"出体"这事实在不知道怎么控制，只好焦躁地在家等着她回来。噗噗也跟着去了，多少是个小帮手。

大约两个小时后，莫琦和噗噗终于回来了，小湖洋在靠着沙发看书。一看莫琦满脸笑容地进门，小湖洋一脸兴奋，大湖洋也放心了。

"哎呀，我好困啊，我要睡觉了，妈妈。"小湖洋起身向外婆走去，他太想知道莫琦出去的情况了。

"以后你跟妈妈睡，让外婆好好休息。"毕向西冷冰冰地说。

"啊！"小湖洋、莫琦异口同声惊叹。

"不要嘛，我不会打扰外婆的。"小湖洋赶紧说。

"我……"莫琦欲言又止，她又怕说错话了，不过，好像在毕向西面前，她说什么都是错的，大湖洋看在眼里，心疼起外婆来。

"小洋，你听妈妈的话，乖。"半晌，莫琦说道。

"今晚我再跟外婆睡一晚嘛。"小湖洋很不舍地说，"行不行吗，妈妈？求求您了。"

毕向西头也不抬地"嗯"了一声。

睡前的秘密时光，从莫琦到来之后，就成为这祖孙俩最幸福的时光，这下，没了。莫琦抓紧时间讲了她在生态公园和食梦貘的再次相遇。

"我们的计划，食梦貘基本都同意，虽然它不敢担保后果如何，但是他会从今晚开始，就给七宿星人，也就是在8月27日到12月7日之间出生的孩子们发梦。"莫琦缓缓地说着，以梦境来寻找七宿星人，是大湖洋想出来的办法，他们实在想不出其他可以大规模发出"通知"的办法。

"孩子？为什么是孩子呀？"小湖洋问。

"因为食梦貘说呀，12岁以下的孩子是最容易接收到神界信息的，大了就钝了。它会在梦里跟孩子们发出'元宵节晚上去大沙角海边放孔明灯'的邀请。"莫琦说。大湖洋快速思考着，不能担保后果，那怎么办？怎么确定有没有人接收到这个信息呢？

"所以啊，从明天开始，小洋，你也要在你的同学之间去说这件事，告诉大家你要去海边放孔明灯，看看他们的反应怎样，看看是不是有人接收到那个梦了。"莫琦说。"对啊！聪明。"大湖洋在意识里打了个响指，噗噗也放了个屁。

"好啊，那我明天一大早就在微信群里问，我有好多个群呢。"小湖洋得意地说。

这么一来，"七宿星人、百人齐聚，如愿飞天、元宵烟火"都有点眉目了，就是还需要去寻找"狻猊助力"。机灵的噗噗跳到莫琦身边的《新山海经·异兽录》上，一双小手费力地翻到"龙生九子"那一页，在"狻猊"那个位置使劲跳了跳。

莫琦心领意会，说："嗯，看来，我明天得再去趟大沙角。哎，可惜湖洋去不了。"大湖洋一听，知道莫琦指的是他，不是小湖洋，又是一阵焦躁。怎么才能跟莫琦一起去呢？噗噗又在书上各种瞎跳，莫琦忍不住拿起书来，翻了翻，这本神奇的书，果然又多了一页！一页像上次一样的手写体笔记，而且今天这页，密密麻麻的，写了不少内容，字迹依然潦草，随心所欲。

"快给我念念,外婆。"可怜的读困小孩,一看文字就猴急猴急。

"好好,标题是'奇妙之境'。"

"奇妙之境我知道,我在梦里听到过这个词。"小湖洋大有兴趣。

"好好好,听着啊。"莫琦艰难辨认着,磕磕巴巴地读着。

奇妙之境:神界和人间共同组成

神兽和人类一一对应

人一出生——拥有属于他自己的心兽

互相作用:人类给予神兽生命力

神兽反哺人类成为智人的一切能力

元兽:创世神创造的第一批神兽,11520种

它们对应的人称为明人,拥有守护兽

元兽和明人,奇境的关键,互为投射者

元兽又衍生出种类繁多的神兽精灵

与普通人互为普通,也互为投射者

照见时刻:投射者之间手动连接

——自动连接途径已隔断

办法及步骤:

1. 人类感应到心兽的存在

2. 心兽到对应人类的梦中

3. 两者面见(偶发)

4. 照见产生

缺一不可

投射者之间天然会有心灵和身体上的感应

> 身上有同样一个图腾，象征着他们的命运和性格
> 意识出体：人的意识可以短暂到守护兽身上
> 意识本体有强烈的意愿
> 同时需要外界强烈的光或声音刺激或明人助力
> 出体时间无法自控，出体次数有所限制

读完，莫琦若有所思。她前段时间突然生了一场大病，难道就是和石化的食梦貘之间的身体感应？病好之后，连续几个晚上都梦到有一种声音呼唤她来湖洋身边，难道也和食梦貘有关？

大湖洋听着，前面的内容都似曾相识，唯有最后"意识出体"部分让他非常振奋，出体一事总算有点门路了！已经和食梦貘发生照见的莫琦，就是明人啊,她能怎么助力呢？然后不禁又想，这到底是谁的笔记？怎么每次都来得如此之巧？

"好了，这一页就这么多了，湖洋，你听明白了吗？"莫琦明显是在问大湖洋。

"额额，我好像明白了。"小湖洋喃喃地说。

这一晚，大湖洋"看到"了小湖洋的梦境：海边，烟火璀璨，孔明灯齐飞，漂亮非常……

智人，我们的祖先,他的诞生和存活，当然不会是偶然。实际上，世间所有偶然都有其必然性。而"偶然"诞生的智人，生存下来的必然性，看来就是因为神界的存在和助力，如果没有它们，智人也许根本不会产生，或者说，如果没有它们，智人只能是野蛮人。

——摘自《人类的迷失》，2048 年著，作者毕向西

十六

正月十二，拯救青龙倒计时第4天。

小湖洋从那个海边元宵烟火会的美景中醒来，半天都还沉浸其中，兴高采烈地转述给莫琦。

"太好了，那你一会儿就问问你的同学们呀，看看他们是不是也梦到了？"莫琦提醒说。

"我马上去！"小湖洋可来劲了。小湖洋打开微信，属于同学们的群竟然就有二三十个，什么班级主群、作业群、才艺群，还有莫名其妙的抗议群、魅力群，甚至还有一个群，名字叫"别再建群了！"，还有毕向西帮他加的群，比如植物群、自然课群，看得大湖洋眼花缭乱，他想起了20年后的空心症世界，社交已经不是人们的必要活动，人与人之间，只保留最基础的接触。

"喂喂喂，你们有没有梦到元宵烟火晚会呀？到时候，我要去大沙角海边放孔明灯哦，听说会有很多人去，而且会很漂亮，你们去不去啊？"小湖洋在每个群里都发了同样的语音信息。陆陆续续有人回应。

"咦，我也梦到了！我要去。"同班一个男生说。

"我也是我也是,我梦到我放了一个好大的孔明灯。"姚琳也出来了。

"什么什么,为什么我没有梦到?"还有范子轩。

"我梦到的更厉害,我梦见海里出现了一颗巨大的水蛋!"这个是于卓晨,小湖洋想起了,于卓晨就比他大几天,是个真正的七宿星人呀。

"哎呀,湖洋,我们居然做了同一个梦呢,那天我肯定会去的。"在自然课群里,也有人回应,而且居然是大人,就是大海老师。大湖洋想,这大海,肯定也不是一般人。群里还有其他孩子也回应了,看来,食梦貘集体发梦的威力很大啊,这让大小湖洋都很兴奋。

我们总是习惯于将梦境归结于梦境,归结于虚无。但实际上,它分明是另一个凿凿有据的世界。我们最需要做的,是打通它和现实世界之间的通道,让它们得以恰如其分地流动起来,而不是否定、隔断。说到底,这也正是神界和人间的关系之一。我们所处的这个大宇宙啊,没有一样事物、一种元素能够孤立诞生并存在,一切都在相互连接中得以滋养并生长。所以,唯有正确地连接,方能让我们的宇宙生生不息。

——摘自《人类的迷失》,2048 年著,作者毕向西

"小洋,你干吗呢?怎么在群里胡乱发微信呢?"毕向西显然是看到了小湖洋发的那些信息把她也惊动了,"你说你元宵节要干吗?怎么也不和我商量一下。"很明显,毕向西生气了,自己的权威被挑战了。

"哎呀,妈妈,妈妈,我要去大沙角放孔明灯嘛,我都多少年没放过孔明灯了,你就行行好嘛。"小湖洋撒娇。

"不行!那么远的地方,元宵节一过你第二天就要开学了,不要乱跑了。"毕向西丢下这句话,进厨房做早饭去了,留下小湖洋在那里委屈地嘟囔:"不行啊,我要去,我要去……"

这边,莫琦一直和噗噗在房间里密谋什么。小湖洋怏怏地回房,莫琦把他拉到身边,严肃地说:"湖洋,一会儿我就要去大沙角找狻猊了,我知道你也想去,我会帮助你的,但是你得自己不停地想着这件事。"大湖洋知道,这是对他说的话,心领神会,赶紧在意识里发念"我要出去,我要出去,我要出去"。

"可是妈妈肯定不让我去呀。"小湖洋失望地说。

"没事,如果去不成也没关系,外婆保证完成任务。"莫琦回答小湖洋,说完就走出房间,噗噗在小湖洋身边"嘤嘤嘤"地叫着,好像在安慰他。

突然,客厅传来"哐当"一声响,什么东西摔到了地上。噗噗吓得一下子往上蹿了一点,大湖洋以为出体的机会来了,可惜,竟然没效果,看来刺激力度不够啊。

"怎么回事?"毕向西从厨房里急走出来。

"没事没事,我不小心把椅子撞倒了。你赶紧去忙你的。"莫琦忙不迭地解释。没一会儿,"哐啷!"大湖洋耳边响起一声巨大的敲锣声,眼看着噗噗一下蹿得老高,紧接着,出体成功!他用噗噗款的眼睛看到,莫琦左手拿着厨房里的炒锅,右手拿着小湖洋的玩具架子鼓的鼓槌,笑嘻嘻地看着他。

"哎呀,外婆,你吓死我了。"小湖洋说。

"又怎么了?!"毕向西再一次从厨房里跑出来,怒气冲冲地说。

"没事没事,我在给小湖洋演示敲锣打鼓呢,这不现在都没这种热闹凑了嘛。"莫琦又是一番解释。

"妈,小洋马上就要开学了,我请你不要再搞事了!"毕向西强忍着怒火。

"好好好,我们赶紧吃饭去,吃完饭,小洋好好写作业,外婆出去走走,不在家打扰你们。"莫琦讨好地说。

等莫琦和大湖洋赶到大沙角时,已经临近中午。出发前,莫琦特意用了一点毕向西的静音蜡制耳塞塞到噗噗耳朵里,免得噗噗一旦受到声音刺激,使大湖洋又给回体了。当然,谁也不知道是否管用。

一老一小满心欢喜地来到山崖,想去爱恨宫找狻猊,结果,扑了个空。就像通往梦之殿的路时有时无,这通往爱恨宫的路也一样,今天,附身的大湖洋连个影都没有看见,山崖的尽头就是海,无路可走。莫琦在山崖边上坐下,噗噗落在她的肩头。

"哎,这可怎么办呢?大老远跑过来,啥都没有。"大湖洋失望地说。

莫琦帮噗噗把耳塞拿掉,说:"对啊,奇怪了,到底去哪里找狻猊,上次不是有人看到了吗?"

大湖洋回想起《新山海经·异兽录》上的话:

狻猊,形似狮子,排行第五,平生喜静不喜动,好坐,又喜欢吞烟吐雾,因此佛座上和香炉上的脚部装饰就有它的形象。

"知道了!我们去旁边的本心寺。"大湖洋说完,噗噗应声放了个屁,这"技能"居然还在,把他自己都吓了一跳。莫琦忍不住也笑了,随后点点头,心神意会:"是的,狻猊是某位菩萨的坐骑。"莫琦给噗噗塞好耳塞,两人赶紧出发。

本心寺,就在离大沙角不远的一座山的山腰上,一尊巨型的观音菩萨面海而立,护佑着这方土地。站在寺门口,大湖洋有种恍如隔世的感觉,好像刚刚来过,又觉得不可能,因为在空心症世界里,寺庙、教堂等宗教场所早已是被废弃的场所。

他们在寺庙里找了一圈,即便是莫琦这样虔诚的佛教徒,平时也没去留意,哪位菩萨的坐骑会是一头狮子呢?他们先把天王殿、大雄宝殿这种主殿找了,没有,然后又在主殿两侧的小殿找,观音殿、地藏殿、普贤殿、文殊殿。终于,文殊菩萨身下,发现了那只酷似狮子的狻猊。噗噗又放了几个屁,看来,对了。这是一只颜色鲜艳的石造狻猊,铜铃大眼、大嘴微张,在浑身金黄的菩萨身下,非常显眼。

此时的文殊殿中,一个香客都没有。大湖洋着急地说:"可这是座石雕啊,一动不动。"

"别急别急,我们跟它说说话。"莫琦一贯都很有耐心,话音刚落,大湖洋就感觉噗噗拖着小身子飞向前去,落在狻猊头上——大部分时候,大湖洋都能清楚地感觉,是他在控制着身体,而非噗噗,但这次是噗噗在主控,可见它的激动。

只见噗噗凑在狻猊的蓝耳边说了什么,大湖洋反正听不懂,莫琦听不清,总之,它刚说完,狻猊的大眼睛就一亮,然后眨了眨。活了!噗噗又飞回到莫琦身上。

狻猊开口跟莫琦说起了大湖洋听不懂的话,他虽着急,也无计可施,越发觉得莫琦不一般,他听着莫琦的只言片语,感觉谈得还不错。果然,一番交谈结束,莫琦转述给他说,狻猊知道它元宵当晚需要做什么了,但因为它们神兽的生命力都是人类赋予的,所以,拯救的主力是人类,它们确实只能助力。

"当晚，青龙的九子都会出现，但关键还得看我们。"莫琦补充道，"而且，如果元宵节的拯救不成功，"她顿了顿，"接下来就轮到它们灭亡了……"大湖洋一听，顿感压力巨大，正想开口说话，突然眼前一黑，什么都不知道了。

等到他在小湖洋的身体里苏醒过来，眼前一片漆黑，只有一些零零碎碎的户外噪音，但总的来说，万籁俱静，他猜这是深夜，大家都睡着了，还想起了从今晚开始，小湖洋已经被"剥夺"了和莫琦一起睡的权利，估计这会身边躺着的是毕向西，所以，大湖洋也没敢喊噗噗——有一次，噗噗在毕向西面前不小心弄倒了一瓶花，把她吓着了。对于白天最后发生的事，虽然他无法确切地知道发生了什么，但隐约觉得，属于他的这股意识，应该是不能离开本体太久的，幸好回来了，万一回不来，可怎么办？想到这，他寒毛直竖。然后又想起了极乐鸟所说的，如果小湖洋知道他的存在，就会能量倍增，而他便会慢慢消失。"消失"二字，让他阵阵心痛。

十七

谁都没有预料到，这片南方的温暖之地居然大范围地下起雪来，虽说只是小雪，但别说百年一遇，千年都未曾遇到过啊。孩子们欢呼雀跃，大人们新鲜之余是大大的惊诧，甚至忧心忡忡。雪中的世界非但不白，反而是脏脏的灰。而这一天，正月十三，拯救青龙倒计时还有3天。

小湖洋和来家里吃饭的龙晴欢呼着冲出阳台去看，毕向西站在阳台的落地窗边，却突然大声尖叫起来，续而大哭："为什么这个世界变成这样？为什么为什么？"龙伟走过去，搂着她的腰，毕向西却像触电一样，立刻闪开："你别碰我！"

龙伟有点懵地看着她："向西，你冷静一下。"

"你不知道一切都越来越奇怪吗？你没看到墙上的霉菌都会动吗？你没看见楼下的树都会动吗？你没看见有些人的脑袋居然是个怪兽吗？我已经受不了了！我已经受够了！你也是个怪物！"毕向西歇斯底里地喊着，大湖洋一听，万分惊诧，莫琦也露出了惊讶的眼神。

"什么叫我是个怪物，你是不是有臆想症啊。"龙伟说道。

"臆想症？是是是，我就是臆想症，我儿子是臆想症，我当然也是臆想症。你接受不了，你就走。"

"诶，你这人，我这还啥都没说呢。"

"你都说我是臆想症了，还啥都没说，你还想说什么？你说啊，你说啊。"毕向西满脸愤懑地看着他，咄咄逼人。

事到如今，可能大部分人都记不清30年前这段可怕的时光了，但对我来说，一切都历历在目，那个被扭曲了的我，如今回想，依然让我心有余悸，我竟然会变成那样？更让我难以想象的是，湖洋口中那个空心症世界里的我，如身边所有人般，木讷、空洞、冷漠、病态、狂躁、死寂，太可怕了。幸好，这一切并没有长久地持续下去，幸好，我根本没有另一个世界的记忆……

——摘自《人类的迷失》，2048年著，作者毕向西

大湖洋在惊诧过后，思索着，怎么回事？听起来，毕向西也看到神界的事物了吗？为什么会有这样的变化？到底怎么回事呢？

"诶，你……我还能说什么啊，你怎么这么蛮不讲理啊？！"龙伟急了。

莫琦实在看不下去了，站起身来，向前去拉毕向西："向西，你先坐下，消消气，消消气啊。"

"别碰我！"毕向西又大吼着说，莫琦被吓得一怔。

"毕向西，你给我冷静！不许冲老人家大吼大叫的，你成何体统！"龙伟突然厉声起来，他一向就是这么一个"三观正确"的人，只做"对"的事。小湖洋和龙晴在阳台上站着，都不敢吭声。

"你给我滚！永远不要在我面前出现！"毕向西脸一黑。面对如此失常失智的毕向西，大湖洋也有点懵了，到底怎么了？是因为看到神界了？还是因为青龙死亡，人间失爱？

"龙晴，过来！我们走！"龙伟还真的带着龙晴走了。剩下莫琦和小湖洋面面相觑，不敢言语。大湖洋拼命地回想在空心症那个世界里，最初发生变化时，人们都是怎样的，妈妈又是怎样的，但却发现，记忆完全断层了，他栖身的小湖洋，对他来说，完全是个"他人"，而非"自己"。他回想起，3个月前，他刚刚"回来"时，各种在空心症世界中被遗忘殆尽的儿时记忆，像一场场新上映的旧电影，纷纷在他的脑海里重现。而现在，3个月过去，他又在经历一场新的遗忘，但他觉得这新的遗忘跟之前的完全不一样，以前的纯粹是因为世界变坏所造成的，现在的是什么呢？他深深陷入自己的意识中，苦苦思索着，他意识里浮现出大小两个他，小的往前走，越来越大，大的往后走，身上一点一点被风吹散，意识体的他，正在消散！想到这里，他毛骨悚然。

不！他已经失去了他的身体，不能再失去他的意识。

等他回过神来，毕向西应该已经回房休息了，小湖洋正拿着iPad跟莫琦说话："外婆外婆，好多人都梦到海边烟花啦，好多人都说要去呢，你看你看，这里有一个海边烟花群，有70多个人啦。"大湖洋一看，果然，不知道谁建了一个海边烟花群，奇怪的是，4月份出生的龙晴也在。大家都在群里讨论同样的梦境，有些人表示疑惑，但是越疑惑越好奇越想去。看这形势，大湖洋对"百人齐聚"信心满满。小湖洋还不断在群里强调说："要告诉孔明灯你最爱的事，让它带着爱意飞翔，就可以得到祝福哦。"

"可是外婆,妈妈不让我去海边怎么办啊?还有,龙晴姐姐也梦到了,她也想去呢,但是她知道她爸爸也不会让她去的。"小湖洋沮丧地说。

"没事,外婆来想办法吧,我们必须去,这可不是小事。"莫琦坚定地说。

大湖洋在意识里不断地"咀嚼"那24个字:"七宿星人、百人齐聚、如愿飞天、元宵烟火、狻猊助力、连接天地",感觉好像该做的、能做的都已经做了,没有什么疏漏了,也就稍稍安下心来。直觉告诉他,要想意识不死,就不能让神界灭亡。

元宵节这一天,连下了两天的小雪已经停止了,出了太阳,照在那些脆弱的积雪上,整个世界一片清冷,惨淡的阳光非但没有照亮周遭,反而让一切灰的更灰,似乎在暗示着这个决定生死的日子的到来。

早上起床,小湖洋收到信息说海边烟花群已经有了110多个人,大湖洋松了口气。毕向西经过两天的缓解,情绪似乎恢复正常了。吃完早餐,小湖洋不知死活但又小心翼翼地嘟囔道:"妈妈,那个,那个,今晚的烟花晚会,呃……呃,我想去。"

手上还拿着饭碗的毕向西"啪"的一声,把碗筷重重地往桌上一放,碗碎了,然后甩了一句话:"你敢!"小湖洋眼泪立马出来了,"哇"的一声哭了。

"哭什么哭?立刻去给我写作业,明天都开学了,你说你,还有两篇日记没写完,还敢说出门!"哭哭啼啼的小湖洋被毕向西撵回了房间。

而这时的大湖洋,伴随着那声意外的碗碎声,出体到了噗噗身上,这意外的"收获",让大湖洋狂喜,赶紧跟莫琦回房商量对策。

"哎，你妈现在这状况很奇怪啊。"莫琦忧愁地说。

"是啊，好像奇妙之境已经在她面前显现，这状况很不正常。不过，我觉得等我们拯救了青龙，就会好起来的。"大湖洋安慰说。

"虽然我答应了小湖洋想办法带他出去，但其实，我想不到什么办法。"莫琦说。

"是啊，这太让人头疼了。"

"难道就你跟我一起去？还是说我自己去？"莫琦思索着说。话音刚落，噗噗开始在空中不断孝毛。

"噗噗，你干吗？你都把我孝晕了，你停住！停住！"大湖洋大喊。每当噗噗的自我意识强于大湖洋的意识，主导身体的又成了噗噗本身。

"哎，看来噗噗不同意啊，这么说，小湖洋必须去。"莫琦叹了口气，大湖洋也点了点头。噗噗虽然总是一副懵懵懂懂的样子，但是它每次"登场"，带来的都是正确的信息，这让他们不得不重视。

午饭后，毕向西照例要午休一下，进房间前，严厉地对小湖洋说："我休息一个小时，你好好给最后一篇日记打草稿，听到没？"

"哦……"小湖洋无精打采地回答。

毕向西面无表情地走进房间，把房门"砰"的一关，这意料之中的响声并没有对"出体"的大湖洋造成什么影响，他那噗噗款大眼睛和莫琦对视了一下，彼此点点头。但随即，毕向西又把房门打开，转身在床上躺下。大湖洋暗自嘀咕，这不关门是为了监视他们吗？

那边，莫琦正在低声跟小湖洋说着什么。大湖洋占着外界看不到他的优势，直接飞到毕向西房间里，想等着她睡着，就马上通知他们行动。结果，就这么过了半个小时，大湖洋清楚地看到，她根本没睡着，翻来覆去，眼皮一直在动。又过了15分钟，依然如此。大湖洋按捺不住了，赶紧飞出去，拉着莫琦到厨房。

"我们快跑吧，她一直没睡着，可能很快就要起身了，等她起来，就更麻烦了。"大湖洋急急地说。

"对，就是这样，我先去拿几个孔明灯，然后我们赶紧出发。"莫琦说。小湖洋也提前用电话手表跟龙晴打了招呼，让她随时准备好跟他们一起偷跑——龙伟也是不同意她去海边的。趁毕向西午睡时偷偷逃跑，是他们商量出来的唯一办法，大湖洋苦笑着想起了拯救食梦貘的那个夜晚。但谁也不知道，这次竟然引发了不可挽回的可怕后果。

下一刻，噗噗和小湖洋先蹑手蹑脚出了门，莫琦殿后，轻轻把门带上，然后三个人马上走楼梯下楼，等不及电梯了，小跑着到了小区门口，龙晴已经在他们小区门口等着了，刚好也有一辆的士过来，小湖洋和她急急上了车的后排，莫琦正准备上副驾驶，就听见小区里头传来一阵怒吼："小洋，你给我回来！"天啊，这都还没走，就被发现了，莫琦赶紧钻进副驾驶位："司机，大沙角，快走。"在车启动那一刻，他们看到毕向西正从小区内往外冲出来。

"快点快点，叔叔。"小湖洋又紧张又激动地说。车拐上大路。

"啊，我妈上了龙伟的车了，他们正在追上来！"大湖洋借噗噗的嘴叽里呱啦地说。

"噗噗，你怎么回事啊？有时会说话，有时又不会，奇奇怪怪的,我还听不懂。"小湖洋抱怨道。

莫琦往后使劲看了看说:"噗噗说,你妈妈正在追我们呢。"

"啊,龙老师的车!""啊,我爸的车!"小湖洋和龙晴几乎同时说道,"叔叔,叔叔,快点快点,一定不能让那辆蓝色的车追上来啊,快跑快跑。"小湖洋说,司机果然加快了速度。然后,在第一个十字路口,他们的车抢在黄灯时冲过去,另一个方向正好冲出来一辆违章的车,正好朝着莫琦的座位生生撞过来……他们的车在那个路口剧烈地旋转了一圈,卡在了灯柱上,停了下来。

这猛烈的撞击,虽然没有让大湖洋回体,但完全把他撞懵了,等他回过神来,发现车上四个人都浑身是鲜血,莫琦扭曲着身子瘫在座位上,坐在她后面的小湖洋因为没系安全带,整个人已经摔到座位下,龙晴系了安全带,情况稍好些,人还在后座上,而司机俯倒在方向盘上,莫琦手中的几个孔明灯扭曲裂成无数片……车外已经交通堵塞,大湖洋赶紧落在莫琦身上,大喊:"外婆外婆,你醒醒。"又冲着小湖洋也叽里呱啦地一通大叫。

莫琦动了动耷拉下去的眼皮,艰难地半睁开眼,艰难地小声说:"湖洋……我不行了,告诉小洋吧……你们,你们一起去。"莫琦一把老骨头,经过这场猛烈撞击,明显已经不行了。

半昏迷状态的小湖洋迷迷糊糊地哭喊着:"好疼好疼,外婆,我好疼……"

"小洋,没事的……你要坚持住,外婆保护不了你了……"莫琦用微弱的声音安慰他。

"外婆外婆……"小湖洋喃喃地说。

"外外外婆,没没事……"

龙晴也在那哭着喊爸爸。

毕向西和龙伟惊慌失措地出现在车外,毕向西好不容易打开车门:"妈!小洋!"

莫琦艰难地转过头,看着她:"向西,对不起,这辈子……今天很重要,你得让,让,让小洋去……"

"好好好,我去,我陪他去,你也一起去,我错了,我错了。"毕向西语无伦次地说。

"是……是……我不好……"莫琦艰难地说完这番话,闭上了眼睛,垂下了脑袋……

"妈,妈,你别走啊……"毕向西大哭,"妈!妈!……"小湖洋又重新昏迷了过去,大湖洋彻底懵了,极度的错愕,让他失去了思考能力。

这时,救护车终于出现了,警车也来了。确认莫琦已经当场死亡之后,直接送往殡仪馆,其他三个人则被送往医院。龙伟确认龙晴没什么大碍,就跟上了去往殡仪馆的车,帮忙处理莫琦的后事。大湖洋一开始也稀里糊涂地上了去往殡仪馆的车,车启动时,才惊醒过来,应该是跟着小湖洋,他万般不舍地看了看莫琦那熟悉的脸,飞下了车,到小湖洋身边。他的意识里闪过了无数个跟莫琦相关的画面,想到这个神奇老太太身上发生的一切,想到她的坚毅和勇敢,想到她是他唯一的精神慰藉……他那噗噗款的大眼睛流出了硕大的眼泪。他慢慢接受了这个事实,是的,外婆已经死了,接下来的事情,就靠他和小湖洋一起去完成了,而且外婆临终还让他跟小湖洋坦白……

医院,一番检查之后,小湖洋伤势不轻,大脑受伤,现在持续昏迷,左手肘关节骨头断裂,大腿受伤,全身多处皮外伤。龙晴情况好多了,只是一些皮外伤。毕向西一直没有停止过哭泣,也一直不停地自责。

龙晴一直在跟小湖洋说话:"小洋小洋,快醒醒,我们还要一起去放孔明灯呢。"

大湖洋着急万分,在小湖洋脑袋边嘤嘤地飞,极乐鸟的话又闯入他的意识里:"如果小湖洋知道你的存在,你的力量就会传递给他,他会能量倍增。"他思索着,小湖洋对于拯救青龙来说至关重要,如果他一直昏迷不醒,错过了时间,也就错过了一切,那他是不是能让小湖洋快速苏醒过来呢?想到这里,噗噗的那股意识带动身体在空中翻了几翻,连着放了好几个屁,以实际行动对大湖洋的想法表示赞同。

"靠!这是要逼着我祭出自己啊!"大湖洋想。该死的白泽,为什么要让他处于这生死抉择的境地!噗噗本身的意识又带动着身体,不断夯毛,然后又用小手指了指墙上的钟,天啊,这么一折腾,居然已经傍晚五点多了,时间紧迫啊。

大湖洋好想离开这间房间,一点都不想看眼前的这一切,但却发现,他左右不了这个小身体了。噗噗的强意识,让他不得不面对这一切,甚至让它艰难地爆出了三个他能听懂的字:"告——诉——他!"大湖洋清清楚楚地听到了,他想象着,当小湖洋知道了这一切,他瞬间就消失得无影无踪……一想到这,简直浑身剧痛。但是,他有得选择吗?噗噗又继续强硬地说:"告——诉——他!"

大湖洋真的没有时间再纠结痛苦了,明显是在噗噗的带动下,被迫飞到了小湖洋的左耳朵边,用机械的声音说道:"小洋,我是30岁的你,我是来和你一起拯救这个世界的。"又到右耳朵边说了一遍,小湖洋的眼皮动了动。

噗噗又带着他,趴在小湖洋的心脏上,促使他继续说:"小洋,你赶快醒醒啊,你需要去拯救青龙,我们没有时间了!"然后,一双无形的手,轻轻地放在小湖洋的心脏上,大湖洋明显感觉到,有什么正从这双手上穿过,传递给小湖洋,而他自己正在被掏空……

母亲的死,是我这辈子最大的愧疚、悔恨。但,往往在悲剧发生之前,人们总是看不到眼前的万丈深渊。只有等到掉入深渊的那一刻,才追悔莫及。我和母亲,其实是家里最为相像的两个人,但确实,幼时她对我疏于照顾,让我一直对她心存芥蒂,乃至于,我拼命想祛除我身上和她相似的地方,来标明我和她之间的界限。后来,她总是用一些我不愿意接受的做法,企图弥补她的过失……这让我们俩之间,就像被橡皮筋绑住的两只刺猬,越挣脱越靠近,一靠近必然会互相刺伤……

——摘自《人类的迷失》,2048年著,作者毕向西

十八

过了许久,湖洋睁开眼睛。

"小洋小洋,太好了太好了,你醒了你醒了。"毕向西握着他健康的右手,激动地晃动着,噗噗也在他身边激动地飞着。

"外婆走了?"湖洋问,声音异常淡定。

"……对不起对不起,是妈妈不好……"毕向西没有正面回答。

"现在几点了?"湖洋继续淡定地问。

"现在已经6点了。"毕向西随口说道,刚从殡仪馆返回的龙伟站在一旁,他以一种古怪的状态陪着毕向西和龙晴,既不热情,也不冷漠,只是在做一件他觉得正确的事。

"那我们赶紧走,赶紧去大沙角,拯救青龙,否则我们的世界会变成空心症世界!"湖洋坚定地说,同时,他伸了伸自己的四肢,原本左手肘封着石膏,但已经感觉不到疼痛,双脚掌正常地动着,没啥问题,他自己支起身子,坐了起来。

"小洋,你这,浑身都是伤,还是多休息休息吧。"毕向西着急地说,又满脸疑惑和惊讶地看着他。

"不,我已经好很多了。我们没时间了!快!"湖洋边说边下床,他能听得到,在他的大脑深处,有一个微小的声音,一直在鼓励他赶紧出发。闻声赶来的医生惊奇地发现,湖洋全身的伤奇迹般好了很多,非常纳闷地说:"这这,怎么回事啊,刚刚不是还深度昏迷吗?"

"那是你们诊断出错了。"湖洋冷静地回答,转头跟毕向西说:"妈,我们真的必须马上走了。然后再去处理外婆的后事,她会等我们的。"说完,步履稳健地朝门口走去。

"来来来,小洋,你小心点,我开车送你们去。"龙伟说。他们都感觉到了湖洋的不同寻常,但谁也说不出个所以然来,也不敢违背他的意思。

路上,元宵节一改往日的喧嚣,人影稀疏,气氛萧条。车上,好一会儿,都没人吱声,毕向西依然沉浸在这突如其来的悲痛和震惊当中。湖洋两眼看着窗外,回想今天发生的事情,"小洋,我是 30 岁的你,我是来和你一起拯救这个世界的"这句话一直在他脑子里回荡。其实,从 3 个月前的生日开始,他就隐隐觉得自己的身体有了一些变化,但是年幼的思维还不足以让他对此做深入的探究和分析,但现在,他完全明白了,一切都是因为 30 岁的他的存在造成的。他在刚刚的昏迷中,有那么一阵,清楚地感觉到有一股暖流从他的心脏开始,蔓延到全身,在全身流动了一圈,最后去往他的大脑,有些东西就此住了下来,而它们的到来,更新并增强了他的大脑。他明确地感知,他已经变得不一样了,是 10 岁加 30 岁的结合体。原本发生的那些让他懵懂如蒙了一层纱的事情,如今都清晰可见。而且,这会儿,和白泽相关的每段梦境,包括过去的历史,未来的空心症世界等景象,都明明白白、清清楚楚地浮现在他脑海里,他确切地知道他必须去做什么。

他所不知道的是,融合了大小湖洋两股意识的这个新湖洋,已经心智倍增,一个强大的自我远远超越了 10 岁的本我而存在,但又不同于那个被空心症吞噬的成人本我,新的他还拥有了理智的超我。这是一个一加一等于无限的结果。

"小晴,你给大家讲个故事呗。"龙伟忍不住开腔。

"好啊,我给大家讲龙生九子的故事吧。"龙晴应声。湖洋想起,在过去几天,他们总是在聊龙的九子的故事,觉得特别有意思,龙晴还上网查到不同版本。

"啊,你不是前两天才给爸爸讲过吗?"龙伟说。

"这个版本可不一样呢。"龙晴辩解道。

"行行行,你讲吧。"原本不让龙晴读虚构故事的龙伟,自从和毕向西在一起之后,似乎想法有所改变了。

讲到七子狴犴时,龙伟接了一句:"咦,我怎么觉得我梦见过它,就是那只又威严又公正的老虎吧?"

噗噗腾空翻滚了一下。

"老爸你记忆力不错。"龙晴夸了他一下。

讲到平生好文的八子负屃时,坐在副驾驶位的毕向西身子微微震了一下,被眼尖的湖洋发现了,他想起了前两天,被毕向西逼着读书时,也读了龙生九子的故事,读到负屃时,她的表现也有点奇怪,噗噗又腾空翻滚了一下,湖洋暗自点了点头,心里明白了什么。

他们到达大沙角时,已经 7 点多了,天也全黑了,湖洋隐隐约约辨认出了天上的七宿星。海滩上早已来了不少人,大部分是家长带着孩子,而且,已经有人在放孔明灯了。湖洋心里默念那 24 个字:"七宿星人、百人齐聚,如愿飞天、元宵烟火,狻猊助力、连接天地。"并暗自琢磨着该怎么具体行动,现在,一切只能靠他和噗噗了。他在人群中穿梭着,毕向西和龙伟面对这个"陌生"的湖洋,都不敢跟他多说话,索性站在一个高处,远远看着他。湖洋碰到于卓晨、姚琳、范子轩,还有另外几个同学,他有一种久违的亲切感,并不是因为寒假许久不见,而是另一种久别重逢。

"白湖洋,你身上怎么了?"姚琳看着满身是伤的湖洋问道。

"没事,回头再跟你们说,现在还有要紧事要做。"显然,湖洋冷静的语气让大家都有些意外。

"咦,白湖洋,你怎么没带孔明灯啊?"于卓晨看着两手空空的他,问道。湖洋这才想起来,原本由莫琦带着的孔明灯早已毁坏。

"我还多了两个呢。"姚琳热情地说,然后把多出的两个分别递给了湖洋和龙晴。

"我们必须联合所有人,在同一个时刻一起放飞孔明灯才行,零零散散地放起不到效果。"湖洋说。

"什么意思,要起什么效果呀?"于卓晨问。

"海边美景的效果呗,你想想啊,所有孔明灯一起飞,多么多么漂亮啊。"范子轩说。

"嗯,对,就是要美景的效果。"湖洋心不在焉地回答,他头疼的是,如何让大家同时放飞呢?如何让大家听他的话呢?另外,他突然想起来,范子轩不是七宿星人啊,他好像是四五月份的生日。

这时,湖洋看到了远处的大海老师,有点意外,但又觉得理所应当,然后心生一计。"大海老师,"他小跑着到大海跟前,

"你也来了呀!"

"哎呀,是湖洋呀,是啊,你也来了啊,好奇怪啊,我就是做个了梦。"大海略带疑惑地说。

"对对对,我也是做了一个很美的梦,梦见就在这个地方,一大片孔明灯同时升起,特别特别漂亮。"湖洋激动地说着,感觉又是那个10岁的小男孩,"你能不能帮我实现这个梦境呢?"

"当然当然,我也很想看到梦中的场景,可是怎么实现呢,你看大家都已经开始放了。"大海说。

"我觉得呀,你可以做到的,你是这一片海的守海人,大家会听你的。"

"哈哈哈,守海人,这个称呼我喜欢。那你说,我该怎么做呢?"

"你就用你的'大声公',号召大家一起实现梦境,同时放灯就可以了呀,我知道来的人,都是做了同一个梦的。"湖洋挠了挠大海老师斜挎着的扩音器。

"嗯,我可以试试,但是这事真是好奇怪啊……"

"你会知道是怎么回事的,但是现在我们没时间了,要快点了!"湖洋着急地说,"而且,还有一件很关键的事,每个人放飞孔明灯的时候,需要对孔明灯说出他自己最爱的事情,这样能让孔明灯飞得很高很高。"

"最爱的事情?这是什么意思,我不是太明白。"大海更疑惑了。

"你看,我最爱植物,植物就是我的春天;你最爱大海,大海就是你最温暖的家,这就是最爱呀,说得越详细越好。"

大海将信将疑地看着他,并将信将疑地按照他说的做了,他感受到一股奇异的魔力从湖洋身上流出,不得不照做。

"各位朋友们,欢迎大家来到大沙角,我是这一带的海洋老师大海,我相信在场的大部分人,都是因为做了同一个烟火梦而来的,为了实现我们梦中那神奇而美丽的景象,我提议,让我们约定同一时间一起点燃手中的孔明灯,让它们同时升空,好不好?"大海对着他的"大声公"扩音器,站在一块大礁石上,朝着这片小海滩喊。

"好!"

"很好!"

"好啊!"

赞同声此起彼伏。

"还有一个提议,在这个元宵佳节里,在放飞孔明灯之前,告诉它我们最爱的事情,比如我最爱大海,我要尽我最大的力量去保护它。那你呢,你最喜欢什么事,什么人,说出你的理由来,说得越详细越好,让孔明灯带着我们的最爱飞翔,我相信这样我们会得到更多的祝福。"大海激情洋溢地说道,不愧是满怀梦想的年轻人啊,说起话来极具感染力。湖洋在心里暗自赞叹,自己真是选对了人。

大海的话音刚落,人群中响起了掌声。

"好,那大家稍作准备,我们10分钟后,倒计时,一起放!"

但湖洋心里其实非常忐忑不安,真的这么做就够了、就对了吗?啊,狻猊呢?龙的九子呢?这时,噗噗突然激动地放起屁来,小手一直指着远处的山崖,湖洋顺着望过去。啊,就在山崖上,他看到了一排神兽,远远的,看不太清外形,但那显然就是龙的九子!他看清了狮子状的狻猊、乌龟状的霸下、虎状的狴犴……而关于那处山崖,他脑海里出现了一些场景,他和莫琦走在上面,然后通过一条海中走廊,去到一个神奇的地方……这样的记忆,明显是来自30岁的湖洋,而不是他,但车祸之后,这种原本不属于10岁湖洋的记忆和认知已经清清楚楚地融入他的脑海里。实际上,他自己都无法去辨别哪些记忆是10岁的,哪些是30岁的,哪些是新增的,哪些是固有的。这种感觉让他很困惑,也很振奋。

他还在深思中,噗噗拉着他的手,飞奔向山崖那边。

"大海老师,这边就交给你了!"

"小洋,我跟你一起去。"半天没吭声的龙晴突然说,接着,身后不远处的于卓晨、姚琳等好多孩子喊着要一起去。

于是,湖洋和噗噗带着大家一起往那边奔跑过去,浩浩荡荡有十几个人,湖洋也不知道人多是好是坏,但也没时间管这茬了。毕向西和龙伟不放心,也跟着跑过去。到了山崖上,除湖洋之外的所有人几乎同时惊叫起来:"啊,怪兽!"湖洋大惊,他们居然能看到!

"不用害怕,这就是龙的九子,它们不会伤害我们的。"湖洋安慰大家。

九子纷纷转过头来,威严地看着他们。这九头神兽,身高都在2米以上,形态不一,但都跟《新山海经·异兽录》中的图片完全一致,脑袋上都有一个大光团,其中包含的景象迥然不同。湖洋在心里一一把它们各自的名字也对应上了。

"你终于来了。"狻猊睁着铜铃大眼,对着湖洋说。

湖洋脑海里立马冒出了在一座寺庙里找到它的情景,第一反应是,咦,我怎么能听懂它说话了?但这会顾不得探究这事了,赶紧问道,"是的是的,接下来,我们应该怎么做啊?马上孔明灯就要升空了。"

狻猊严肃地扫了一眼眼前的人们："人还不够。"

"什么人还不够？要什么人？"湖洋问。

"我们九子的投射者，还差一个，刚刚喊话的那个，必须过来，还需要七个人对应七宿星，就够了。"

湖洋一听，立刻明白了。

"龙老师，麻烦赶紧去把大海老师拉过来。"湖洋果断地对身后的龙伟说，龙伟没说什么，转身跑向大海的方向。

"你们都得跟我们来，我们必须去到爱恨宫里，一起合力，将它升出水面，才能连接天地。"狻猊说完，九只神兽纷纷朝前大步走。其他人也赶紧跟上，这些人，基本都是在极度震惊中，稀里糊涂地跟着走的。

通往海中心的那条深海走廊又出现了，他们依次快速通过，就像凌空微步，大海和龙伟及时赶到，在最后跟上了。随后大家进入那个巨大无比，但又空空荡荡的爱恨宫。

"各就位！"狻猊大喊一声，九子纷纷到宫中不同位置上，人群中有九个人，毕向西、龙伟、大海、范子轩还有湖洋之前在这里碰到的那个女孩小芊，以及四个湖洋并不认识的孩子，各自被一股看不清的力量拉到九子身边。湖洋一看，毕向西果然对应的是好文的负屃，龙伟对应的是威严的狴犴，大海对应的是治水有功的霸下，小芊对应的是好烟火的狻猊，最让湖洋意外的是，范子轩原来是好斗的睚眦，此外两个男孩两个女孩对应剩下四子。

"剩下你们七个，各站在七宿星盘的一角。"狻猊对着湖洋他们说，每一角其实就是一个直径至少1米的球面。湖洋下意识数了一下，他们剩下的是八个，不是七个啊。

"你。"狻猊指着龙晴说，"站在星盘的正中间。"湖洋大惊地醒悟过来，龙晴龙晴，不正是"青龙"倒过来念吗？天啊，龙晴竟然也是明人，而且还对应青龙这么厉害的元兽！

湖洋、于卓晨、姚林和其他四个不认识的孩子，一起快速站好位。

"好，所有人，我倒计时开始，你们全部高声齐念'青龙有爱万物滋养'。"狻猊有条不紊地发号施令，"三、二、一，青龙有爱万物滋养，青龙有爱万物滋养，青龙有爱万物滋养……"

所有人像是被施了魔法，都乖乖地念着，随后，大家惊愕地感觉到，脚底下开始规律的震动，且有坐电梯的上升感，整个宫殿正在慢慢露出水面！不一会儿，就已经完全来到海面上，大家能看到，这就像一个巨大无比的透明蛋，他们身处其中，能看到外面的一切景象，看到沙滩上的人们。而他们头上的"蛋壳"，也同步向天空敞开。

"你，快倒计时，让沙滩上的人们齐放孔明灯。"狻猊指着大海说。

大海在极度震惊中，还保留着理智，他微微有些颤抖地拿起他的"大声公"，尝试着说话："各位……"没想到发出了比他预想中大得多的声音，仿佛这颗巨蛋是一个巨型扩音器。

"各位朋友，请准备好你们的孔明灯和你们的爱意，我要开始倒计时了，让我们一起见证这奇妙的一刻吧。"一对着"大声公"说话，大海马上就进入了状态，"十、九、八、七、六"，宫殿中的孩子们，包括湖洋，也都准备好手中的孔明灯，两位大人，毕向西和龙伟正在辅助孩子们；沙滩上的人们，也都做好准备。大海继续喊着："告诉它，关于你的最爱。"所有手持孔明灯的人，都念念有词。

大海继续喊着："五、四、三、二、一，点火！"顷刻间，从巨蛋这边，沙滩那边，升起了好多孔明灯，它们带着一团红火，晃晃悠悠往上升腾，所有人都抬头惊叹，那个景象，从远处看，实在是太漂亮了。这一刻的美景，几乎将之前笼罩在周遭的阴霾全部一扫而空。湖洋想到了外婆莫琦，想到她居然看不到这一幕，不禁泪流满面。

等大部分孔明灯都升到半空中，更奇妙的事情发生了，它们居然一个两个三个……无数个全部融合在一起，成为一个巨大的红团，停留在半空中，其他单个的孔明灯纷纷飞向它，融入进去。孔明灯越来越大，大家忍不住发出了阵阵赞叹声。

这个过程大概持续了十几分钟，几乎所有孔明灯都融合在了一起，接着，出其不意的，这个漂浮着的大红团上方出现了一条红色的光线，朝星空快速升去，光团也随之越变越小，就像它其实是个线团，随着线被抽走越多，它也就越小，直到完全消失，而那根红线前往的方向正是东方七宿的方向。最终，光线终于到达七宿星，"点亮"了那个星座，原本只是微弱的星光，这会儿一下子变红变亮了很多，大家似乎还能听见吱吱响的连接声。然后，七宿的星光又汇集、变幻成另一道更加明亮的蓝色光线，反射回地面，这次速度非常快，就在一瞬间，光线射进"巨蛋"里，精准地到达地上的星阵，七位守护着东方七宿的孩子，惊讶地发现自己脚下原本暗淡无光的大球，瞬间被点亮了，这让七宿组成的巨龙轮廓也一下子清晰起来。下一秒，在众人面前，二维的巨龙轮廓变成三维实物，一条巨龙跃地而起，一飞冲天，一声嘶吼，震天动地，青龙重生了！

所有人都瞠目结舌。

与此同时，湖洋看到，龙睛胸口显现了一处咆哮山河的景致，并开始涌动不止，随后溢出她的胸口，形成一条"河流"，

朝青龙流去，已经回到巨蛋上空的青龙，头顶的光团也溢出一条"河流"流向她。马上，两者就对接上了，龙晴满脸喜悦。又一个神奇的照见时刻发生了！唯一一个了解内情的人类——湖洋，激动不已。

让他更加激动的事继续发生，这边青龙和龙晴还在相互连接之中，那边，龙的九子们也跟他们身边的人类，开始发生连接，互相照见。毕向西胸口显现了一幅绵绵不断的长卷，那长卷像是被打印出来的纸张一样，从她胸口出来，伸向她身边高大的、同样是龙状的负屃——它的个头比青龙小了一大圈。负屃头顶的光团也"流出"了另一幅长卷，与之对接，照见成功。湖洋想，最近毕向西似乎能看到奇妙之境，应该正是这场照见的前戏。

龙伟这边，对应的是威严的狴犴，他的胸口显现了一把镣铐——湖洋一看，都替他揪心，这个人的人生得多严谨无趣啊，谁让他的心兽是狴犴呢，这只神兽是牢狱的象征，又是百姓的守护神。龙伟胸口的镣铐变成一条铁链伸向身旁的狴犴，狴犴头顶也飞来一条巨大的铁链，"哐当"一声巨响，两两相碰，缠绕在一起，照见成功。

大海对应的是治水有功的霸下，不用说，他的胸口就是一个大海的景象，滔滔波浪涌动着，溢出他的身体，形成一条线状的波浪流往霸下，霸下那边则从头顶如瀑布般流下一片海水，将它和大海两人包围其中，照见成功。

范子轩对应的是好斗的睚眦，他的胸口出现了一把龙头宝剑，金光一晃，宝剑从胸口飞出，迎上从睚眦头顶飞过来的另一把宝剑，在一阵耀眼的光芒中，两把剑合二为一，照见成功。

小芊对应的是好烟火的狻猊，她的胸口出现了一片绚烂的烟花，身旁的狻猊头顶的光团也是一片璀璨，接着，双方的烟花都越来越大，溢出各自的身体，形成一大团烟花，把他俩笼罩在其中，照见成功。

还有其他几个人，也都以各自不同的方式，照见成功。

其他六个人，呆若木鸡地看着，于卓晨结结巴巴地说："白、白、白湖洋，原来，原来你说的都是真、真、真的啊！"

姚琳在旁边用脆生生的声音说道："我都说了嘛，我一直都相信白湖洋的话。"

"可是为什么他们能那样，我们呢？"于卓晨缓过来问道。

"'那样'叫作'照见'，我们每个人都有一只对应的心兽，你们也有的，总有一天你们会找到彼此的。"

"我的个神啊，我希望我的心兽是海王！"于卓晨一脸憧憬。

发生照见的人，都在震惊之后，开始露出欣喜的表情，就像找到遗失多年的自己，正和他们的心兽处于一个静默的状态，在用心用意识交流着什么。

湖洋看着这一切，再次泪流满面，又激动又狂喜，他，哦不，他们不仅复活了青龙，还让这么多照见产生，奇妙之境向人类打开了一个口，这是多么令人振奋的事情啊，掌管着爱的青龙将会让爱重回人间，空心症将不复存在！

"空心症"三个字不由自主冒出来时，湖洋自己怔了一下，脑海里闪现了一个灰白颓丧的世界、狂躁冷漠的人脸、各种垂死的事物精和神兽……大脑深处有个微弱的声音说着："是的，那曾经是20年后的世界，如今已经不再。"那个他不曾经历过的可怕世界，经由20年后的他，经由那些梦境，已经如假包换地印刻在他的记忆里，就像是在他的大脑中，被突如其来地植入了一块芯片，里面满是关于未来世界的种种记录，随时可能被开启,在他脑中播放。

"小洋。"毕向西朝他走过来,打断了他的思绪。毕向西脸上的神色是复杂的,眼神闪烁,混杂了震惊和狂喜,当她开始说话时,眼泪也随着出来了,"我错了,我错了,我对不起你外婆,也对不起你,我我,我就是一直不愿意相信这样一个世界的存在,我害怕……"

"哈哈哈哈,"青龙在巨蛋中快速地盘旋飞舞,边飞边发出狂笑声,打断了毕向西的话,咆哮着说,"白湖洋,谢谢你把我复活。"

湖洋惊喜地看着它,它好像什么事都知道,赶紧说:"不用谢,是大家把你复活的,太好了!"

"是的,太好了,更好的事情还在后头,让我们一起重建这个世界吧!"

湖洋心中一股原始的英雄主义之火一下子被点燃:"好!"

"让我们一起,把被白泽摧毁的一切,重新找回来!"青龙继续说。

"那白泽呢?白泽去哪里了?"湖洋忍不住问道,他现在已经清楚地知道,白泽是他的心兽。

"哈哈哈哈哈,白泽?他不会再回来了,他已经永恒地覆灭了。"青龙一副洋洋得意的口吻。湖洋疑惑地看着它,一种不安感在他心里滋长。

"这个神界的懦夫,背叛者!是他把神界的种种信息告知了人类,让人类了解神兽的弱点,是他亲手切断了神界和人间的连接,是他终止了人类对神兽的生命供给,是他造成了这旷世的神隐之灾,是他几乎毁灭了整个神界!"青龙充满怨恨地说道,"我在垂死之中已经苟延残喘了一百多年,如今,因为你,我又有了双倍的生命力，放心，我会把白泽的过错统统弥补回来，哈哈哈哈……"它的情绪在怨恨和狂喜中切换，"放心，我们不需要它，有你就够了，你是神界和人间的钥匙。"

湖洋越听越糊涂，其他人更是懵了，但大家马上就被四周的景象吸引住了。原本空荡荡光秃秃的巨蛋里，突然从地面升起了五颜六色的光粒子，整个空间瞬间变得五彩缤纷，那些颜色那种氛围，像是和煦阳光，温暖人心，又似澄莹月光，美不堪言，这个爱恨宫随着青龙的复活也重启了，噗噗兴奋地翻滚着放屁。

"这就是爱的感觉啊。"龙晴突然开口说话，湖洋这才想起她来，这位对应青龙的明人。正想跟她说话，突然，在湖洋眼前的光粒子组成了一幅自然之境的景象，就像他胸口的景致般，但这幅光之景更加逼真可感，各种他心爱的奇异植物纷纷在其中呈现绽放，湖洋不禁露出了痴迷的微笑。

身旁的毕向西喃喃细语："啊，这座城堡太舒服了，这真是我梦寐以求的地方啊。"而不远处的大海则兴奋地喊着："这才是真正的蔚蓝大海啊！"湖洋反应过来，每个人眼前的景象都是不一样的，因为，每个人的爱都是不一样的。

"是的，人类一旦踏进爱恨宫，就会看到他们各自最爱的事物，爱恨宫就是保存人类爱意，提供人类爱力的宫殿。"青龙跟大家解释，然后话锋一转，"但是！从今天开始，它将给人类提供更加强劲的力量！这股与你们人类的本性最匹配的力量，将助我们重建整个世界！"

"什么力量？"湖洋非常警觉地问道。

"哈哈哈哈！你会知道的，你马上就会知道的。"青龙说。湖洋感受到了一股让人心神不宁的邪恶之意。果然，青龙的话音刚落,整个爱恨宫又变换了颜色,那些光粒子骤然从五彩变成了黑白,每个人眼前的景象也随着发生变化。湖洋眼前出现了车祸那一幕,出现了莫琦垂死的脸,他忍不住痛哭起来。身边的毕向西亦然,哭喊着:"妈,妈!你回来啊……"看来,他们看到的景象差不多。而一直不吭声的龙伟突然厉声地尖叫:"啊啊啊啊!"把大家都吓了一跳。

"你们这些愚蠢的人类,只有靠心中最痛最恐惧最邪恶最怨恨的情绪才能彻底醒悟过来,那就让它们来得更猛烈些吧!"青龙咆哮着。

湖洋瞬间明白了,这个爱恨宫,已经从爱彻底变成了恨,而青龙不会再给人类输送爱力,反之,它只会给人类以怨恨、邪恶、恐惧!他们的拯救,将造成新的灭亡!

"你到底想干吗?"湖洋厉声问道,他想得到印证。

"我想干吗?哈哈哈哈哈!你说呢?你这么聪明。但你有时聪明过了头,食梦貘不需要复活,白泽更加不需要。"青龙的声音震耳欲聋。

"难道,难道,当初复活食梦貘的梦光团是你企图偷走的?电台里那个说不要做梦的人也是你?"湖洋突然反应过来。

"哈哈哈哈,你实在太后知后觉了!可惜那会儿我的能量不足,没能成功,被你们得逞了,但是没关系,食梦貘那个没用的呆子,两耳不闻窗外事的懦夫,整天只会做些华而不实的梦,复活了他也不会影响我的大计!"青龙嘶吼着,整个爱恨宫剧烈震荡起来,仿佛下一刻就要分崩离析。

"大家快跑!"湖洋见势不妙,大喊道。

"哈哈哈哈哈,滚吧,滚回到你们的世界里去吧,哦不,这是我的世界,整个都是我的,我是东方之神,没有了白泽,我就是万兽之王！"青龙更加嚣张地说。

大家在湖洋的带领下，以最快的速度逃出了爱恨宫。沙滩上，不明真相的人们还在兴奋当中，还有不少人放着烟火，嬉笑打闹。湖洋苦笑地摇摇头，这个世界明天还会好吗？

深夜，躺在自己熟悉又陌生的床上，湖洋已经从短暂的狂喜中陷入一股巨大的担忧之中，脑子里一直回荡着青龙关于白泽的话，原来，白泽一直避而不谈的重大决定就是神隐之灾。他思索了一会儿，理出了头绪：当万兽之王白泽发现人类开始残害神兽之后，它没有奋起反抗，而是退而神隐，企图以此保护神界，可不曾想，这样一来，人类和神界互相滋养的连接也断了，神界就此慢慢散失了人类给予的生命力，苟延残喘直至灭亡。而人类则经受着空心症的吞噬，终有一日也将毁灭。白泽的决定，最终将导致整个奇妙之境的消亡。但是，现在事情不正在发生着改变吗？按理说，拯救神兽，将神界和人间重新建立连接，一切似乎就能慢慢复苏。只是，费了老劲复活的青龙这是想干吗？它既要恢复两者的连接，但又不再给予人类爱，而是恨……想到这里，湖洋已经彻底明白了，明白了青龙的险恶用心，明白了它为什么不肯说出白泽的下落，因为它要报复人类，用恨的方式。

这个念头让他全身战栗，惊恐不已。当他发现身边空无一人时，意识到莫琦已经不在人世时，顿时泪如泉涌，一整天积攒下来的坏情绪终于在此刻爆发了，为了不惊动毕向西，他默然无声，任由泪水流着。他是不是这个世上唯一知道这个险情的人？仅凭他一个人，他能怎么办？

"别难过，还有我。"耳边突然响起一个陌生的、细微的声音，黑暗中，月光下，湖洋看到是噗噗，噗噗飞到了他面前。

啊,他能听懂噗噗说话了!噗噗这句安慰他的话,激发了他心中久久的压抑情绪,他控制不住地号啕大哭起来,像10岁的男孩受了委屈般号啕大哭。毕向西急急跑进屋来,这一天下来,发生了太多太多事情,心力交瘁、疲惫不堪的两人根本没来得及好好说话。毕向西坐在床边,什么都没说,抱起他,母子俩一起痛哭……

在过去这30年间,每次回想起在爱恨宫的那一幕,回想起青龙那恐怖的笑声,我依然会全身发抖。最恐怖的是它那句话:"你们这些愚蠢的人类,只有靠心中最痛最恐惧最邪恶最怨恨的情绪才能彻底醒悟过来……"恐怖的原因在于,它说出了某些真相……

——摘自《人类的迷失》,2048年著,作者毕向西

第三部分

枯树回春

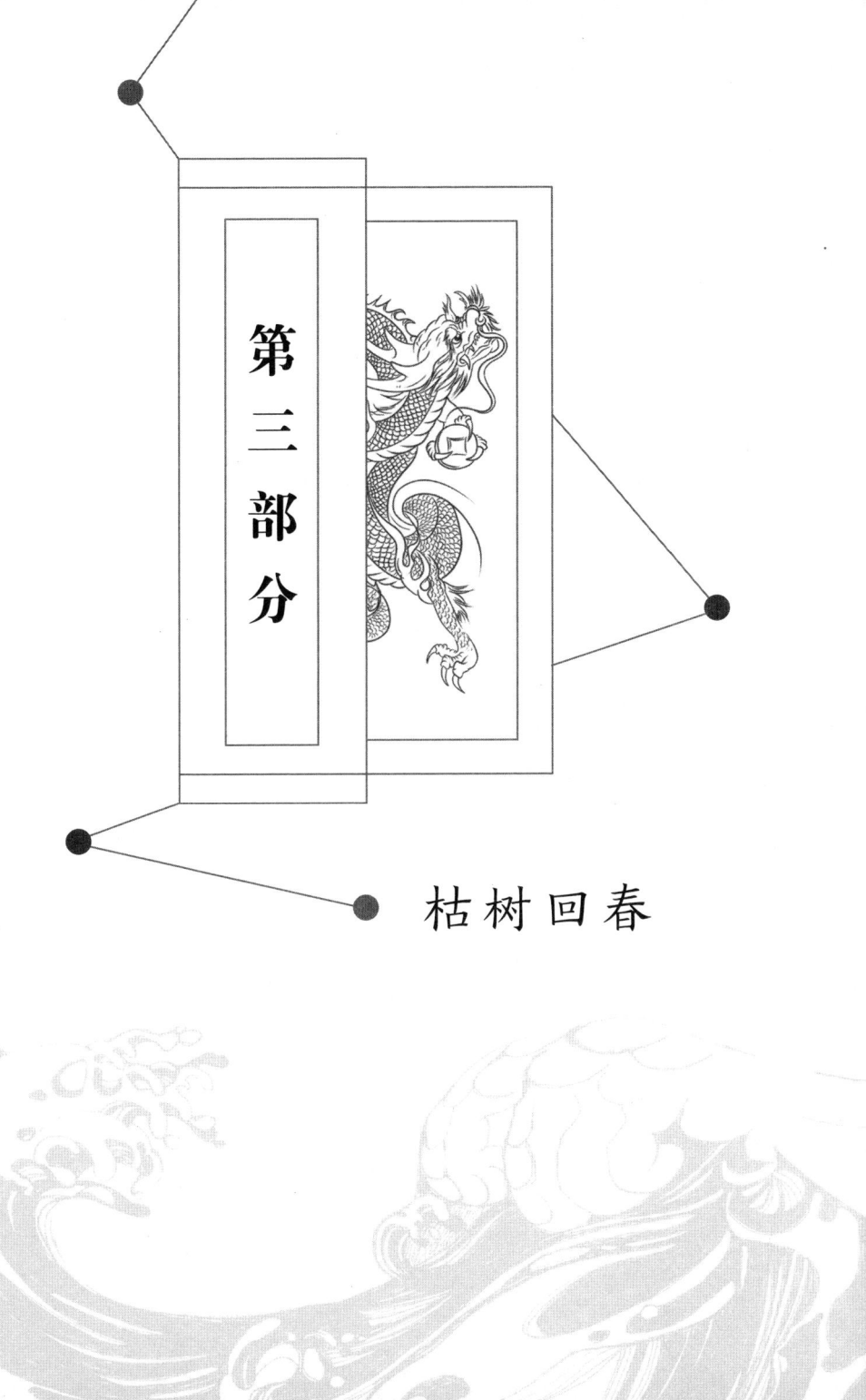

十九

许多年后,每当湖洋想起莫琦的告别仪式,都会恍如隔世。告别仪式是在出事后的第三天举行的,他们家本来亲戚朋友就不多,那天本地和从老家赶来的人,也就几十个。除了龙伟父女,其他人湖洋都不太熟悉,或者完全不认识,他的心思也不在他们身上,他一直守在灵柩旁边,看着莫琦。她躺在灵柩中,修整清理过的遗体,看不出车祸所造成的伤害,虽然她走的时候身体遭受了很大的痛苦,但她的遗容却显得那么安详,仿佛只是在睡梦中。在她的四周,没有鲜花,但围满了绿萝,这是莫琦生前最喜欢的植物。湖洋想起,莫琦曾经跟他说过,绿萝是生命之花,遇水则活。但如今,她还是走了。在告别仪式开始之前,湖洋亲手将每一片绿萝叶子上的灰尘拭去,然后喷上清水,他知道莫琦爱整洁,他要让她干干净净、清清爽爽地上路。他时不时默默地流泪,毕向西站在旁边一阵一阵地痛哭。这对母女,在最后一刻,也并没有和解,至少对毕向西来说。如今,只有痛和悔。

有那么一瞬间,湖洋分明看到莫琦的灵魂正从她的身体里冒出来,飘飘忽忽的、自顾自地往上飞。湖洋开口想喊,却发不出声来。告别仪式的最后,食梦貘竟然也出现了,能看见它的人都面带惊讶,比如毕向西、龙伟父女,但那种惊讶不是说突然看见一只"可怕"怪兽的惊讶,而是"咦,它怎么来了"的惊讶。看不见它的人,自然也不会有什么反应。湖洋发现,自从神界和人间有了一定的连接之后,那些发生了照见的人,就像被植入一块关于奇妙之境的记忆芯片,对身边来自神界的一切都能相对坦然地接受,感觉一切只是失而复得,并非突如其来。

食梦貘一言不发,在莫琦灵柩前停留了一小会儿,就离去了。经过湖洋面前时,说了一句:"找到白泽。"目光里透着信任。想到上一次见面的事,湖洋一股愧疚之情涌了上来,他急急地追问:"去哪里找?"

"无人知晓。"食梦貘留下这四个字,头也不回地迅速走掉了。噗噗在旁边"嘤嘤"地发出不明所以的声音。

青龙复活的这几天,整个世界似乎也并没有什么变化,一切照常。只有湖洋心里万分清楚,这照常的背后,正在酝酿着巨大的异常。寻找到白泽,显然能够对抗这即将到来的异常,可是去哪里找呢?白泽已经许久不曾出现在他的梦中,食梦貘也那么"无情"地说"无人知晓",这让他一个人能怎么办呢?一想到孤身一人应对这一切,他又无限伤感起来。唯一一件值得庆幸的事,是他虽然还没发生照见,但现在,他竟然可以听懂神兽的语言了。这么一想,他又觉得,一定有一股未知的力量,在帮助着他,支撑着他,他不孤独。

晚上,毕向西和龙伟拉着湖洋"开会",看得出他俩是有备而来,明人龙晴也一起来了。

"小洋，我想，一切事情，我都能明白了，之前，只怪我不知情，是我，闯了大祸，是我让你外婆离我们而去，是我差点让你也没能醒过来……我希望，你一定要相信我，接下来，无论发生什么事，我都会尽全力帮助你，我知道，这不仅仅是帮你，而是帮助我们整个世界。"

发生照见之后的毕向西，跟过去那个神经时常濒临崩溃的她，完全判若两人，就像一段激流，奔腾着从悬崖上坠落，以为会粉身碎骨，没想到因此进入了一段宽大的河床，从而平缓地流动起来。湖洋明显能从她身上看到莫琦的影子，那种坚毅而勇敢的气息，让他信心倍增，甚至感动无比。关于那场可怕的车祸，确实可以说都是因毕向西而起的，湖洋不是没有怨恨过她，只是理智告诉他，一切怨和恨都是不应该有的，那样只会中了青龙的圈套。但当毕向西说完这番话，湖洋清晰地听到，他大脑深处有个弱弱的声音在说："不！这是不可原谅的！都是她的错。"那股30岁的意识，还一直若有若无地残留在湖洋的脑子里，这让他有一种说不清的奇异感。

"是的，小洋，龙老师也要跟你说声道歉，我原来的眼界太过于狭隘了，从没想过，这个世界竟然会是这样的，你放心，我会跟你妈妈一起，尽全力帮你！"龙伟像宣誓一般地说道，龙晴也在旁边"嗯嗯"地点着头。

湖洋脸上泛起一丝苦笑，这个永远只做"正确"的事，三观传统刻板的人，如今竟然也进入了奇境，要去接受一个与他本来的认知有着天渊之别的世界，反差之大，实属荒诞。至于龙晴，这位与青龙对应的明人，身上会有什么特别之处呢？湖洋还在冷静观察之中。

但如今孤独无援的他，需要支援，于是，他对他们和盘托出了一切,从去年他 10 岁生日第二天发生的奇事开始,到青龙复活为止。在这个缓慢的、冗长的叙述过程中,他自己也更加厘清了对这个"新湖洋"的认知。显然,如今的他,是一个拥有至少 30 岁心智的 10 岁孩子,那股来自大湖洋的意识能量注入到了他的大脑之中,不仅使昏迷的他苏醒过来,而且让他对整个世界有了全新的认知,他就像突然拥有了一个成熟的灵魂。

"哎,怪不得,怪不得,自从你车祸后醒来,我就觉得你突然变得异常的奇怪,原来如此。"毕向西恍然大悟,表情复杂,这个新湖洋对于她来说,既熟悉又陌生。

在当时,那个新湖洋令我惊叹又落寞,他除了那个 10 岁的小小身躯是我所熟悉的,其他都令我陌生,我想抱住他,但又伸不出手。我清楚地意识到,他不属于我。我就像发现了一块无价之宝,感叹于它的瑰丽,但转瞬就明白,这不是我的,至少不会是我该独享的,这让我怅然若失。我的理智告诉我,我并不乐意看到这样的情况出现。

——摘自《人类的迷失》,2048 年著,作者毕向西

"那,我很好奇,如果说 30 岁的湖洋把他的意识……呃,转给你,或者说,附加给你,那他的记忆呢?你知道他,比如 25 岁时发生的事不?"思维理性的龙伟问道。

"你问到一个我自己也非常好奇的问题了,我从一开始就尝试去寻找是否有这样的记忆存在,结果发现,并没有,我的所有生活记忆都只是过去 10 年的记忆而已。但是,"湖洋顿了顿,"对那个空心症世界,我又感觉很熟悉,我想是由我们曾经共同拥有的那几个关于白泽的梦境所带来的。那些梦境,很

神奇,自从我苏醒过来之后,我发现它们就像真实的往事一样,在我脑子里经常回放,所有细节都无比清晰。"

"嗯,这是要强化你的认识。"龙伟说道,湖洋第一次觉得,这个人还是有智慧的。

"还有一点,虽然大湖洋的生活记忆没有移植给我,但是,他进入到我大脑之后发生在他身上,呃,我是说发生在他这股意识体之上的事情,我现在全部都知道,他和外婆一起做的事情,我现在都清清楚楚……"

显然,这个新的他,拥有了至少30岁的心智,如果说还有什么依然停留在10岁阶段的,那应该是身体、情感表达、生活技能。这就是目前他对"新我"的认识,但他知道,肯定还不够充分,他万分好奇地等待着这个"新我"有更多意想不到之处的呈现,"新我"于他,也如一个全新的宝藏,等待开发。这种感觉非常棒,他欣喜地接受了这个"新我",以至于分散了一些他对未来的焦虑和忧患。

毕向西、龙伟和龙晴三人,听着湖洋这段断断续续的讲述,时常露出惊叹的表情,原本坐在他对面的毕向西,忍不住坐到他身边,紧紧地握着他的小手,给他以安慰。

"现在的情况非常危急,青龙非常危险。"说完过去,回到当下,湖洋有些虚弱地说道。

"嗯,我明白了,你的意思就是说,青龙本来是带给我们人类爱的力量的,但是现在的它,完全变了,他反而会给人类怨恨之力,这将带来很可怕的后果。"毕向西说道。

"是的,没错。"

"所以我们必须找到白泽,唯有万兽之王——白泽,能阻挡青龙,是吗?"龙伟也辅助分析道。

"是的，就是这样的，但我们不知道去哪里找白泽。"湖洋回答道，他对这两个人的关心心生慰藉。

"那本书，《新山海经·异兽录》，会不会有线索呢？"毕向西说道。噗噗应声，去湖洋房间里把那本书捧着拿了过来。几个人头凑在一起，快速翻阅着。

"我一直好奇，是谁一直通过这本书，给我们提供线索？"湖洋边看边说，"咦，不对劲，书里增加的内容都消失了！"在场的只有他和噗噗知道这本书原来的情况，噗噗在空中频频拿毛，表示失望。确实，那些以前莫名而来的页码，不知何时，已经消失得无影无踪了。

"别急，放心，我们会找到线索的。"毕向西安慰道。湖洋一听，眼圈一热，这多么像莫琦在说话啊。"我觉得，也许线索就在你曾经的梦里，所以，你好好回忆那些梦，我们一起来找找线索。"毕向西冷静地说道。

"对，没错，你的那些梦很重要，你再好好想想，比如，最后一次梦到白泽的情形，你们……"龙伟提醒道。

"爸，我觉得，梦不是最重要的，食梦貘很重要，我觉得它一定知道白泽在哪里。"一直没吭声的龙晴突然插嘴，打断了龙伟。

"我倒觉得，食梦貘如果知道，不会刻意隐瞒的，但青龙一定知道白泽的去向，只是，它不会跟我们说，但是，"湖洋思索着，"龙晴，也许它会告诉你，毕竟，你俩是一对搭档啊。"

"对啊对啊。"毕向西和龙伟异口同声地说。

"它不可能告诉我的，它知道我和你们的关系。"龙晴果断地说。

"也是……"湖洋一脸沮丧，没再说什么。

二十

第二天,湖洋去了学校,同学们已经在两天前就开学了。他走进教室的时候,发现于卓晨、范子轩、姚琳都在,而且被其他同学团团围着,于卓晨转头发现湖洋,大喊:"白湖洋,你总算来了,快啊,快来给大家解释一下什么叫奇妙之境啊,我们已经被包围两天了!"

原来,那场海边元宵烟火晚会已经成了特大新闻被广泛传播,各种消息满天飞,且愈演愈烈,湖洋过去两天沉浸在莫琦之死中,对这事还不知晓。那天晚上,在场的一百多号人,包括发生了照见的十几个人,对这些都可以坦然接受。但其他人,并不是如此,对他们来说,这一切,就像是奇妙之境在他们眼前撕开了一道口子,展现了一些他们前所未见的事物和景象,但他们又无法进入其中,完全不明所以,除了震惊还有恐慌。不在场的人,在各种加工过的消息渲染之下,在震惊和恐慌之外,又增加了巨大的疑惑。直觉告诉湖洋,这种氛围,正是青龙想要看到的,奇境的这道口子,正是它特意撕开的,它就是唯恐天下不乱。

而对于于卓晨这样的孩子，虽然见证了奇境的存在，但对奇境的种种具体情况并不知晓。起先，于卓晨等人把看到奇境这事当成了值得炫耀的事，添油加醋地跟大家讲述，后来大家的疑问和抵触心理越来越严重，这才两天过去，他们三个人已经被当成异类敌对起来了。

"我爸妈说了，你们有臆想症，你们有病。"班里一个高个子男生指着于卓晨三个人说道。

"就是就是，有病就得吃药，你们可不要传染给我们。"另一个女生接着说。

"有病，神经病。"

"快回家吃药。"

"你们不准再胡说八道！"

大家七嘴八舌地说起来。

"你，就是元凶，都是你惹的祸。"突然，那个高个子男生把矛头引到湖洋身上。大家马上应声转向湖洋。

"我一直都觉得你不是正常人，你就是个大病人。""你快给我们滚回家去。"

……

幸好上课铃响起，大家勉强各自归位。但眼前的状况，显然还是把湖洋惊到了，他分明看到了在这些单纯的孩子眼中，竟然投射出怨恨的目光，这太可怕了，这不应该属于孩子们。

在别的班，情况也是如此，发生了照见，包括看过奇境的孩子都被孤立了，包括龙晴。同样的事，也发生在龙伟身上，其他老师看到他，都像碰到瘟神似的，躲避着，甚至他上课的几个班里，学生们也都对他表现出了抵触情绪……

显然，青龙在发威了，一股怨恨之气混杂着莫名的恐慌，在整个人世间越来越浓烈,而这,只是开始……

湖洋在焦虑中保持着冷静的思考,那个被空心症"养成"的愤青并没有在他身上留下印记,反而,现在这个他,有点过于成熟理智了。这样的他,坐在一群孩子当中,自觉很尴尬,但他来是有目的的,也许在这里能找到白泽的线索呢!

上课的内容,显然都难不倒他,而且他惊喜地发现,现在的他,已经没有读写困难了,所有的文字,他都能流畅朗读,这让他越来越感谢身体里的那个成熟灵魂。他静静观察着四周,现在,事物精和奇异仙越来越多了,各种不知名的小精怪,无声地走来走去,最让湖洋惊诧的是,他能看穿墙体,他清楚地看到墙体里面被分成大大小小的"房间",住满了各种精怪。原来,它们就是这样和人类共处一室的!天,太神奇了。但那些精怪,也如没有发生照见的人们一样,身上有一股浓浓的怨恨之气,每当发现湖洋在观察它们,就会愤怒地瞪他几眼,直到湖洋收回自己的目光。

湖洋忍不住低声跟同桌于卓晨说:"嘿,你看到墙体里面的精怪了没?"

卓晨有点蒙:"啥?什么精怪?"

湖洋反应过来,看来,进入奇境还是有阶段的,卓晨应该处于最初级的阶段吧,只能看到最显而易见的东西,就像他最初一样。

下课后,卓晨和前排两个同学,迫不及待地拉着他,躲到楼道角落里,问道:"白湖洋,这这,到底是怎么回事啊?那天青龙好可怕啊。"

"哎,你们不要紧张,你们只是看到我们这个世界本来的真面目,从古至今,我们身边就一直是人类和神兽精怪一起生活的,只是后来发生了一些事,使得我们人类看不到神怪而已。"湖洋解释道。

"我就说嘛,我一直都相信白湖洋说的事情。"姚琳有点得意地说。

"那现在世界是要恢复正常了吗?为什么只有我们几个能看到奇境呢?"卓晨追问。

"不!现在世界会变得更加糟糕,因为青龙叛变了。"湖洋被自己用的"叛变"一词惊到了。

"什么叛变?叛变谁?"一直不吭气的范子轩说道,他的心兽是龙的二子睚眦。

"我觉得是叛变整个神界和人间的和平契约。"湖洋思索了一下,回答。

"白湖洋,你现在说话,我怎么都听不太懂呢?"卓晨抱怨道。

"就是啊,什么叫和平契约啊?"姚琳也问道。

"那还不是人类先杀害神兽的,早就没有和平了。"范子轩稚嫩的声音说出这话,让湖洋暗暗惊叹,身为睚眦的人间投射者,果然不一样,知道的很多,虽然心智依然是个孩子。

"没错,人类之前的做法也是错误的,奇境的最高境界,就是和谐共存,而不是相恨相杀,如今青龙这样做,最后只会两败俱伤。"湖洋控制住自己的惊叹,不动声色地回答。

"哈哈,白湖洋,走着瞧呗。"范子轩露出了他平时那种蔫坏蔫坏的笑,但这次,笑里深意无限,湖洋一时无法参透。

"白湖洋、范子轩,你们俩到底在说什么?"卓晨急了,跺着脚问,显然,没有发生照见的他和姚琳,体悟到的事情其实跟普通人没什么两样。显然,湖洋和这位昔日的好友,如今已经难以沟通了，这让湖洋略感惋惜。

"我说于卓晨啊，你就好好读你的书，别管那么多事。"范子轩对他说。

"我……"卓晨刚想开口，湖洋伸手按住了他："对，我们都好好读书，不管闲事，你也是。"湖洋说完，心里也更加清楚了一些事，当然，又增加了新的担忧。

最后一节课，龙伟的数学课，气氛很糟糕，大家七嘴八舌地议论，都不听课，惹得龙伟发了两次火。临近下课时，湖洋看到，教务处的刘老师急匆匆地来到他们教室，尽管他尽量压低声音，但湖洋还是听到他说："出事了，午餐提供不了了。"

"啊，为什么？"龙伟一脸震惊。

刘老师已经顾不得那么多了，放开声音急急地说："食堂已经被一群家长围攻了，说我们学校提供过期的，甚至有毒的食品。"

全班同学叽叽喳喳地说起话来，"啊，我肚子痛。"

"我头痛。"

"我全身都痛。"

"妈呀，有毒。"

……

湖洋趁着混乱，起身出了教室，来到学校食堂。果然，那里熙熙攘攘的都是人，原本准备送去各个班级门口的餐车，都被围堵在食堂里，出不来。

"你们必须给我们一个说法，你们这些过期的冷冻食品是怎么回事？这些发霉的面食，又是怎么回事？"一个男家长一手拿着一包东西，站在台阶上，气愤地质问道。

"这位家长，你先冷静一下，我们一定好好调查，给大家一个说法。"一个校方的负责人说道。

"等你们调查,调查到什么时候?我看你们就是想拖延时间,毁灭证据!"另一个家长愤怒地回应道。

"我们不能让我们的孩子吃这些不明不白,不干不净的东西!"

"你们赶紧给个说法。"

"你们真是无法无天!"

"你们还有良知吗?"

……

大家七嘴八舌地质问起来,一片怨声载道。

湖洋看着听着,忍不住痛苦地摇摇头,显然,这是怨恨之气的另一种表现。但是——湖洋脑子在快速地运转,如果食堂真的提供不良食品,那可不仅仅是怨恨,那是人心、人性都出了问题啊。显然,事情比想象中的更复杂。他叹了口气,觉得累极了,心累极了,未来浑浊不清地盘旋在他脑袋上空,黑沉沉的,压得他透不过气来。拥有超强心智以来,他第一次有了"好想变回普通小孩"的念头,那样,也许就可以不这么烦恼了。

他没有继续在学校里待下去,径直回了家。毕向西有些惊讶地帮他开了门,但是没说什么,只是略带尴尬地笑了笑。按照心理年龄来算,这对母子年纪差不了太多——甚至湖洋比之还更加成熟,他们彼此间都还没适应这种转变,尤其不知道如何以"母子"关系来相处。

湖洋进屋躺下,困极了,很快进入梦境。他梦见,他和白泽出现在一处山顶,白泽领他经过一道门,进入了一个空荡荡、明晃晃的广阔空间,门上写着四个大字"明心之门"。

"总有一天,你会体验到明心之门的大妙之处,也会看到这里的一切。"白泽看穿了他的心思。

"可这里是哪里呢?"湖洋不解地问。

"明心堂,明心堂,这里是明心堂。"白泽肩头的极乐鸟呱呱地叫着。

"179年前,就是在这里,为了拯救当时的神界,我做了一个重大的决定,至今,我都不知道这个决定是对是错,但反正一切已经发生,而你是那个可以去做出一定改变的人。"白泽冷静地说。

"179年前,你做了什么?"湖洋疑惑地问。

"这不是你该知道的,这不是你该知道的。"极乐鸟插嘴道。

"对,这对你来说,并不重要,重要的是,又会有大事发生……"白泽说完,就和极乐鸟顷刻间消失了。

"白泽!你等等!"湖洋着急地大喊,这一喊,一下子就醒过来了。他快速地回忆了一下这个短短的梦境,这不是一个新的梦,只是最后一次梦见白泽那个梦的一点片段再现,跟之前梦到的一模一样,只是有人让它"重放"了一遍。他拍了一下床板,把噗噗吓了一跳,他兴奋地冲着噗噗说道:"哎呀,怎么没有早点想到。"同时,起身出房,"妈,妈,我找到白泽了!"他的这股兴奋劲,让他似乎变回了那个10岁的孩子了。

毕向西正在客厅看书,听他这么一说,也很高兴:"在哪在哪,它在哪?"

"它在明心堂呢。"

"明心堂在哪呢?"

"呃,明心堂就在一座山顶。"

"哪座山顶呢?"

"这……这是个问题,梦里没说在哪座山,哎!"说到这,湖洋突然又非常沮丧了。

"别急别急，一定会有更多线索的，你再好好想想，梦里明心堂的环境是怎样的呢？你们是爬上山去的吗？"毕向西耐心地引导他，她真是越来越像莫琦了。

"呃……我想想啊，我们是突然一下子就出现在山顶的，并没有爬山，但是……那座山在海边！我站在明心之门前面的时候，扫视了一下周围，看到了山脚下的海。"湖洋眼神一亮。

"那会不会就是大沙角那座山啊？"毕向西说道。

"就是就是，我觉得一定是！我曾经和外婆一起去大沙角的本心寺找到了狻猊。"湖洋边说边思索，"咦，本心寺、明心堂，你看你看，名字都是一个系列的，一定就在那！"

"是的，'明心见性，直指本心'，这是你外婆以前经常说的一句话。"

"不行，我们得马上去！事不宜迟。"湖洋激动地说。

"好，那我让龙老师开车送我们去吧。"

湖洋心里微微咯噔了一下，但没说什么，毕向西于是给龙伟打了电话，他下午也没课了。

十几分钟之后，他们在楼下上了龙伟的车，龙晴也在。龙伟解释道："我本来是想跟小晴说一下，让她放学自己回家，结果她一听我们去找白泽，就要求一定来帮忙。"

一行四个人，还有噗噗，一个小时后，到了本心寺，工作日的寺庙，香客比较稀少，湖洋急急地想穿过寺庙，往山顶去，结果龙晴说道："既然都来了，就不用着急了吧，我们还是先上个香吧。"作为青龙的投射者，现在的她，也有着远超年龄的成熟。龙伟和毕向西也都点头称是。湖洋虽然心有不愿，但并没有说什么，接过毕向西递给他的三支香，在天王殿处点燃跪拜，他默默在心里许了个愿。拜完起身的一瞬间，突然瞥见远处有个熟悉的身影一闪而过，那不是范子轩吗？湖洋心生疑惑，拔腿就往那边跑，但已经不见人影。毕向西、龙伟和龙晴三个人从后面跟上。

"湖洋，你怎么突然跑了？"毕向西问。

"嗯，我好像看到一个熟人。"湖洋淡淡地说。

"谁呀？"龙晴问。

"你们不认识的。"湖洋有点不耐烦，"我们该走了。"

本心寺，湖洋从小来过很多次，佛教徒莫琦带他的时候，不时就会上山来拜拜，所以他知道，在本心寺最高处的法堂后面，有一条路通往山顶。一路上，噗噗都异常激动，根据湖洋的经验，每次噗噗有这样的反应，都是有事要发生。等爬到山顶，已经是一个小时后了。让湖洋失望之极的是，这山顶，居然除了树就只有树。但他看了看四周的景致，明明就是梦中那个山顶没错！噗噗一直翻滚着奓毛，以示不满。是啊，太不对劲了，到底怎么回事？

大家看到湖洋失望到痛苦的表情，谁也不敢吭声。半晌，龙晴小心翼翼地说道："湖洋，我们来错地方了吧？要不，还是走吧？"

湖洋内心愤怒如潮涌，他觉得，这一切一定有诈，突然出现的范子轩是怎么回事？龙晴非要跟过来又是怎么回事？毕向西非要龙伟载他们来又是怎么回事？他默不作声，但是心里已经产生了对周围所有人的一种强烈的不信任。要知道，这些人，统统跟青龙有关系啊，要么是青龙的投射者，要么是青龙儿子的投射者，只有他不是啊！他那天第一次跟范子轩"对峙"时，已经有不良的预感。他把他满腔的怒火和强烈的质疑强压在心里，理智告诉他，越是这种时候，越不能打草惊蛇，他既不是那个不懂事的10岁孩子，也不是那个被空心症侵蚀的30岁的愤青，他现在是一个拥有智慧灵魂的超人。

"没事，我们走，确实来错地方了。"湖洋深吸一口气之后，冷静地说，心里其实有了新的想法。

二十一

两天后,食堂事件的调查结果出来了,果然,学校食堂存在不良操作,证据和证人皆在,社会舆论一片哗然,骂声连连。但一波未平一波又起——最近,湖洋一直很关注各种社会新闻,每天都会用iPad浏览各种消息,这天晚上,他看到在各个新闻媒体上,又爆出了一条新的新闻,某某大药厂生产的疫苗存在大量批次不合格,那些新闻标题个个触目惊心:"毒疫苗:我们在'弄死自己'的路上又进了一步""毒疫苗:杀死孩子的,不是狂犬病,而是恶魔!""毒疫苗已打入21万儿童身体""毒疫苗事件折射出的利益之毒人心之毒"……

湖洋边看边摇头,"啪"的一声合上iPad,不忍再看。这一波,比食堂事件严重太多了,造成的危害之广之深难以预测。

时隔两天,还是晚饭后,湖洋又在翻看iPad,开始陆续有枪杀事件的新闻爆出。在某个省会城市的火车站广场上,有一个蒙面男子开枪袭击了几十位无辜路人,而后,这个蒙面男子在逃窜路上,直接引爆了一颗炸弹,不仅把自己炸得粉身碎骨,还让十几个人陪葬。在陆续更新的消息中,死伤人数一直在增加……

"你看到新闻了？"毕向西端着一杯水，在他身边坐下，问道。

湖洋点点头。

"哎，真是太可怕了，这个世界怎么越来越可怕呢？"毕向西继续说，"你说，这跟青龙有没有关系啊？"

自从那天登山过后，湖洋搞不清毕向西到底是敌是友，对她有了很强的防备心，斟酌了一下，说："肯定有关系，它已经疯了，它就是要搅乱整个世界，毁灭整个世界！"他现在感受的这种恶劣氛围，比梦里空心症世界更为糟糕和强烈，梦中的空心症世界，是慢慢发酵，慢慢被吞噬的，各种社会恶性事件也并没有一时间集中爆发，现在的情况，明显比空心症世界更加恐怖。

"可是，它有这么大的力量吗？它真的能做到吗？"毕向西问。

"显然，它可以的，只要白泽不出现，它就可以为所欲为！"

"可是，毁了世界，对它有什么好处呢？"

"复仇。"湖洋冷冷地抛出这个字眼。

"复仇？复什么仇？"

"总有一天，你会知道的。"湖洋就像是老人给年轻人说事般，说完，就起身回房了。

在失去莫琦之后，本来以为至少收获了毕向西和龙伟这些人的援助，但如今，是福是祸，是敌是友都搞不清。湖洋这两天来又陷入了一种孤独无援的境地，为了防止打草惊蛇，寻找白泽的事只能暂缓。现在的他，使命感至少比之前增加了十倍，他知道，非由他拯救这个世界不可，所以，眼见着这个世界迅速变糟变坏,他却无计可施,那种焦灼和痛苦在无形中越来越浓烈,若不是他现在有超强的心理调节能力,可能随时就崩溃了。

噗噗在他身边"嘤嘤"地低声叫着,湖洋把它捧在手里,说:"哎,噗噗啊噗噗,如今,只有我俩相依为命了,你倒是快快发挥你的神力啊。"

"嘤嘤,噗噗,噗噗。"噗噗腾空放起小屁来,以示赞同。这只小家伙,说话的能力时有时无,现在又不行了,也不知为何。

"那,我们先好好睡一觉吧,睡醒了还有大事做呢。"湖洋语气突然有点轻松,还带着希望。

凌晨4点,他醒来,带着噗噗蹑手蹑脚地出了门,为了掩饰,他故意戴了压得低低的鸭舌帽,打上车,压低声音,故作老成地说:"去本心寺。"司机狐疑地看了看他,没说什么。选择这个点再上本心寺,湖洋觉得比较安全,他延缓了几天才行动,并且还天天乖乖上学,就是为了稳住身边那些可疑的人,尤其像龙晴和范子轩,他已经把这两位列为一级怀疑对象了。另外,他坚信,明心堂就在这座山上,不可能有第二座山了。那天一定是出了什么意外,一定有人在背后使诈。

凌晨5点,他们终于到达本心寺,寺里面只有一些上早课的僧人在诵经。湖洋为了掩人耳目,一直躲躲闪闪。路过亮灯的文殊殿,他下意识地看了一下里面的文殊菩萨的坐骑狻猊,那条龙的五子。这一看不要紧,狻猊竟然朝他眨了眨眼。湖洋一看自己的行踪暴露,后悔不已,立刻奔跑着向上,路过法堂,进入通往山顶的小径。他心想,一定要赶在狻猊之前到山顶,上次肯定是因为范子轩比他快了一步。没想到,狻猊竟然在后面追了上来。湖洋拖着这个10岁的小身体,发疯似的跑起来,心里在呐喊,快快快!一定要快!噗噗紧跟着他"咻咻"地飞着。

但一个孩子怎么跑得过一只狮兽呢？没一会儿，狻猊就从他身后绕到他跟前，他来不及停住，直接扑倒在狻猊毛茸茸的身上。

这下他忍不住发起火来："你要干吗！你也要来阻止我吗？你们这些恶魔，知不知道这样下去，会毁灭整个世界啊？人类要是灭亡了，你们神界也得不到什么好处！"

狻猊听着他把话说完，用深沉的嗡嗡声说道"我们边走边说，我是来帮你的。我知道青龙在做错事，但是我没有能力阻止它，如果我知道它复活之后会变成这样，我宁可不让复活发生。我已经懊悔了很久，"狻猊顿了顿，湖洋狐疑地看着它，"我们神兽自从神隐之后，是没法离开自己的地盘太久太远的，所以没法去到你家找你，我跟我的投射者小芊通心，让她去找你，可她没找到你。"湖洋在车祸中，电话手表被撞坏了，现在换成手机，连号码也换了，怪不得小芊联系不到他。

"通心？"

"是的，神兽和人类一旦相互照见，神兽就有能力主动和投射者发起心灵沟通，但人类没法主动发起。"

"哦，也就是说，青龙有可能随时都在跟龙晴通心联系？"湖洋明白了些什么。

"是的，没错，青龙要做这么多事，它必定跟它的投射者有密切联系，以及，九子中其他八子。"狻猊说道。

"也就是说，其他八子也都是青龙一伙的？"湖洋追问。

"这个我不能确定，青龙复活之后，跟我们九子都有过交代，要我们把跟人类交换生命力的那种原力，反向给予。我不愿意这么做，没有执行，其他八子听不听话，我就不清楚了。"

"这个我看出来了，青龙现在给予人类的不是爱，而是恨。那你的原力是什么呢？其他八子的呢？"

"比如我，原力是耐心，反向力是急躁；狴犴的原力是明辨是非，反向力则是颠倒黑白；负屃的原力是好文，反向力则是黩武；睚眦的原力是勇气，反向力是懦弱；等。"狻猊解释道。

"它就是想要世界大乱！"湖洋挥着小拳头，愤怒地说。但路上的风景让他很快平静下来，这条路跟上次那条路不太一样，一路都是舒心的嫩绿色，在微亮的天光中，发着醉人的光。

"我相信它一定还去煽动了其他的神兽，尤其是元兽们，元兽的能量才是最大的，但是现在这股能量中，最大的还是来自白泽。"

"白泽怎么了？快说。"

"白泽的原力是人性，明心见性，相信你也知道，现在白泽消失，虽说它并没有输出反向力，但人类也会逐渐失去人性啊，再继续下去，人性将被兽性取代。"

"唉……"湖洋深深叹了一口气，"我就知道，我就知道。"

"但其实，反向力就是人类的本性，你们自己都说了，'人之初，性本恶'，一旦来自神兽的原力消失，人类恶的本质就自然会慢慢呈现，青龙现在的做法，只是急剧加速这种呈现而已。神兽，原本是创世神用来拯救和完善人类的。可惜现在，哎……"狻猊这么一说，也印证了湖洋之前的想法，眼下的世界比空心症世界更加恐怖，因为一切都加速了。

"明白了，那白泽呢，白泽到底去哪里了？"正说着，湖洋发现眼前出现了梦中的明心之门，"啊，明心堂！"

"对，明心堂确实就在山顶，上次你来，青龙将它屏蔽了。"

"果然！"湖洋愤愤地说，范子轩果然提前通风报信了。

"上次我也看到你了，但是你们人太多，我不好说什么。"

"好，没事，还好我又来了。"他们快步经过明心之门，进入明心堂内,可是,此刻的明心堂,跟梦中的一样,空荡荡、明晃晃。很大,看不出任何形状,在一些像是边界的地方,却让你感觉它依然在无限延展。只是,空,无边无际的空和死寂。

"哎,这个殿堂就像死了一样。"狻猊无限惋惜地说。

"它原来是怎样的呢?"

"原来啊,原来是个难以描述的缥缈仙境……但自从它的主人在大约180年前失踪后,它就成这样了。"狻猊环顾四周,叹息着说。

"我知道,180年前,白泽为了保护神界,制造神隐事件,那它自己到底去哪里了?它……真的死了吗?"

"我真不知道它去哪里了,白泽是万兽之王,它从来都是行踪飘忽,而且固执专断,神隐之灾,我们事发后才知道的,谁也不知道神隐如何发生,也没有任何预警,只知道一夜之间,就被活活切断了和人类之间的连接。这一点,确实让很多神兽,尤其是元兽诟病,青龙的所作所为,可以说就是对神隐之灾的报复,它正在用一个错误的方式,试图复苏神界。如今,唯有白泽能钳制得了青龙。"狻猊冷静地分析道。湖洋越发对它好感倍增。

"所以,我们必须找到白泽。两个月前,它还出现在我梦里,但是……这两个月就再没出现了,"说到最后,湖洋突然意识到什么,但马上摇起头来,"不不不,它一定还没有死!"

"哎,我真的不知道,这180年来,虽然,明心堂里一直空荡荡的,它从未出现过,但是,其实我们神兽都还能感受得到它若有若无的气息,可现在,就像你说的,这两个月来,我是什么都感受不到了,反而是深刻感受到白泽原力消失所造成的恶果,恐怕……凶多吉少啊……"狻猊叹息道。

"白泽！白泽！白泽！"湖洋突然在宽阔的明心堂内奔跑起来，不管不顾地大声呐喊，"你在哪里？你快出来……你个胆小鬼，你快点出来！"湖洋脑海里出现了梦中那个睿智的形象，突然忍不住大哭起来，"你到底在哪里啊啊啊……"他已经控制不住自己了。噗噗也在明心堂内四处乱飞。

突然，在明心堂的一个高处，"哗啦"一声，从天顶落下一幅巨大的画，悬挂在半空中，画上正是"狮子身姿，头有两角，山羊胡子"的白泽，跟《新山海经·异兽录》的插画一模一样，在画像旁边，有字自上而下、自右到左逐渐呈现，写着：

白泽以魂魄之体在世间存在了179年
如今，它已经魂飞魄散，魂片散落在世间各个角落
唯有连接全世界的力量可尝试聚魂复活它

最后一行是四个大字：

时日无多

湖洋刚刚把字读完，所有的字就消失了，只剩下白泽的画像悬挂在大堂中心，双眼炯炯地看着他。湖洋转头问狻猊："快说，什么力量能够连接全世界啊？"

"这个……我一时还真的想不到。"狻猊抱歉地说，"但是，我猜，会不会是白泽制造的那股神隐力量呢？既然它能把整个神界都隐藏，也许也能拯救自己？"

"也许，但那是什么力量啊？"湖洋焦躁地问，噗噗在一旁又是放屁又是麥毛，一刻不停，"噗噗，你给我安静点……咦，

噗噗!"湖洋突然大声说道,把小噗噗吓了一跳,腾空而起,"是不是梦啊?梦的力量啊!全世界的人都做梦,得找食梦貘。"

"我觉得没那么简单,食梦貘是我们神界有名的世外高人,从来不过问俗事,这事不太像它能干的事,但是,去问问元兽,可能会有帮助,抱歉啊,我们是衍生兽,很多事情我们也不清楚。"狻猊再次抱歉,果然,在它身上,能感受到一股恒久的耐力,不紧不慢,不急不躁。

"好,我去找食梦貘问问看。"如今之计,也只能如此。这个结果对湖洋来说,已经是一个很好的结果了,无论如何,事情又有了新的推进。

临近8点,湖洋回到家中,不出所料,毕向西、龙伟和龙晴都在。眼下,他面对这些人,心里有了新想法。毕向西急急地问:"湖洋,你怎么一大早就不见了?你去哪啦?急死我们了。"

"没事,我失眠了,去公园里散步去了,我都这么大个人了,没什么好担心的。"湖洋淡定自如地说。

"哎,你才10岁,虽然,虽然……"毕向西一时也不知道怎么说。

"小洋啊,虽然你现在懂的很多,但是也要注意一下啊,不要让我们担心,我们也是为了你好。"永远正确的龙伟,又来说正确的话了。

"湖洋,你是不是去找白泽了?"龙晴不等湖洋回答,急急地问道。

"没啊,我去哪里找啊,山顶的线索不是断了吗?我也不知道去哪里找了,你们有没有什么新的线索啊?"湖洋反问道。大家都没吭声,湖洋扫了一下眼前这三个人,龙晴眼神飘忽,明显有问题,毕向西和龙伟倒真的都露出了关切的眼神,要说装,那可装得真像。

湖洋见大家都没吭气,接着说:"但是,我想清楚了一些事,非常危急的事,青龙正在用错误的方法,企图复苏神界,代价就是毁灭人间,所以,我们作为人类,坚决不能被当成子弹,助纣为虐,而是要自救啊!"

"当成子弹?什么意思?"毕向西满脸疑惑地问道。

"谁助纣为虐了?"龙伟也问道。

"对啊,谁啊谁啊?"龙晴也赶紧问道。

"嗯,有些人类,正在帮助青龙实行毁灭人类的计划,但连他自己都没意识到,很可怕。"湖洋盯着龙晴,不动声色地说,龙晴被他盯得低下了头。根据这些情景,湖洋基本上判定,龙晴绝对是敌,而且是很笨拙的敌,其他两人,要么是友,要么是很高明的敌,反正,对谁都不能掉以轻心,一切都只能靠他自己,幸好,如今的他已经不是以前的他,这让他欣慰。

二十二

越来越多的人就像开了天眼一样，莫名其妙就看到了奇境，这种不是因照见而产生的看见，带来最多的是疑惑和恐慌，仿佛看见了就是患病了，而且，这种病传染性极强，一个家庭里，一旦有人"患病"，马上其他家庭成员也会得。而那些"患病"的看见者通常都无法控制自己的惶恐，这样，马上就有一大波未见者围观并唾骂之，全然不顾自己可能明天也成了"病人"。

越来越多的恶性事件在人世间爆发，小到个人的犯罪，抢劫、强奸、杀人……大到集体的违法，各种大型的食品安全、药物安全事件频发……这些，无一不对人们的生活产生大大小小的影响，无一不暴露出人性的丑恶、道德的败坏、世道的沦丧。

湖洋冷静地看着这一切，很明显，青龙启用了一种未知的力量，正在把奇境的口子越撕越大，打破神隐之力，用这种非常规的手段，来制造人心动荡。同时，神界反向力的加速加倍输出，加上白泽原力的消失，又使人心越来越原形毕露。人间一旦没落，神界就可以重新崛起……

湖洋不敢多想，过去四天，他除了去学校，就是去生态公园里寻找食梦貘，但悲剧的是，就像之前多次寻它未遂一样，这几天也都失败了。每天出现在湖洋身边的神兽精怪越来越多，偏偏就没有食梦貘，问遍它们，也无人知道它的下落，看来，它还真的是神界的异类啊。所以，不能把希望只寄托在它身上，得另寻出路，时日无多。

在学校里，于卓晨依然把他当好朋友，会跟他分享很多事情，但是湖洋却不懂如何跟孩子打交道，总是说出于卓晨听不明白的话来，搞得湖洋经常苦笑，心想，这代沟快赶上父子俩了。

龙晴和范子轩都不止一次跟他打探寻找白泽的进展，湖洋每次都非常失落地表示，白泽肯定找不到的，估计它已经死了。那种失落可是真情实意，没有半点虚假。

这一天放学后，湖洋在校门口拦住了龙晴和范子轩——他俩果然天天混在一起。在离校门口不远的一棵大树下，湖洋开门见山地说："我知道你们一直都和青龙有联系，我希望你们帮我传个话，我要见他。"

"瞎说，我怎么跟它联系。"范子轩还在笨拙地狡辩，龙晴按住了他。

"你想干吗？"龙晴傲慢地问道。湖洋想到以前那个亲切可爱的晴姐姐，突然心里有点痛。

"你们俩，到底知不知道正在帮青龙干多么愚蠢的事情？你们知不知道这样只会毁了我们自己？"湖洋严厉地说。

"得了吧，你的白泽才是做了天大的坏事，才差点毁了这个世界，青龙是来拯救我们、拯救世界的！"龙晴反驳，她果然什么都知道。

"好，你怎么说都行，反正，我必须见青龙。"

"青龙怎么可能随便见你？你以为你是谁啊？"范子轩像

个小无赖似的。

"你们就告诉它,我已经有白泽的线索了,它不见我,它会后悔的。"湖洋若无其事地说。

龙晴和范子轩一听,都大惊失色。湖洋心里得意地笑了,这两个心智尚未成熟的孩子显然还不是他的对手,他现在已经懂得用计行事,既然他自己卡住了,还不如去见见敌方,看能否找到突破口。他一直在思索,青龙撕开奇境的那股力量,是什么力量,可不可以利用?

见面就安排在第二天的早上,刚好是周末,依然是大沙角海边的爱恨宫,他们三人同去。湖洋一踏进爱恨宫,眼前又出现莫琦离世的车祸现场,惨不忍睹。湖洋马上闭上眼睛,极力控制住自己的情绪。偌大的宫殿内,各种灰扑扑如旧报纸般的画面,如同全息影像般立体呈现,伴随着各种凄厉的声音四起。幸好,青龙一声咆哮现身,所有声画顷刻间消散。

"吼吼吼,白湖洋,我就不信,你能找到白泽,哈哈哈……"青龙狂妄地说。龙晴和范子轩就站在那块"爱恨宫"的石碑旁边,大气不敢喘。湖洋扫了一眼,范子轩的心兽睚眦也在,那只一直驮着"爱恨宫"石碑的霸下也在,但都没有任何动作。

"对,你说得对,我根本没有白泽的任何下落。"湖洋镇定地说。

"哈哈哈,傻小子,那你来找我干吗呢?"

"你很厉害,短短半个月,就让天下变了个样,说实话,我现在开始觉得,你的能量在白泽之上,也许,你才是全天下的主导者。"湖洋一副诚恳的模样,事实上,他也并没有说谎,如果白泽无法复活,事实就是这样。

"噢,怎么了,难道你要来投奔我?哈哈哈哈,你是个聪明人。"青龙得意地说。

"只要有益于神界和人间,我可以考虑,但是,我不能不明不白地投奔。"

"噢,那你还想了解什么呢,一切你不都看在眼里吗?"

"我很好奇,白泽肯定是费了巨大的功夫,才产生了神隐之力,切断神界和人间的连接,你怎么能在这么短的时间之内,就将它打破呢?"湖洋一脸真诚地询问。

"哈哈哈哈哈,不错,果然是白泽的投射者,果然是个聪明人,但是,"青龙忽地一下飞到他跟前,"还远远不够!你只看到了其一,没看到其二啊,哈哈哈哈。"青龙又发出一阵狂妄的笑声。

"哦,愿闻其详,这其二是什么?"湖洋淡定自若。

"我觉得吧,你今天来,一定别有用心,但是我不担心,以你的功力,还远远对付不了我,所以,你问什么我就告诉你什么,满足你!"青龙一副不可一世的神态,"老实说,整个神界都没人知道,该死的白泽运用了什么力量造成了神隐之灾,要想打破神隐,关键在于,白泽得死!虽然他已经死了将近180年,但一直阴魂不散,害得我根本无法行动。"

"噢,你的意思是,白泽仅仅是用魂魄就能制约你?"湖洋说道。青龙一听,怒了,在宫殿内快速飞动流窜,卷起了巨大的阴风,差点把湖洋卷飞,他有点后悔,不该惹怒对方。

"不管如何,两个月前,他就已经魂飞魄散了,再也制约不了我了,他一消失,神隐之力自然就会慢慢消失,还用得着我动手?"青龙确实很坦白,但这个答案让湖洋失望极了。

"但是,你让反向力加剧了。"湖洋不死心。

"反向力,你连反向力都知道了,谁告诉你的?"青龙警觉地问道。

"这个,不是明摆着的吗?我自己分析的。"

"哼,肯定是哪个兔崽子跟你通风报信了,要让我知道了,非把它撕碎不可。不过你知道了,也不能怎样。现在的状况,我只是简单推动了一下而已,关键还在于你们这些愚蠢的、邪恶的人类啊。"一听到"愚蠢"二字,湖洋又想到了白泽也曾经这么痛心疾首地说过,但白泽是恨铁不成钢,是真心疼,而青龙却是完完全全的蔑视和嘲讽。

"什么意思?"

"什么意思?你不是聪明吗?你不是会分析吗?这你都看不出来吗?你们人类啊,本来就是恶的生物,本来,我们神兽是来赋予你们善的,结果,看你们把我们神界害成什么样子?白泽这个懦夫,当初根本不应该神隐,而应该奋起把你们灭了!就像今天一样。"青龙气愤地说。

"对,我知道我们人类有很多毛病,但你要知道,灭了人类,你们也无法生存啊,毕竟你们要靠人类提供生命力啊。"

"哈哈哈,放心,我不会真的把你们灭掉,我只是,只是要奴役你们,你看看你们人类,只要稍微诱发一下,恶的因子顷刻间就统统复活了,从恶容易,从善难,根本无需我费什么劲啊。你快滚回去吧,免得我破戒杀人,我可从来不自己动手的。"说完,青龙咆哮着飞向远处,爱恨宫,根本看不到边。

湖洋黯然神伤地离开,这个结果让他太失望了,根本没有什么力量可以利用,唯一的"收获"是,对整个人类又有了更深一层的了解,人啊,真的有这么糟糕吗?

龙晴和范子轩也默默地跟在他身边,谁也没说话。湖洋本可以自己来找青龙,之所以通过他俩转达并陪同,就是希望他们能在场见识青龙的真面目,如果他们能因此有所转变,也是收获,湖洋想。

神界是什么?这30年来,我渐渐见识了越来越多奇境之妙,也渐渐明白了一件事。神界,其实,不就是我们人类的一个神秘幻境吗?你的心兽,正是你心灵的映照,也是你的人格、你的命运所指。失去了它,后果可想而知。

——摘自《人类的迷失》,2048年著,作者毕向西

二十三

回到市区，和龙晴、范子轩分开之后，湖洋又径直去了生态公园。他非要找到食梦貘不可，虽然神界对它都颇有微词，但是梦境和梦想，难道不就是和现实有距离的存在吗？它远离大家，其实是再正常不过的事，而且，回想上次地震中的见面，湖洋能深刻地感受到，它对整个世间的存亡，还是很在意的，绝不会见死不救。

这回，梦之殿如愿现身了！湖洋快速进入其中，这第二次到来，完完全全把他惊呆了。这是怎样一个魔幻又美妙的小世界啊！除了之前看到过的"显示屏"般的玻璃片——上面所有映像都亮了、动了，这次还多了无数飘浮着的大大小小的光团，一切事物的颜色，都比外面世界纯粹、明亮无数倍，都那么光彩动人，那种物体的透明性、色彩的饱和度，也万分惹人喜爱。还有一阵似有似无的、梦呓般轻柔舒适的声音回荡其中。湖洋一个念头油然而生，眼前的这一切就是天赐之福，是纯粹的完美，无法用语言赞美之。这是一个"他世界"，而非人们日常生活的"此世界"，这就是一个真实可感又难以触达的梦境啊！

有那么一小段时间，他忘记了一切烦恼，只顾沉醉其中，直到食梦貘出现在他身边。

"我需要时间和空间来恢复力量。"食梦貘开门见山地说。

"所以，我才找不到你。现在的梦之殿，就是恢复之后的样子，正常的样子？"湖洋话语迟缓，还没回过神来。

"嗯，现在的人间，比以往更加需要梦境和梦想。"食梦貘说。

"所以，你一直在努力帮助人类，对抗青龙？"湖洋反应过来，心头一暖，热泪盈眶。食梦貘，果然是世外高人。而且这种彼此间能畅快沟通的感觉，实在是太好了！

"嗯，但是，青龙所引发的反向力、恶能量太大了，梦的力量实在难以冲破并对抗它们。"食梦貘叹息道。湖洋听到这句话，感激被失望取代，既然梦的力量连青龙的恶都打败不了，更别提拯救白泽了。

食梦貘似乎看到了他的失望，接着说："所以，还是只能想办法拯救白泽。"

"我在明心堂得到线索，需要找到一股能够连接全世界的力量，唯有那股力量才能聚魂复活白泽，但是那是什么力量啊，去哪里找啊？"湖洋说。

食梦貘听着，眼睛微微发光："这真是一个好消息，我想我知道那是什么。"食梦貘说。

"啊，是什么？快告诉我！"

"梦的力量是在世界已经存在、人类诞生之后才随之产生的力量，它主导不了生死，但白泽要复活，需要一股生的力量，一股开天辟地的力量。"食梦貘坚定地说。

"所以是什么啊？快说啊！"湖洋急死了。

"你不要着急,你把这朵造梦云吃下去,自然会看到。"食梦貘用长鼻子给他递了一朵"云",跟湖洋的脑袋那么大,看着跟人间的棉花糖没什么两样。湖洋接过,有一股微热的、温柔的手感,异常舒服,他一张开嘴,云朵就变成一股气流,咻的一下流进他的嘴里。马上,他的眼前彻底变了样,他就像置身于宇宙中,看着一个硕大的地球。一开始,地球是一个乌黑的、死寂的球体,突然,有一股绿色的发光"流体"沿着地球表面的沟壑发散、触达全球,绿光所到之处,就像被点亮了一般"活"了过来,一张绿色的网还在不断地扩张中……湖洋正看得起劲,突然,啪的一声响,眼前又变成梦之殿的景象。

"看出来那是什么了吗?"食梦貘的声音传来。

"噢,我猜,那是植物的力量!"湖洋大叫。

"对,你说得对。植物是地球活的根源,是人类生的依托,没有了植物,人类只有死路一条,地球也会灭亡。"

"嗯嗯嗯,而且,全世界遍布植物。但是,植物不都是孤立的个体吗?它们能连接彼此吗?"湖洋不安地问道。

食梦貘没说话,鼻子一挥,眼前一块玻璃片上出现了毕向西之前写的童话书《梦旅行》,书自行翻动着,最后停住,自动放大,出现在湖洋眼前,他一看,标题是《一棵树如何去远方》:

一棵树在泥土里生根发芽,它就再也动弹不了了,不能像我们人一样到处走走看看,不能像鱼一样到处游游荡荡,多无聊啊,但其实不然。

树有着我们动物所没有的一样东西,那就是树根。泥土中,树根的世界才是大世界。在森林里、田野里、山坡上,各种各样的树根在泥土中，缠绕在一起，互相攀谈，互相交流信息。一棵树的根绕着另一棵的，另一棵的绕着其他的一棵的……这样一来，一棵中国的树竟然能够听到一棵来自另一个国家的树的消息。

嗯，这几乎就是一棵树去远方的方式呢。

但是呢，正如我们人和人之间传话一样，难免出现偏差。

有一天，一棵树的树根清早起来，发现一只不知名的小东西正在咬它，本来这种事情很正常，树根经常就是各种地下昆虫的食物。但是，今天这只小东西太奇怪了，它竟然长得跟地面上的人一模一样，只是个头小了很多很多。

树根一惊，大喊道："噢啦啦，有个小人在吃我的胳膊！"

这句话马上传开了，但是，等它传到一棵另一个国家的树的树根时，变成了："妈妈咪呀，有一朵花正在挠我痒痒。"接着，到了一棵另一个国家的树的树根时，则变成了："阿门，有一个外星人正在挖我的根！"再传再传……这句话竟然变成了："哎呀呀，有一条鱼爱上了我的小腿。"

这树根的世界啊，真是乱套了，不是吗？但是呢，这也正是它们的乐趣所在呢。而负责记录这一切的，是树根精灵们，如果你能遇见一个树根精灵，就能获知树根世界里，一切有趣的、没趣的信息。

另外，有些树的树根缠绕在一起的时间久了，会互相爱上对方，然后，会长出新的树苗来，通常会是杂交的新品种，人都不一定认识的哦。

"噢，所有植物在地底下都是相互连接的！"湖洋早已忘了这个小故事，"可是，毕向西怎么会知道？"

"莫琦曾经是我的投射者,毕向西是她的女儿,心兽又是好文的负员,能得知一些他人所不知的念头并写出来很正常,但她自己恐怕都不知道这是真的。"

"所以,我们要启动植物的力量,复活白泽?"湖洋开始兴奋起来。

"这是我猜测的,我想不到有第二种力量比它更大了。"食梦貘冷静地说。

"嗯,我们只能孤注一掷了!"湖洋坚决地说,"但是,怎么启动呢?"

"找句芒。"

"谁?"

食梦貘鼻子一挥,眼前玻璃片上的书变成了《新山海经·异兽录》,湖洋一看:

句芒(gōu máng),又名芒神、木神、春神,是主宰草木和各种生命生长之神,也是主宰农业生产之神,太阳每天早上从扶桑上升起,神树扶桑归句芒管,太阳升起的那片地方也归句芒管。它的原始形象是鸟身人面。《山海经·海外东经》上说:"东方句芒,鸟身人面,乘两龙。"

"句芒是我们神界的异类,它的生命力不是人类给予的,而是植物,所以,神隐之灾对它影响不大,甚至,我认为,白泽就是利用它的力量来完成神隐的。"食梦貘其实洞悉一切。

"嗯,先不管这个了,我只想知道,去哪里能找到它啊?"

食梦貘微微垂下眼帘:"哎,大家都说我像个世外高人,整天不见首尾,其实句芒才是最神秘的那个。不仅是你们人类,我们神兽也都离不开植物，所以，你好像每天都能感觉到它在我们身边，但其实并没有谁见识过它的真面目，更不可能知道它身在何方了。据我所知，在这个世间，见过它的，除了创世神，可能就只有白泽了。"

"啊，如果连你都不知道，那我还能找谁啊？"湖洋万分沮丧。就在这时，安静的梦之殿突然传来"咔哒"一声响，湖洋和食梦貘循着声音望去，只见一个人影正往门口跑去。"啊！那是范子轩！他偷偷跟进来了。"湖洋一拍大腿，忍不住骂道："该死的，都被他偷听到了！"湖洋拔腿就追，可惜，高瘦的范子轩是班里有名的飞毛腿，而湖洋是个小胖子，根本跑不过他。湖洋站在生态公园外面的马路上，懊恼并失望不已，这个该死的范子轩，根本没有改邪归正啊！他的小拳头狠狠地捶了一下身边的一棵大树干，不但自己钻心的痛，"大树精"也浑身颤抖了一下，愤怒地伸出大树枝，拍打了一下湖洋的背，他这才反应过来，连声道歉。跑回去找食梦貘，却发现梦之殿又再一次隐匿了，他还有太多疑问想询问啊。

湖洋失魂落魄地回到家，毕向西不在，这几天，她好像有点不太敢管他，也不会要求他非去上学不可。湖洋把自己关在房间里，瘫在床上，想着，范子轩即时就能把关于句芒的信息传递给青龙，继续去找他，显然已经失去意义。现在唯一能做的，也必须马上做的，就是赶在青龙之前找到句芒！可是，上哪里找啊？食梦貘的话，既给了他无限希望，同时又是一个巨型谜团，而如今，又只剩下他孤军奋战。

湖洋正黯然伤神，噗噗手捧《新山海经·异兽录》飞了过来，把书塞到他手里，然后不停地拿毛放屁，还帮他翻到句芒的页面，上面依然是在梦之殿看到的那段话：

句芒（gōu máng），又名芒神、木神、春神，是主宰草木和各种生命生长之神，也是主宰农业生产之神，太阳每天早上从扶桑上升起，神树扶桑归句芒管，太阳升起的那片地方也归句芒管。它的原始形象是鸟身人面。《山海经·海外东经》上说："东方句芒，鸟身人面，乘两龙。"

旁边的配图，是鸟身人面的句芒站在一棵大树上。而在"神树扶桑"四个字下面，不知道被谁画了一道粗粗的红线，湖洋"腾"地一下坐起身来："神树扶桑，句芒就在这里？"

噗噗飞腾着放屁，以示赞同。

"可是你怎么知道的呢，连食梦貘都不知道啊。"湖洋还是将信将疑。

"不过，看这段话，确实有道理，如今，宁可信其有不可信其无。"湖洋心中升起一些希望，同时也有些无奈，感觉一切都靠猜，都不知道对错，都是在赌。可是，他除了赌一把，还能怎么样呢？噗噗急急地翻着书，书中出现了一页新的内容——神秘信息又出现了，写的正是关于扶桑树的：

扶桑树为古代神树，由两棵相互扶持的大桑树组成。晋代郭璞在《玄中记》中记载："天下之高者，扶桑无枝木焉，上至天，盘蜿而下屈，通三泉。"传说日出于扶桑之下，拂其树杪而升，因谓为日出处，亦代指太阳。此树归句芒所掌管。

"那么，问题又来了，这神树扶桑在哪里？"湖洋喃喃地问道。

"嘤嘤嘤嘤。"噗噗发出低低的无辜声音,显然,这个问题难倒它了。

"扶桑扶桑……咦,我怎么觉得,之前有人跟我讲过扶桑的故事。"湖洋朦朦胧胧想到了什么。噗噗应声飞到莫琦的照片跟前,莫琦去世后,湖洋专门洗了一张他俩的合影摆在书桌上。

"不是外婆说的,好像就在不久之前,在海边……"湖洋皱着眉头,突然,打了个响指,把噗噗吓了一跳,"是他!大海,就是他在最后一节自然课上,提到了扶桑树,说是那片海的远处有几个小岛,其中一个岛上就有一棵高大的扶桑树!我们得找他去问清楚。"湖洋边说,两眼边放出亮光。就在这时,他听到毕向西开门回家了,赶紧收起他的兴奋,眼下,他根本不敢跟毕向西有过多的交流,完全拿不准她到底是哪边的。

他走出房门,两人客客气气地说了几句话,就像熟悉的陌生人。

"小洋,我感觉你今天心情不错呀。"毕向西说。

"没,没啊,也就还好。"湖洋像是被抓到了小辫子,不善说谎的他,有点小慌张。

"其实,你有什么事需要帮忙,真的可以跟妈……跟我说。"看来,毕向西越来越不适应当这个"成人版"湖洋的妈妈了,估计跟湖洋总是躲避她也有关系,"你是不是对我有什么误解啊?我知道你急着找白泽,但是那天上山,不是没找到吗?那也不是我的错啊,我也很希望能顺利找到它。"毕向西忍不住说,表情非常的失落和无辜。

湖洋差点就相信她了,但还是用最后一点理智告诉自己:"在这个重要的节骨眼上,千万不要再节外生枝了,稳住,跟谁也不要说!"于是,他说:"是的,不是你的错,也不是谁的错,但是我是不会放弃找白泽的。"

"那你有什么新的线索了吗?关于白泽。"毕向西关切地问。她这么关心是为什么?是来打探消息吗?是她的心兽让她来的吗?

"有……才怪。"湖洋故意说道,"没那么容易,不过没事,一定会找到的,我要让青龙知道,它这样做,一定是要付出代价的!"

"哎,是啊,现在整个世界都乱套了。真希望白泽能赶紧出现啊。"

"嗯,会的,只要给我时间和空间。"

"好,你现在有足够的能力,我相信你能处理好,哎。"眼神复杂的毕向西疼爱地摸了摸湖洋的小脸蛋,瞬间两个"大人"仿佛又变成一对母子。有那么一个极其短暂的瞬间,湖洋竟然想回到真正的10岁,享受这亲子时光,但这个念头立马被扫出脑海,他多么满足于现在这个充满智慧的自己啊。

回到房间,他突然被另一个念头给狠狠地抽了一下,"大海是龙的六子霸下的投射者",天啊,那么,大海极有可能已经被青龙收买,如果去找他,不但有可能得不到准确消息,还会被他们掌握了新的线索。这让他之前的兴奋大打折扣,甚至让他有了草木皆兵的无限悲凉,这些天的经历,就像疯狂的过山车般,一会儿希望,一会儿失望,一会儿山顶,一会儿深渊……而这一切,都只能靠他独自一人,想尽办法解决……

在湖洋孤身拯救白泽的那段时间里,每天都看着他在焦灼中煎熬,但我又无能为力,无从帮忙。我万分愧疚,如果我的母亲还在世,她肯定能给湖洋一些帮助。这种愧疚感，至今还在，经过了时光的锻造，它已经被磨成刀，时不时就会戳我一下……

——摘自《人类的迷失》，2048年著，作者毕向西

二十四

经历了几乎一整晚的失眠,第二天,天刚蒙蒙亮,湖洋就起身出发前往本心寺,匆匆来到文殊殿狻猊跟前——幸好,狻猊还安然蹲在那,他多么担心和害怕狻猊也失踪了。他把这两天的经历都跟狻猊和盘托出,而他这一趟最想了解的,其实就是霸下到底是站在哪一边,大海到底是敌是友?不问清楚这个,他不敢贸然去找大海。

"霸下一直是我们九兄弟中,最忠厚老实,也最忠心耿耿的那个,上次见完你之后,我到山下跟它有过一个简短的见面,因为我也非常好奇其他8个兄弟现在的情况和想法。"趁着这时庙中无香客,狻猊缓缓道来,"霸下几乎每天都得待在爱恨宫,跟青龙在一起,对于青龙现在的做法,它一直都难以接受,只能采取阳奉阴违的做法来应付青龙。"

"这么说,霸下是站在我们这边的?"湖洋听到这,两眼放光。

"难说,如果只是伤害人间的事,它一定不会去做,但一旦可能伤害到青龙,恐怕它的选择就会不同了。"

"找到句芒，复活白泽，也不算伤害青龙啊。"

"可能不会，也可能会，白泽复活，一怒之下，有可能处置青龙，毕竟它才是万兽之王啊。"

"唉……"湖洋长叹一口气，"难道你们真的不知道句芒在哪里吗？或者说那棵树在哪里？"

狻猊摇了摇头，无语。

"不行！我不能就此放弃，我去找大海，我会跟他把一切利弊讲清楚，我相信他是个正直的明白人。"

"哎，心兽和它的投射者之间关系很微妙，有的水平相当，有的心兽能完全操控它的投射者，而有的投射者能反过来影响心兽，我不清楚霸下和大海是什么情况，你只能去赌一把。"

"没关系，拯救白泽的事，每一步都在赌，也只能赌，赌了还有一半希望，不赌则为零啊。"

"哎，好吧，祝你好运，祝人类好运，阿弥陀佛。"狻猊最后说道。

通过微信，湖洋顺利约到了大海，下午就在本心寺见面，大海对于湖洋的邀约，似乎并不惊讶，爽快地答应了，这反而让湖洋略有疑心，随即苦笑了一下，为自己的杯弓蛇影。

在寺庙的最高处，有一个不为游人所知的山腰小亭子，湖洋就在那里和大海见面。已经发生过照见的大海，显然对奇境的基本情况，包括湖洋的基本情况都有一定的了解，见面第一句话就是："辛苦了，小洋，拯救白泽的事，全靠你了。"

"你都知道？"湖洋问。

"是的，我听霸下说了你对青龙的反抗，对拯救白泽的迫切。我知道，你其实不仅仅是为了拯救白泽，而是为了拯救我们人类，乃至整个世界。"大海严肃地说。

湖洋看着他那双明亮的眼睛，有一股强烈的直觉，大海，是值得信任的，但他依然不敢贸然行动。他满腔怒火地将青龙的恶行和目的，以及复活白泽的必要性跟大海讲了一遍，虽然他知道大海多多少少已经知道了，但他需要更多去"说服并拉拢"大海。

大海入神地听着，跟他一样情绪起伏着，等他说完，大海急切地说道："湖洋，我太明白如果不赶紧行动，我们将遭受怎样更加恐怖的遭遇，你说吧，我能帮忙做什么？我一定全力以赴，在所不辞。"

"谢谢，我非常需要你的帮助，但目前只是一件小事，"湖洋顿了顿，"我想知道，那个有扶桑树的小岛在哪里？"

"啊，扶桑树小岛？你找这个干什么呢？"大海露出疑惑的神情。

"对不起，请原谅在目前这种情况下，具体的原因我暂时不便告知，但是，等我们找到它，你自然就知道了。"

"哦，好。"大海略有迟疑。

"放心，这事不会伤害任何人，只会帮助大家。如果你愿意跟我一起复活白泽，拯救世界，那么，请信任我，有些事我不是不说，只是还没到合适的时机。"

"好！我明白了，我尽力配合你。"

"但是，这件事请不要跟任何人说，包括霸下。"

"这个，又是为什么呢？"

"我再说一遍，请信任我，有些事我不是不说，只是还没到合适的时机，好吗？"

大海稍作思索，说道："好，我答应你，这事，只有你我知道。"

湖洋松了长长一口气，竟然这么顺利，简直难以置信，他赶紧趁热打铁："那个岛远不远呢？我们能否现在就去呢？事不宜迟，能快一点是一点。"

"现在？你看这天，都快下雨了啊，我怕不安全，虽然自己开船也就半个多小时，而且……"大海面露难色，欲言又止。

"怎么了，你说。"

"是这样的，这个小岛很小，而且因为岛上没有什么资源，几乎都是礁石，渔民平时鲜少会去，我倒是去过两三次，但只在第一次时看到过一棵很高大又奇怪的树，有一个老渔民告诉我，那是扶桑树。但是我后来再去，就没有见到了，所以，我不能保证现在去了，还能找到它，我怕你会失望啊。"大海有点抱歉地说。

没想到，听完他的话，湖洋反而有些兴奋，心里想，神界的事物和神兽不正是这样忽隐忽现的吗？这样就更有可能是神树了，于是追问："奇怪，为什么你会觉得奇怪呢？"

"是这样的，它从远处看，是一棵树，但走近看，却是两棵树相互依偎在一起，确实有那么一点互相扶持的意思。而且没什么树叶和树枝，就是几根高高粗粗的树干伸向天空……"

"啊，太棒了，就是它！"湖洋大叫。

"就是什么？"

"就是我要找的那棵树。我们赶紧去吧，这天不会下雨的。"湖洋拉着他急急走出亭子，话音刚落，天上就滚下一个闷雷。

"不行，小洋，我答应带你去，但不能是今天，太危险了，明天吧，只要明天不下雨，我一定带你去。我得为你的安全负责。"

"不，我们马上就去，我得为整个人类的生存负责。"湖洋斩钉截铁地说,他真的怕夜长梦多,会出什么幺蛾子。

大海看着他,沉默了一会,无奈地说:"唉,好吧。那我们赶紧下山吧。"

在大沙角的一个小港口边,停着几艘小电动船,其中有一艘是大海的,他自己时常会出海巡视捞垃圾,但从不打鱼。才下午三点,天已经暗沉,海面也是一片乌黑,一晃一晃的,似有无限暗涌在等待喷发,这确实不是出海的好天气,但他们还是坐上船,朝着正东方驶去。爱恨宫在大沙角的北方,这让湖洋觉得安心一些,离青龙越远越好。

因为天气的关系,大海并不敢开太快,海浪晃得湖洋开始呕吐起来,但是他一脸坚决,丝毫没有表现出痛苦,噗噗原本飞着跟随,后来飞累了,瘫在湖洋大腿上,也跟着呕吐起来。一路上,天越来越暗,厚厚的乌云向海面逼近,远处,海天相接之处已是一片黑,似一只能吞灭整个世界的黑暗巨兽,海浪也翻滚得越来越剧烈,他们的小船几次都差点被卷翻,幸好大海是个老船手。

将近一个小时,他们终于到达那个无名小岛,真的很小,顶多一个羽毛球场那么大,在船上就能一眼看到它的尽头。他们靠岸的那一瞬,天终于憋不住了,一阵电闪雷鸣,闪电的强光映照出了那棵古怪的大树,湖洋呆住了。他们赶紧停好船上岸。那棵树,准确地说,那两棵光秃秃的树挨在一起,两根大树干上长着五根光秃秃的树枝,像一只巨大的手伸向天空,很高,湖洋近乎90度仰视,才能看得到树顶。

"一定是它!"湖洋缓过神来说。

"它会怎么样呢?"大海依然一脸疑惑。

"春神句芒就住在这里。"

"春神，句芒？"

"嗯，句芒是各种生命的生长之神，唯有它能复活……"湖洋的话还没说完，突然被一阵狂笑声打断，是飞腾的青龙。

"哈哈哈哈哈，白湖洋，有你的啊，居然能找到这里来！"青龙忽的一下，飞过来，盘旋在扶桑树上。

"你！你怎么会跟过来的？"湖洋大惊失色，看了一眼大海，大海的表情跟他一样。

"哈哈哈哈，你的行踪我当然想知道随时就能知道。"青龙简直得意忘形。

"啊，霸下，你也来了。"大海叫道。湖洋转头一看，大龟霸下正在慢吞吞地上岸，湖洋满脸狐疑地看着它和大海，大海无奈地摇摇头。

"你怎么知道我在这里？"大海直接问霸下。

"作为你的心兽，我随时能知道你的去处。"霸下低低的声音缓慢地回答。原来如此！想来，就是霸下感知到大海的行踪，并告知青龙了，它果然是最忠心的那个。

"你想来找句芒复活白泽？没那么容易！"青龙大吼一声。句芒的事，肯定就是范子轩那个叛徒说的。

"哎，这下，一切都暴露了。"湖洋万般沮丧地想，但斗志仍在，他朝青龙吼回去："不容易我也要做到！"

"哈哈哈哈，你太高估你自己了，你以为你的凡人之躯能兴什么浪？我想掐死你随时就掐死了。"

"你敢！你来啊！"湖洋有一种莫名的自信，青龙不敢动他一根毫毛。

"啊——"果然，青龙把怒火发在一堆礁石上，大尾巴一甩，礁石纷纷跌落海底。

"青龙,你醒醒!你要知道,这样下去,人类和神兽只会两败俱伤,甚至,人类将会灭亡,你们也活不了多久,为什么就不能回到之前和谐的奇妙之境呢?"湖洋企图劝说它。

"回到之前?你是傻了,还是疯了?失去的东西,怎么可能复原?如果可以,白泽早就这么做了。"

"那也不应该是你现在这样的做法!你必须马上给我停住,把所有反向力的发送统统停住!我们需要你,需要你爱的力量。"湖洋并不放弃。

"不!你们人类已经无药可救了,这是你们应得的,你们必须为你们所做的一切承担这个恶果。"青龙坚决地说,"你们马上给我滚,不准再踏上这个小岛半步!"他这么说,让湖洋更加坚信,句芒就在这里,但眼下,确实不适合硬来,还是回去再做打算。

"大海,我们走。"湖洋不露声色地说。雨并没有下下来,回程中,乌云渐渐散去。

二十五

　　人世间，一切的人与物都在快速恶化，除了各种人为的恶事件，地震、洪灾、火山爆发等自然事件也层出不穷，这个世界正在受到威胁，人类几千年所造就的文明遭到破坏。湖洋想起梦中的空心症世界，那只不过是人心变得冷漠机械无情，而若任由青龙作乱，可怕程度会远超过空心症世界。这都是反向力在作怪啊！而能看到奇境的人越来越多，看不到的反而成了少数和异类，但这种看见，除了带来恐慌，毫无好处。

　　湖洋看着这一切，就是痛，就像有人把他身上的肉一点一点撕下来那般钻心的痛，同时又心焦如焚，但是这两天，他不敢轻举妄动。上次的事，也让他知道了，身边这几个已经发生过照见的投射者都非常危险，即便他们自身没有坏心，但他们的行踪，随时都可能被他们的心兽感知，也会随时传递给青龙，所以，不管毕向西和龙伟看起来多么可靠，对他有多关心，那些不该说的话，他半个字都不敢说。一切，都靠他自己独自消化。

　　第三天凌晨两点，他又出现在大沙角，他必须冒险再去那个无名小岛，这次，大海没法再陪他了，只好偷偷找了一个可靠的老渔夫，驾船带他出海。听大海说，这两天，有很多小神兽都在沙滩边转悠，估计专门来盯他的。于是，他们挑了这么一个时间出发，海滩上一片寂静，无人无兽，海面风平浪静。随着船冲入大海，大沙角被甩在脑后。今晚，必须找到句芒！湖洋对自己说。噗噗应声在他大腿上放了几个屁。

天气很好，才半个小时，就顺利地到达小岛了，渔夫留在船上睡觉，湖洋下了船，四下一片漆黑，幸好他有备而来，带了一把手电筒，打开的瞬间，他傻了，扶桑树不见了！这个一眼就能看完全貌的小岛，不存在有视觉盲点的地方，那么高大的两棵树，真的就没了！噗噗不断耷毛，以示失望。

湖洋急急地跑到树原本在的位置，那里这会儿却是一块大石头，湖洋单手推了推，推不动，于是扔掉手电筒，双手使劲一推，突然，石头动了，他往前一个踉跄，掉了下去，石头底下是个洞！他的身体在急速往下滑，周围从黑暗到越来越亮，等他一屁股落到平地时，眼前这个新世界比梦之殿、爱恨宫、明心堂都更加让他震惊，噗噗的大眼睛睁得都快掉出来了。

他从岛上滑落下来，按理头顶应该是土地，是地平线，但是他抬头看到的却是一片看不见顶的天空，但这个天空没有云，而是数不清的、粗粗细细的、光秃秃的树根从天而降，乍一看，还以为是树木倒着生长了。众多树根纵横交错缠绕着，构成不同的景致，崎岖的道路、镂空的房子、巨大的椅子……更神奇的是，那些树根都是透明的，而且内部一直有电流般的五彩物质在不停息地流动着。路上、房子里，都能看到一些精怪，外形都跟植物或菌类相关，有的像一朵行走的花，有的像一片站立的树叶，还有各种长相极其古怪的菌类，比如漂亮的黄裙"竹荪精"、诡异的"狗头菌精"，等等，高高矮矮、大大小小都有，小的如噗噗，大的如陆地元兽，好几米高，行动都比较缓慢，但都神色愉悦、淡定自若。一切看着那么怪异，又那么赏心悦目、生机勃勃。这里的空气充满了花草的清香，甚至还带着点甜味，真正地沁人心脾，令人迷醉。湖洋贪婪地大口大口呼吸着，不由得想起了梦中曾经到过古代高度融合的奇妙之境，又暗自赞叹："真是天外有天，世界之外有世界啊！"

他和噗噗行走在其中，却压根没谁搭理他们，按理，来到这里的人类应该很少，它们应该惊讶才对。"请问……"湖洋忍不住拦住身边一朵"小红花精"，开口说道，结果对方看都不看他一眼，就走掉了。再拦住一片"树叶精"，也是一样，理都不理他们。

"我是在后来，得以深入神界内部才知道，这也是一个有等级分化、结构复杂的世界，所有人世间中出现的事物，在神界即是事物精，也是智商最低的那级，顶多能鹦鹉学舌，偶尔能和人心灵感应，如小白板；而那些外形怪异、非人间事物的奇异仙，如噗噗，级别要高一级，能通人性晓人理，只是不能说人话；至于神兽，那必然是神界的主宰。但这还不是神界的全部，令人意外之事与物层出不穷……"湖洋的叙述让我着迷，可惜，现在我们所处的奇妙之境还处在缓慢的修复阶段，普通人远远看不到那么多，也许，这辈子我都没机会亲眼看到……

——摘自《人类的迷失》，2048年著，作者毕向西

他们漫无目的地在树根道路上走了一会儿——湖洋的小脚差点被卡在树根间拔不出来。突然，迎面来了一朵"向日葵精"，

其实就是一个向日葵花盘,脑袋和身体都包含在庞大的花盘中——横竖得有四个湖洋那么大,胖胖短短的四肢在花盘之外,这颗向日葵精在他们面前停下,眨巴着圆乎乎的大眼睛,湖洋莫名觉得它很像龙猫,竟然感觉很温暖。噗噗也发出了"嘤嘤"的示好声,它也朝噗噗眨了眨眼,感觉两人像是认识似的。

没等湖洋主动发问,向日葵精就开门见山地说:"你们,跟我来。"它表情呆萌,嘴巴每动一下,就会喷出一点光,湖洋觉得那是阳光,他最喜欢向日葵了,赶忙着回答:"好啊好啊,去哪里啊?"

"你不是要找句芒吗?"

"嗯嗯嗯,是的是的,它在哪里啊?"湖洋一听对方知道他的来意,激动坏了。

"我也不知道,找找看吧。"向日葵精很无所谓地说道,然后转身向前走。湖洋听完,真是哭笑不得,但是好不容易来了个搭理他们的精怪,还是赶紧跟上为妙。

"你怎么知道我来找句芒的呢?这里到底是什么地方呢?"湖洋快步跟在它后面问道。结果,没有任何回应。

在树根道路上走了一会儿,来到一处水边,或者说海边,岸边飘着一排大大小小的玻璃球,岸上的精怪们排着队进玻璃球,每当有人进入一个玻璃球,那个球就会离开岸边,迅速沉入水底。

向日葵精带着他们也进入了一个大玻璃球中,"呼"的一下沉入水中,然后在水中晃晃悠悠潜行着,偶尔迎面碰到一个球,两两碰一下就弹开,各走各的路。这个水下世界又让湖洋大开眼界,周围的水居然是五光十色的,湛蓝、水绿、鹅黄、粉红……特别漂亮,像液体的彩虹。而植物们,也是倒着从顶部垂下来的,都是一些湖洋叫不出名字的海底植物，形状各异、颜色缤纷，一切都令人赞叹、着迷。湖洋突然冒出一个念头，忍不住便说了出来："这是外面海洋世界在这里的投射吗？"

"你刚好说反了。"

"什么？"

"你们的海洋只是它的影子，所以颜色单一。"向日葵精若无其事地回答道。

"啊，那这里，这里到底是哪里啊？"

"世界之源。"

"世界之源？你是说，外面整个世界都来源于这里？"湖洋惊讶不已。

"走吧，句芒没在这里。"向日葵精答非所问，两脚一跺，玻璃球快速上升。

"那怎么办啊？我今天必须见到句芒。"湖洋追问。

"嗯，再找找。"向日葵精又是一副无所谓的样子。湖洋都快生气了，一点不像温暖的龙猫嘛！但还是克制住了。

突然，哐当一声，湖洋一抬头，发现玻璃球整个碎了，但碎片飘在四周，并没有砸到他们身上。眼前是一条云铺成的路，湖洋和噗噗跟随向日葵精往前走了几步，回头看到，破碎的玻璃球又自己复原了。

"这是天上吗？"湖洋忍不住问。

"嗯。"向日葵精用鼻子回答了一下。湖洋不免想，这向日葵精太冷漠了，一点都不讨人喜欢。

走了一会儿，云朵越来越多，他们踩着一片片云往上走，云朵就像是楼梯似的。在一片云雾里，湖洋看到了更让他瞠目结舌的场景，云层中长出了各种奇异树木，构成了另一片无边无际的天地。世界之源如此之大，从地下到海底到天上，显得人类生活的范围如此之小。

看着眼前的这个云朵森林，他突然想起了毕向西的《梦旅行》一书中，有一篇叫《天上的植物》的文章是这么写的：

地面上有植物，海底有植物，其实，天上也是有植物的，云朵就是它们的土壤，阳光雨水它们更加不缺。

那些长星星的树，我不说你们也应该能猜到，这是天上最普通的植物，到处都是，树上挂满大大小小、闪闪发亮的星星。

特别一点点的，是唯一的那棵太阳树，唯一的那棵月亮树，还有小部分彩虹树。

太阳树很大，因为太阳很重，它必须得足够强壮才支撑得了沉甸甸的太阳，并把太阳高高挂在空中。所以太阳树需要很多很多养分来支撑自己，而阳光反过来，也可以滋养它和大家。

月亮树相对好一点，月亮其实是轻飘飘的，它轻轻长在树枝上，唯一担心的是，它可能冷不丁会飘走。

彩虹树并不太多，长彩虹只是偶然的事情。彩虹不好长，太长了！有些彩虹还没长好，就断了——你见过半根的彩虹吗？

天上植物们的树枝树干都是云，所以，是个云朵森林。另外，奇怪的是，它们都不长树叶的。

天啊，跟眼前所见的，几乎一模一样，那星星树、月亮树、彩虹树，当然，还有那太阳树！湖洋呆住了，一是为这场景，二是为毕向西的书，她怎么知道的？噗噗激动得不断放屁。

"啊，那不就是扶桑树吗？"远处，一阵耀眼的光把湖洋吸引住了，他远远看到那棵发光的"太阳树"。那棵树，准确地说,那两棵光秃秃的树挨在一起,两根大树干上长着五根光秃秃的树枝,像一只巨大的手伸向天空,很高,湖洋近乎90度仰视,才能看得到树顶,大枝头上还挂着个大太阳。"可是,句芒呢,句芒呢?"湖洋失望地发现,树的周围空荡荡的。

"唔,也不在这里。"向日葵精嘟囔着,"走吧。"完全不理会湖洋还在惊叹中,转头又往前走。噗噗在湖洋肩膀上跳了跳,提醒他,他这才回过神来,转身赶紧跟上向日葵精。心里嘀咕,地上地下、海底天上,都找了,还能去哪?正想着,突然脚下一软一空,整个人开始掉落!但是这个掉落又好像不是往下掉,因为,在掉落的过程中,他们在不断变换方向。湖洋心里又恐慌又兴奋,一直死死地盯着不远处那团金黄色的向日葵精,只要看着它,就觉得不必害怕。终于,"扑通"一下,掉落停止了,但脚下并没有地面,他们只是静止并飘浮在一个如宇宙般广大的空间中,它真的如同宇宙一样,到处都是大大小小的星球,只不过,这些星球是五颜六色的,在这个黑蓝的空间里,显得特别透亮耀眼明丽。除了星球,还有很多巨大的"书柜",有很多长相奇特的精灵在忙忙碌碌地把手中形状各异的"东西"往里面塞,或者取出来随手扔掉。

"这这,这又是哪里?"湖洋瞠目结舌。

"宇宙角落,或者叫时间深渊。"向日葵精又若无其事地回答。

"时间深渊,时间深渊……"湖洋喃喃地重复着,好熟悉的字眼啊,他在脑子里搜索着,啊,《梦旅行》中有一篇名为《时间的秘密》的文章,就写到了时间深渊:

关于时间的秘密,有很多,这里只说几个。

时间有缝隙,但有点像雨的帘,很不容易找到。万一万一,你很幸运地找到了，可以进入逛一逛，那里面所有的东西要么是静止的，要么是快速的无限循环的。

比如，一朵美丽的花在时间的缝隙里，要么是永不凋谢的，要么就快速地盛开凋谢、盛开凋谢……所有事物都是这两种命运。但即使是一朵花，和我们时空里的，还是不一样的，因为它们身上会被裹上一层名为"时间"的薄膜，这会让它们看上去亦真亦幻，漂亮异常。

时间缝隙里有没有声音呢？是这样的，当你专注于静止的事物时，那就万籁俱静，而当你专注于快速循环的事物时，会有一种包含了世间各种声音的混合音出现，有些人会感觉像是恢宏震撼的交响乐，但对有些人来说，却是杂乱无章的噪音。

但不管怎样，时间的缝隙里是不适合长待的，在这里面，你会彻底迷失方向，因为这里根本没有方向；你还会迷失时间，因为这里根本没有时间——只有时间薄膜，但是你甚至都搞不清时间薄膜是什么东西。

另外，时间当然也会生长，而且是跟随每个人在生长。它们在我们体内犹如花，从种子开始，发芽、长大、盛开，在那个隐秘的时间花园里。一个人最蓬勃的时候，就是时间之花盛开得最灿烂之时，人也变得芳香。

然后——嗯，凡事都有然后。时间之花陆续凋谢，当你的时间花园里布满了死去的时间之花时，那么，你也正在枯萎。

时间之花有果实吗？这一点，每个人都不一样，有的有，有的没有，有的结出了时间书，有的结出了时间歌。

时间还有深渊，说白了，深渊就是世间的垃圾桶，里面装的尽是那些被遗弃的往事和记忆。有一群时间深渊的管理员——我们把它们称为精灵比较合适，每天在这里整理排列掉进来的各种事物，分门别类，一格一格放好，时间深渊因此像一个巨大的时空图书馆，是我们整个宇宙被遗忘的编年体——几乎每个时代每个世人都能在此找到那些被遗忘的往事。

当然，前提是你能到时间深渊中，能到这个时空图书馆。但，对大部分人而言这几乎是不可能的，因为，时间的深渊只存在于过往，它永远在昨天，永远在我们的背后。

至于时间是一个魔法师的事，比如，它会把一个小姑娘变成一个老婆婆，这我们都知道，是不是？但是，时间魔法师还有很多我们压根不知道的魔法，比如，它会把一棵树变成一间房子，把一堆马粪变成一朵花，把一张椅子变成一只猫⋯⋯这些没什么新奇？好吧，也许这些会新奇一点：把水变成鱼，把声音变成雕塑，把空气变成汽车，把彩虹变成满山的鲜花，等等。

它还曾经变过一些众人熟知的魔术，比如把公主变成睡美人，把王子变成青蛙，把皇后变成老巫婆，等等。这些，真的都是它干的。

但所有的这一切，都是很早很早以前的事情了，如今，时间魔术师已经厌烦了这些，基本不再变了。

"嗯，这就是我们整个宇宙被遗忘的编年体，几乎每个时代每个世人都能在此找到那些被遗忘的往事，梦之殿只是它的小分间。"向日葵精好像洞悉了他的想法，又补充道，"生命只是时间碎片。"

许多年后，湖洋跟我谈起这段经历，依然眼神迷离、云里雾里，在我们合写的《梦旅行》中，居然透露了那些"天机"，这是我们当初无论如何都想象不到的，但其实，那都是宇宙信息的刻意植入吧。当年，我母亲强迫我写故事，因为她看到了我在这方面的天赋,但我却因她的强迫,一度恨上了写作。后来,有一股无形中的力量,一直推动我写……那股力量到底来自何方,至今我都不知晓,但这已经不重要了,本来,在我们生活的周遭,就有太多让人难以置信的信息,你信则有,不信则无。谁也无法确切地知道,这个宇宙的维度到底有多大多广……

——摘自《人类的迷失》,2048年著,作者毕向西

湖洋真是纳闷极了,向日葵精带他走过这些地方,用意何在?难道是向他展示世界之外有世界?让他明白自己的渺小?

"喏,句芒在那边。"向日葵精胖胖短短的手往前一指,在不远处,一颗金黄色的星球上,站立着一只大鸟。

"啊!句芒!"湖洋正想拔腿跑过去,发现没路,没法跑啊。

"好了,我的使命到此结束了,《新山海经·异兽录》和白泽画像上的文字,让你们费神了。"向日葵精出其不意地说道,湖洋一惊,原来,那些神秘出现的文字信息都是它干的!

然后,它对着噗噗说:"别难过,还有我。"湖洋又惊到了,这不是莫琦去世之后,噗噗安慰他的话吗?当时他还为此感动不已,但现在看来,那并不是噗噗自发说出来的,而是它"说"的,怪不得后来噗噗不再开口说话了。

湖洋一下子对它心存感激,立马觉得它万般可爱了。它伸出胖乎乎的手摸了摸噗噗,然后用力将湖洋往前一推,湖洋连同肩膀上的噗噗就往句芒所在的那颗星球上飘了过去。

终于落到那颗金黄色的星球上,着地。湖洋跌跌撞撞地走到了句芒跟前,真的就是鸟身人面的东方句芒啊。身高至少五六米,全身是五颜六色的羽毛,准确地说,是植物羽毛,因

为那是由形状各异、颜色不一的树叶和花瓣组成的，那些树叶和花瓣上都有一层湿润的水汽，且一直在微微扇动，这使"羽毛"显得异常地鲜活、灵动。句芒高昂着头，脸是一张端庄的女人脸，透着一股湖洋从未见识过的高贵且强大的气场，像一个至高无上的女神。这让他一下子说不出话来，噗噗更是连屁都不敢放，安静地立在他的肩膀上。

"你找我？"句芒首先开了口，声音浑圆透亮，在这个宇宙间回荡。

"我，是的，我找您。"湖洋有点结巴。

"何事？"句芒冷冷地问。

"复活白泽，呃，我是说，我希望您能帮忙找到白泽已经消散的魂片，然后聚魂复活它。"湖洋内心觉得，句芒其实清楚他的来意，只是故意问之。

"为何？" 句芒继续冷冷地问道。

"啊，为何？这……"湖洋有点语塞，"现在，外面的世界，因为白泽的消亡，青龙的作怪，已经不成样子了，人类文明正在逐渐崩塌，神兽世界也不会有什么好下场，很快，整个世间都会毁灭。"湖洋终于回过神来，义正词严、思路清晰地说着。

"哦，那么，一切因何而发生？是谁之过错？"句芒像个严厉的法官。

"起初，人类和神兽相处得很好，后来，人类越来越强大，一山容不得二虎，就一直伤害神兽，百兽之王白泽忍无可忍，无奈之下，做出了神隐的决定，但却造成了神界的慢性死亡以及人间的空心症出现，"湖洋一边思索一边说着，"后来，白泽找到了20年后的我，将我，哦不，是将他的意识植入到10岁的我的脑子中，希望能改变历史，现在，确实历史已经发生

改变了,但好像变得更加糟糕了……"

"这些我都知道,你不用说,我是问你,造成这场灾难的,是谁?"句芒打断了他。

"是……我想,既是人类又是神兽,两者都有责任。"

"既然是这样,那就让这两者共同承担后果,一起灭亡,就行了。"句芒轻描淡写地说。湖洋一听,惊讶得眼睛下巴都要掉了下来,肩膀上的噗噗也被吓得掉到地上。这是湖洋万万没想到的场景,他多次设想过和句芒交谈,但无论如何都想不到,身为生命之神的句芒,居然会想让整个世界灭亡!

想到这里,他突然怒了:"你怎么可以这样!你也是这个世界中的一员,怎么能眼睁睁看着它灭亡?"

"你错了,孩子,这个世界不会灭亡,即便人类和神兽统统消失,世界也依然还在,兴许,没有了愚蠢的他们,这个世界会更好,你不是都看到了吗?物竞天择,自然选择,一些物种消失,另一些物种生成,就像恐龙灭亡,世界仍在。所以,他们根本无足轻重,该生生,该死死。"句芒虽然说着骇人的话,但语气却云淡风轻,甚至有点温柔。湖洋听完,惊呆了,是啊,没有了人类和神兽,这个大宇宙完全不会发生什么变化。人类和神兽是多么渺小无用,甚至有害啊,救他们有何用?

句芒接着说道:"况且,你根本不懂得什么是死亡。"话音刚落,它竟然开始在碎化!是的,它的整个身体开始瓦解、裂开成碎片,而且越来越碎。

"用你们人类的话来说,一切事物都是由原子构成的,那么我告诉你,你身体里的每一个原子,都是来自于已经死亡的事物,包括一切星辰,因为万物的死去,你才会出现在这里。这些也已死去的万物原子,可以组成我、组成你、组成白泽、组成新的万物,原子永不灭亡,只是不断交换、重组,从而产生了万物变幻。生命只是时间碎片。"

那些五颜六色的碎片在空中飘飘浮浮的,顷刻间,又聚合在一起,竟然变成了白泽!湖洋呆若木鸡,正想开口,白泽又裂成碎片,变回句芒。在这个过程中,句芒的声音一直在:"当白泽把你的意识从20年后弄到现在的那一刻起,30岁的白湖洋就已经没了,你的母亲,你所熟知的那个空心症世界,都已经碎片化,而那些碎片,正在组成眼下这个新世界。"

湖洋震惊无比,乃至整个身体都颤抖起来,感觉下一秒自己也会碎化,一切都变得毫无意义。他用仅存的一点理智,义愤填膺地说道:"你说的是世界万物的终极组成方式,那又怎样?不管我们是怎么组合而来,现在,此时此刻,我们都活生生地在这里,我们都活生生地在受苦。宇宙再大,我们只是渺小的人类。我们就是需要被拯救!我们不能也不会坐以待毙!"

用尽全力说完这些话,他瞬间觉得异常无助、无奈、悲哀,之前的昂扬斗志,突然一下子被瓦解了,他身子一软,瘫在脚下金黄的地面上,不愿动弹。

二十六

就在这时,突然一阵狂风吹起,青龙竟然出现在他们眼前,还没开口说话,只听句芒已经先发制人:"你这无礼的青龙,竟敢不请自来,谁给了你这个胆子!"句芒一字一句,缓慢地大声说道,每个字都透着威严。

"我就是来告诉你一声,陆地上的事情,不用你管!"青龙蛮横地说道。

"哈哈哈哈哈,笑话!不用我管?没有我,能有你们陆地上的一切?你该不会愚蠢到这个地步吧?"

"你……总之,你管好你的世界之源,陆地上的一切,我自有办法。"青龙理亏。

"你自有办法?你以为你是谁?你要知道,你只是区区一条小龙,还想兴风作浪?"句芒一点情面都不给,这话真是大快人心。

"吼吼吼……"青龙气急败坏,在云端四处流窜以示愤怒,但显然,它压根不敢动句芒一根毫毛。

"你居然敢趁白泽消亡之时胡作非为,搅得世间大乱,你到底想干什么？你的爱呢，你的仁慈呢，你的宽容呢，创世神给你的一切都去哪里了？居然有胆违背创世神定下的规矩，逆而为之，你胆子好大！"句芒句句是道。

"吼吼吼，我也是被逼的！如果不是白泽首先背叛了创世神，发起了神隐，造成神界如今的惨状，我会这么做吗？啊……"青龙方寸大乱。

"一切皆有定数，一切皆在试错，你滚出世界之源，回到你的乱世里去，能再快活几天是几天。"句芒身体两边的翅膀扑扇扑扇，一阵彩色的风随着出现，它们像无数只无形的手，缠绕着青龙，把它往外拽。

"你们，你们别拉我，别动我，我自己会走！放开我，放开我……"青龙气急败坏地说。湖洋差点笑出声来。

等青龙被清理出去，句芒对湖洋说："来吧，孩子，带你看看这个完整的大世界。"说完，翅膀一扇，背后出现两条青龙般大的巨龙，一青一红，它们来到句芒脚下，把句芒抬起来，句芒用一边翅膀，接过湖洋，让他落在它的肩膀上，噗噗赶紧也飞到湖洋肩膀上。

"走！"句芒大喊一声，两条巨龙腾空而起，嗖嗖往下俯冲，穿过云层，没一会儿，湖洋就看到了脚底下的地球，很快，又看到了山川大海。

"最初，创世神创造了地球，在人类和神兽诞生之前，又创造了你所见识到的世界之源，其中的动物、植物和菌类，等等，是陆地世界诞生和存活的根本，之后，才有了你们和我们。"句芒语气温和地讲起了创世史，脚底下，已经是满地火柴盒般大小的建筑物。

"它同时创造了人类和神兽，就是为了让两者之间相互制衡，互为滋养，和合而生。它让我来掌管世界之源，为整个陆地世界的生存做最大的支撑，让白泽负责陆地万兽，和人类形成和谐的奇妙之境。本来大家各司其职，都挺好，但后来发生的事，你也都知道了。哎，闹到如今这个地步，估计创世神都完全没有预料到。"句芒终于也神情忧伤，湖洋能感受到它内心的无力和无奈，他确信，它不会见死不救的。

"但是，这就是万事万物繁衍生息的规律，起起落落、对对错错、强盛后衰落、嚣张后受挫、爱极生恨、乐极生悲、苦尽甘来、暗里育光。没有不灭的亮，没有永久的黑。发生过的，都是试错，都是教训，也都是生命生长的必经之路，只不过，有时代价实在过于惨重。"

湖洋还在入神地听句芒讲述，突然发现，他们已经飞到空荡荡的明心堂了，就落在白泽巨幅画像旁边。

"白泽的神隐决定我当然是知道的，也确实是我帮助它实现的，但是你也不能说当初做决定的时候，就是错的，最多只能说是试错。青龙也不是罪不可赦，它现在的一切作为，也都可以理解，而且也不无好处，至少能给人类一个巨大教训和惩罚。"

"所以，你还是会复活白泽，拯救世界的，对不对？要不你也不会派向日葵精来给我们通风报信了，是不是？"听到这里，湖洋终于忍不住开口说话了。

"哈哈哈哈，你说呢？"句芒反问，湖洋还没来得及答话，它又继续说，"但是，事到如今，难度真的很大很大，白泽不但动用了我的力量，还牺牲了自己来实现神隐，也就是切断了神界和人间一切显性连接，隐藏了奇妙之境。我们都没想到的是，神隐直接导致神兽缓慢死亡，人类则被空心症深度潜伏，一旦有元兽死亡，空心症就会突然爆发和加剧。"句芒缓缓地说着，湖洋聚精会神地听着。

"而白泽的魂魄在世间游荡了将近180年，终归是要幻灭的。幸好，它在最后关头找到了你，准确地说，找到了20年后的你，来扭转这一切，我不得不说，这是它做得最聪明的一件事。之后又不断托梦给你，让你在没有发生照见的情况下，还能看到神界，甚至与神兽对话，但也是因为跟你的连接，耗尽了它最后一点能量和精气，如今，连托梦一事都无法再做了。"

"哎，既然托梦会消耗它的能量，它应该告诉我最关键的事啊，比如它在哪里，怎么救它。"

"嗯，不行的，神隐的规则之一，是坚决不允许神兽向人类暴露自己的行踪，否则它会立马消失。"

"那现在到底怎么办呢？食梦貘告诉我，你肯定可以利用那股绿色植物的力量，将白泽复活的！"

"它错了，我不是万能的，现在，白泽已经魂飞魄散，魂片散落世界各地，而且时间已经过去两个多月了，谁也不知道有多少魂片早已消失，只要超过一半，就完全失去聚魂复活的机会了。"说到这，句芒一脸严肃。

"那到底怎么办啊！不行，我，我得去找创世神。"湖洋坚决地说。

"哈哈哈哈，你很有勇气，但是，你上哪去找？连我都不曾见过它，而且没用的，万物生存皆有规律，生死有期，创世神也只能遵守，毕竟，神外还有神。"

"那，那我相信，你一定有办法的！"湖洋不愿放弃。

"我知道如果能聚魂，就可以复活它，但确实不知道聚魂的办法。事到如今，只有一个办法可以试试看，但不保证一定能成功。"

"不！一定会成功的。"

"嗯，但是需要你付出一定代价。"

"什么？"

"你多出来的心智，得还回来。"句芒不动声色地说。湖洋一听，呆住了，他多么享受如今这个"超人"一般的自己啊，这份多出来的心智就像老天给他的瑰宝，他不想再变回那个无知的孩子。

"哦，不不不。"他喃喃道。

"嗯，我并不是要强迫你，你可以考虑一下，由你自己做决定。但是，你是现在这个世界上唯一一个和白泽连接最深最多的人，你那多出来的心智，可以帮助我们找到它的魂片。"

"怎么救？我需要知道，怎么救？"

句芒张开它的大手掌，上面是一片绿色的大树叶，树叶上布满了一根根黄头小针，句芒说道："它们也许能救。"

"咦，这是？"湖洋惊讶地看着那些不起眼的小东西，像是一种菌，似曾相识。

"它们，在世界之源中，名字是蔓神，你们人类管它们叫黏菌。它们是真核生物中一种独立的类群，兼有动物和菌类的特质，所以，你们人类至今都不知道该怎么归类，你们只知道，这是一种无脑无神经系统的智能生物。其实，你们不知道的东西还多着呢。"句芒时不时会透露出一点对人类的蔑视。

"那用它怎么救白泽呢？"

"只要把你的心智和它们的融合在一起，它们利用智能蔓延的神力，再加上你心智的牵引，自然就能找到白泽散落在世界各地的魂片。"

湖洋沉思了一会，说道："麻烦，请把毕向西，我的妈妈请过来吧，我有话跟她说。"句芒手一挥，身边两条巨龙冲出了明心堂。

在等待毕向西的时候，湖洋一言不发地蹲坐在白泽画像下，回忆起这过去四个月里发生的一切事情，好像足足过了好几辈子。他想起了白泽最初交代给他的使命"找回自己，拯救人类"，他做到了吗？好像都还没真正做到。那他努力去做了吗？是的，虽然有各种磨难，各种犹豫不决，但最终还是坚持下来了……正想着，毕向西从门口走进来了。

毕向西惊讶地看着他和句芒，急急走到他跟前："湖洋，你没事吧？你这一个晚上都不见人影，把我们都吓死了。"说着，眼泪就流了下来。至此，湖洋已经完全相信，毕向西并没有被她的心兽"毒化"，她一直就是那个以他为中心的妈妈，内心原本因莫琦之死对她的抱怨也顷刻间烟消云散。

"妈妈，没事，我很好，我已经找到句芒，它可以复活白泽，很快，这个世界就要好起来了，很快，你也会拥有原来的小洋。"

"什么？什么意思，什么叫原来的小洋？"毕向西一脸惊吓。

"就是，4个月前，那个10岁的、活泼的小洋，30岁的湖洋，要彻底走了。"湖洋说到这里，哽咽了。

"啊……"毕向西张大嘴，并没有说什么，对于她来说，这也许才是最好的结果。

"但是，我必须告诉你，小洋有他自己的人生道路，请不要把他绑架在你认为对的道路上，强迫他去前进，那样只会毁了他，他有很多天资等着你去帮助他开发，辅助他前行，否则，他会泯灭天性，失去自我，这样你也不会开心的。"湖洋这会已经异常冷静。

"嗯嗯,我明白了,我之前错了,我实在是太糊涂,以后我一定会帮小洋找到适合他的路径,让他好好成长。"毕向西频频点头。至此,湖洋才算觉得对"找回自己"这事有了交代。

最后,他看着毕向西,说道:"妈妈,一切都会好的。"然后忍住眼泪,转身走向句芒,

毕向西在他身后泪如泉涌,这几个月来,她也经历了太多太多。

"来吧,把我的心智拿走吧,答应我,一定要复活白泽。"湖洋眼神中泛着坚决和坚定。

"放轻松,不是要你去送死,你依然会好好地活着,而且是快乐地活着,该有的记忆也都会有,现在只不过是把你并不应该提早得到的东西拿走而已,这才是最好的结局,根本无需忧伤和不舍,如果是我,我会高兴地接受。"句芒轻快地说着。谁说不是这样呢?

句芒示意湖洋躺下:"闭上眼睛,我会从你身体里把多出来的心智取出来,然后,你会重新回到10岁,世界依然如此,不会变样,只是交换和重组。而蔓神会用它最快的速度找到白泽的魂片,你放心。"句芒转头朝向毕向西,说:"他醒来了之后,有什么想了解的,你跟他解释清楚,他会明白的。"毕向西点点头。

湖洋闭着双眼,只感觉全身发烫,有什么东西在他全身流动,然后,他就失去了知觉。

二十七

小湖洋在冰冷的地面上醒来,睁开眼睛,看到的是毕向西。

"小洋!"毕向西异常兴奋,"太好了,你醒了。"

小湖洋坐起身来,看了一下四周,空荡荡的明心堂,悬挂着一幅巨大的白泽画像,也没有别人,只有毕向西和噗噗在他身边,他懵懂地问道:"妈妈,这是哪里啊,我们在这里干吗啊?"

"宝贝,我们在白泽的宫殿明心堂里,我们现在正在拯救白泽呢。"毕向西轻声说道。

噗噗在一旁不断地放着小屁,欢迎小湖洋醒来。

"哦,对哦,我来过这里呀,我们是要拯救白泽,否则世界就要完蛋了,是不是?"小湖洋慢慢组织他的语言。

"是的,现在外面的世界很混乱,我们需要白泽复活,来拯救我们。"

"我想起来了,青龙很坏,它总是在搞破坏,但是它被一只漂亮的大鸟教育了一顿,灰溜溜地走了,哈哈哈。"小湖洋说着,自己都笑起来了。

"你说的大鸟叫作句芒,它很厉害哦,是生命之神呢。"

"对对对，我去过它家，那里好漂亮！而且啊，妈妈，你猜我看到了什么？"小湖洋一脸兴奋，"我居然看到了我们书里写到的云朵森林哦。"如果说记忆有级别，那么，现在他对之前的记忆已经从十级降到了五级，甚至更低，心智亦然，但该在的都还在。

"真的呀，好神奇哦，你忘了吗？云朵森林的故事是你告诉我，我才写出来的，可能你在梦里早就去过了呢。"毕向西说。

"哦——，怪不得我记得那么清楚呢。"小湖洋看着身边的白泽画像，"那我们赶紧救白泽哇。"

"已经在救啦，你看，白泽的左脚已经开始变黄了，等到它全身都变黄，它就会活过来。"

"咦，这些黄黄的是黏菌吗？"早在去年，小湖洋就一直吵着要养神奇的黏菌了。

"是的，就是黏菌，在神界，它们被称为蔓神，因为它们有蔓延的神力，它们现在正在满世界寻找白泽的魂片呢。"毕向西耐心地解释道。

在他们说话的时候，小而神奇的黏菌正用最快的速度，在全世界范围内蔓延，以湖洋的心智为"引子"，寻找白泽散落在四方的魂片，将它们逐一聚合在一起，这是一场看似无声无息，但却宏大壮观的行动。如果你此刻有幸站在地球之外观看，便会看到整个地球逐渐镶上了一层金黄色"花纹"，像是一位精于绣花的巧匠，给地球绣制的一件华丽绣衣。

在这个过程中，明心堂中的白泽画像，也在逐渐变黄，从左脚到右脚，如今，已经黄到了腰部。小湖洋和毕向西欣喜地看着。

突然，明心堂外噪音大作，小湖洋和毕向西急急跑到门口，又是青龙！另外，它的九子竟然也都在，龙形老大囚牛、狼形老二睚眦、豹形老三嘲风、龙形老四蒲牢、狮形老五狻猊、龟形老六霸下、虎形老七狴犴、龙形老八负屃、龙形老九螭吻一字排开，还有它们的人间投射者，龙伟父女、大海、范子轩、小芊等，统统都在。显然，大家都知道了明心堂内正在发生着什么。

"你不能进去！这是拯救世界的最后机会，不能再将它破坏。"狻猊大声地说道，和其他八子一起挡在明心堂门口。

"吼吼吼，你们，你们都造反了！"青龙在空中盘旋着，怒火冲天。但这九子联合起来的力量，显然还是可以与之对抗的。

"父亲，请您冷静，您现在的所作所为，非但拯救不了我们神界，反而会毁了整个世界，您正在违背世界的规律和意愿行事，终究会酿成恶果，还请您悬崖勒马，回头是岸，可谓大智矣。"负屃开口说话，好文的它，说起话来，果然文绉绉。

"你少给我废话！"青龙尾巴一甩，把九子扫了个遍，四周尘土飞扬，但是九子个个岿然不动。青龙气急败坏、理智尽失，它飞到明心堂的屋顶，挥起大尾巴敲打着屋顶，这简直就是以卵击石，非但不起效果，反而把自己伤得不轻。

狻猊走到满脸惊诧惶恐的龙晴面前，低声对她说："帮帮它，让它冷静下来。你是它的投射者，这会儿，只有你能尝试去帮它。"

"我我我，我怎么帮？"

"想象着，它是你的父亲，你的亲人，你的好友，它正在暴怒、崩溃，你会怎么办呢？"狻猊引导她，其他人和兽也都好奇地看着她。

"呃，我……"龙晴低下头，沉思了一会，再抬起头时，眼神变得坚定,她说:"请问谁能把我送到天上,到青龙旁边?"

龙形老大囚牛挺身而出,把龙晴驮在身上,一跃冲天,来到盛怒的青龙附近,龙晴用稚嫩而又柔软的声音,唱了起来:

"睡吧睡吧 我亲爱的青龙

我们的双手 轻轻摇着你

摇篮摇你快快安睡

睡吧睡吧 被里多温暖

睡吧睡吧 我亲爱的青龙

……"

她刚开口唱,囚牛竟然发出阵阵胡琴伴奏声。《新山海经·异兽录》中,对它的描述是:

> 囚牛,为龙种,性喜好音乐。众多龙子中性情最为温顺,它不喜欢杀戮,不争强斗胜,痴迷于音律。其长相龙头蛇身,头部侧生一对灵耳,听声万里,可辨别万物之声。古时候的一些贵族使用的胡琴头部刻有龙子囚牛的形象,被称为"龙头胡琴"。

在他们不断重复的一唱一和中,一开始,青龙依然是暴跳如雷地四处乱窜,咆哮着挥舞鲜血直流的尾巴,试图扫荡一切,渐渐地,那稚嫩但温柔动听的歌声似乎变成一个巨大的怀抱,拥抱了它,它先是停止了咆哮,然后停止了扫荡,从空中飘飘荡荡地落了下来,然后,盘在明心堂前,一言不发,兴许实在太累了,它闭上了双眼,终于彻底安静了下来。

大家都看得目瞪口呆,谁也没想到,一个孩子唱的一首最普通的摇篮曲,竟然就能让疯狂的青龙安静下来。龙伟看着半空中的女儿，又是感动又是骄傲，龙晴本来就是学校合唱团的，而这首大家都耳熟能详的摇篮曲，也正是龙伟以前哄睡幼年龙晴用的。这首最简单的歌里，却有着最真挚的爱意。

"白泽快复活啦！"小湖洋突然从明心堂内冲到门口喊道，大家一听，都涌入明心堂内，这会儿，白泽画像已经黄得只剩下心脏部位了。

"加油加油！"小湖洋忍不住喊道。大家也都屏住呼吸，等待着奇迹的发生。这时，食梦貘也悄无声息地出现了，小湖洋兴奋地跑到它身边，蹭着它一身柔软的毛发，说："食梦貘、食梦貘，白泽快复活啦。"食梦貘慈爱地看了看他，没说什么，找了个位置坐下，小湖洋直接躺到了它肉乎乎的身上，舒服得就像在美梦里。

但是，一个小时过去了，两个小时过去了，白泽心脏部位依然一片黑白，大家都开始焦躁不安。

"哎，出问题了。"狻猊叹着气说。

"哎，时间太久了，有些魂片已经彻底消失了。"食梦貘说道，在场的，只有它听湖洋说过那段复活白泽的信息。

"什么魂片消失啊，那现在怎么办啊？"小湖洋叫道，噗噗在小湖洋肩头不停地翻滚着奎毛。

"句芒呢？"食梦貘答非所问。话音刚落，明心堂突然起了一阵彩色的风，风中是各种小碎片，顷刻间组合成了句芒，这样的出场方式，让在场所有人和兽都目瞪口呆。

"久仰久仰。"食梦貘说道，句芒严肃地向它点了个头，走到白泽画像前，摇了摇头，一声不吭。

"大鸟大鸟，怎么办呀，白泽怎么了呀？"小湖洋忍不住问。心智大减的小湖洋，唯一不减的是想要复活白泽的使命感。

"白泽的魂魄已经消散两个月了，如今能找回这么多，已经非常不易，空缺的，就是永远找不回的了。"句芒冷静地跟大家解释。

"啊，那白泽就复活不了了吗？它不能像你一样，散开了又组起来吗？"小洋着急地问。

"嗯，不行，它还没到那个境界。"句芒沉思，大家也都鸦雀无声，半晌，"现在，唯一的办法，但是……"句芒说了一半。

"但是什么？"大家异口同声。

"但是，要牺牲一个人。"

"谁？"大家异口同声。除了食梦貘，它正看着因为激动已经站起身的小湖洋。

句芒缓慢转身，面对着小湖洋，说道："你。"

小湖洋一时没反应过来，旁边的毕向西大惊失色地叫道："啊！不！"赶紧抱住小湖洋。

"之前，利用白湖洋30岁的心智，找回了白泽90%的魂片，事到如今，也许白湖洋10岁的心智，刚好能填补目前空缺的部分，毕竟他是白泽的人间投射者。"句芒对着毕向西说道。

毕向西身子一软，瘫在了旁边的龙伟身上，但马上又直起身子，再次紧紧地抱住小湖洋："不不不，不要动我的小洋，我没那么伟大和无私，我只是一个普通的母亲，不不不，你们想别的办法，小洋，我们走，我们走。"说着，拉起小洋的手。要往外走，但小洋却一言不发，也纹丝不动，正在思考着什么。

"他不会死去的，只是，心智会回到刚出生时的状态，需要再经历一次成长。世界依然如此，不会变样，只是交换和重组。"句芒像是在说服毕向西，毕向西泪流满面地摇着头。

"我想问一下，您刚刚说的是'也许'，不是确定？"獂猊忍不住开口。

"是的,也许而已,谁也不敢打包票。"

"那万一不行呢,岂不是白白牺牲了?"

"那请问,你还有别的办法吗?"句芒严厉地反问道,"白湖洋是这世上唯一一个和白泽连接最紧密的人,我们时间不多了,再拖下去,目前已经聚拢的魂片会再次消散,你们所做的一切努力都会白费,你们的世界也将会迅速灭亡!"

所有人都静默着,毕向西终于憋不住,大声哭泣起来。

"大鸟,我明白了,你把我的心智拿走吧,我们一定要复活白泽呀。"一直不吭声的小湖洋站了出来,用稚嫩的声音坚决地说道,虽然他不一定清楚拿走心智是什么意思。

"湖洋,你要知道,心智被拿走,你会变成一个小宝宝。"狻猊又忍不住开口。

"没关系呀,我喜欢做小宝宝,不用上学,不用写作业,还可以到处玩呢。"小湖洋轻快地说,然后转头看着毕向西,说:"妈妈,你不要哭嘛,我一直在呢,我又不会没了,我只是变小了嘛,你又可以把我养一遍,多好呀。"

毕向西再次把他紧紧抱住,哭泣着说:"小洋,妈妈会一直陪着你,一直一直,不管你发生什么事……"

"小洋,我也会陪你的,我给你很多造梦云吃。"食梦貘突然极其温柔地说道,温柔得像梦。

"还有我们,都会陪你的,我带你出海打鱼,好不好?"大海也说道。

"小洋,到时我做你的哥哥,我带你玩。"终于回归友人阵营的范子轩说道。

"小洋,我到时给你讲很多故事,很多你曾经给我讲的故事。"脱离青龙控制的龙晴说道。

"小洋,你会成为我们的英雄,我们都会感谢你。"永远正确的龙伟又说了正确的话。

"嗯嗯。"小湖洋并没有悲伤,"妈妈,你别哭了,你看,我是英雄呢,你要乖啊。"一声"乖",把毕向西弄得哭笑不得。

这场道别也差不多了,句芒一声令下:"好了,事不宜迟,我们赶紧开始吧,白湖洋,你躺下。"

食梦貘示意他躺在它身上,小湖洋于是舒舒服服地躺下,闭上眼睛……

"哇……"一声婴儿的啼哭声在空旷的明心堂中响起,"巨婴"小湖洋正在食梦貘身上蹬着腿大哭,毕向西在一旁哄着。伴随着哭声,悬挂在明心堂正中间的白泽画像已经全部变成金黄色,那金黄渐渐开始发出真实的光,画面上的白泽也像是正被充气的气球一样,越来越胀,越来越立体,直到那么一瞬间,画上的白泽冲出了画面,光芒万丈地落到了地上。所有人和兽都发出了欢呼声,似乎没人发现,句芒已经不见了。与此同时,原本空荡荡的明心堂,突然大变样,成了一个美妙绝伦的新世界,各种神兽和精怪,也随之出现。

即便过了那么多年,我依然无法用自己的语言去描绘那个骤然出现在我眼前的美丽新世界。后来,我在《罗摩衍那》一书中看到一段描述,显然,写的正是明心堂无疑:"此地为湖水浇灌,金莲耀目。河流成千,无量树叶,皆如蓝宝石与天青石;湖泊则辉煌华丽如朝阳,栽种着红色莲花的花圃镶嵌在岸边;四处的乡村,铺满了珍珠宝石,而蓝色莲花则栽种于艳丽的花圃中,花瓣是金色的。河岸并非由沙土构成，而是由珍珠、宝石、黄金铺就，岸上则种植着火焰般明亮的黄金之树。这些树永远结着花朵和果实，散发出芬芳，栖息着万鸟。"这是一个多么虚幻而美妙的他世界啊。好多年后，湖洋告诉我，这样的景象，正是奇妙之境最妙时的样子。

——摘自《人类的迷失》，2048年著，作者毕向西

大家还在惊叹之余，高大威武的白泽径直走到了小湖洋面前，用一双大手抱起这个哭泣的巨婴，看着他，小湖洋立刻停止了哭泣，咧开嘴咯咯地笑了。而白泽脑袋上的生命之光，开始溢出一条五彩的小河流，流向小湖洋的胸口……

后记

2018年的某个冬日,在北京近郊一处偌大的工作室里,我遇见了艺术家邱启敬和他的巨型神兽雕塑作品,包括书中的食梦貘,它就那样安安静静地躺在工作室(工厂)的一角,仿佛正沉浸在一个千年古梦中。这次遇见,是写作这本书的缘起。在那之后的一年多近两年的时间里,《奇妙之境》慢慢成形,直到最终诞生。

作为一个阶段性勤奋的写作者,之前的书写,不管是出版的还是没出版的,大都是一种自我陶醉的自说自话,但这次不是。这次的写作,我开始尝试把自己推到读者面前、市场面前,去虚构一个对我而言,既庞大又虚无的世界。这个过程非常愉悦,又非常地痛。

2019年的上半年,我还生活在深圳,经常的,早上9点钟,我就会出现在离家不远的那家名为"空"的高空咖啡馆中,在冷清的上午,在33楼的高空,面对深圳的楼群、远处的海,码字。这种与人世间拉开距离的感觉,极好地给了我各种拔地而起的灵感,足以去构筑这个奇妙之境。有那么些灵感爆发的时刻,带来了极大的快感,那些情节在脑子里翻滚、奔腾,最终变成文字落定。记得有一次,连续在文字的世界里狂奔了几天之后,整个人完全被掏空,就像一场台风席卷了整个身体,带走了一切能带走的,只剩下一具落寞且疲惫不堪的空壳，这是极度欢愉之后的空白。当然，还有很多令人绞痛而想放弃的时刻、因太入戏而精神恍惚的时刻，为的是一个个人物和情节的诞生。

所幸，它还是好端端地诞生了，虽然，离一个好故事还相差甚远，但我想，至少它能够算得上一个有点趣味有点意义的故事。也许，在某些方面，能够带给你们一些共情的时刻，能够让我们相视一笑或一哭，这已经足够。

最后，我要感谢几位对这本书至关重要的人。首先是我的好友许琦，这本书三分之一以上的内容、结构，他参与其中，给了无数有益的建议，如果他是图书编辑，那他一定是最棒的那个；还有我的好助手格子，书中各种历史资料都是她帮我四处搜罗的；再有就是让我最终决定动笔的傅建平先生，在本书写作的初期，给了我极大的帮助；最后是人物灵感来源之我的儿子和我的妈妈。总之，谢谢你们！

郑枫

2020/12/21

于大理